MARIA DRIES

DER
KOMMISSAR
UND DIE TOTEN IM
TAL VON BARFLEUR

 aufbau taschenbuch

MARIA DRIES wurde in Erlangen geboren und hat Sozialpädagogik und Betriebswirtschaftslehre studiert. Heute lebt sie in der Fränkischen Schweiz. Schon seit vielen Jahren verbringt sie die Sommer in der Normandie.

Die junge Kommissarin Nathalie Beaufort hat es mit einem rätselhaften Fall zu tun: Im Wald von Fontainebleau wurde ein Toter aufgefunden, erschossen aus nächster Nähe. Doch ihre Ermittlungen verlaufen im Nichts. Das Opfer scheint sich keine Feinde gemacht zu haben. Oder täuscht dieser Eindruck? Erst als Nathalie einen Anruf von Philippe Lagarde erhält, dessen aktueller Fall erstaunliche Parallelen zu dem ihren aufweist, kommen die beiden einen Schritt weiter. Bald schon hat Lagarde einen ungeheuerlichen Verdacht, was am Tatort geschehen sein könnte …

MARIA DRIES

DER KOMMISSAR
UND DIE TOTEN IM
TAL VON BARFLEUR

PHILIPPE LAGARDE
ERMITTELT

KRIMINALROMAN

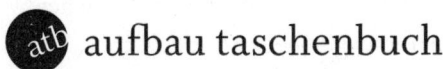 aufbau taschenbuch

MIX
Papier aus verantwor-
tungsvollen Quellen
FSC® C083411

ISBN 978-3-7466-3701-3

Aufbau Taschenbuch ist eine Marke
der Aufbau Verlage GmbH & Co. KG

2. Auflage 2022
© Aufbau Verlage GmbH & Co. KG, Berlin 2021
© Maria Dries, 2021
Umschlaggestaltung U1 berlin, Patrizia Di Stefano
unter Verwendung von Motiven von
© Hervé Lenain/Alamy Stock Photo und
© LoudRedCreative/Getty Images
Satz Greiner & Reichel, Köln
Druck und Binden CPI books GmbH, Leck, Germany
Printed in Germany

www.aufbau-verlage.de

Für Clara

DER VAMPIR

Die du wie des Messers kalter Stoß
In mein jammernd Herze bist gefahren,
Die du stark bist wie Dämonenscharen
Und im tollen Rausch erbarmungslos,

Die in meinem Geist schwach und gering
Eingenistet sich und eingebettet,
Schändliche, an die ich festgekettet
Wie der Sträfling an den Eisenring!

Wie der Spieler seiner tollen Sucht,
Wie der Trinker der Begierde Krallen,
Wie der Leichnam ist dem Wurm verfallen,
So verfiel ich dir, o sei verflucht!

Charles Baudelaire
»Die Blumen des Bösen«
(»Les Fleurs Du Mal«)

ERSTER TAG

MILLY-LA-FORÊT, ÎLE-DE-FRANCE

Im Herzen von Milly-la-Forêt erhob sich imposant das Château de la Bonde aus dem 13. Jahrhundert. Das mit einem Wappen und kunstvollen Bögen verzierte Gebäude wurde von zwei runden, rot gezahnten Türmen flankiert. Zum Haupteingang, einem gewaltigen zweiflügligen Portal aus Eichenholz, gelangte man über eine steinerne Brücke, die den Fluss überspannte. Ganz in der Nähe lag ein rotes Backsteinhaus in einem großen bewaldeten Garten, der von einem Jägerzaun umschlossen wurde. Dort lebte das Ehepaar Mireille und Charles Deray.

Monsieur Deray saß am Esszimmertisch und frühstückte. Er hatte Crêpes gebacken und sie mit Puderzucker bestäubt, dazu trank er einen Café au Lait aus einer schwarzen Bol, die ein goldener Eiffelturm zierte. Zu seinen Füßen schlief sein Hund Filicia, eine schwarz-weiß gefleckte französische Bulldogge mit einem sanften Gemüt.

Als der Mann mit der kräftigen Statur und den sympathischen Gesichtszügen seine Mahlzeit beendet hatte, blätterte er die regionale Tageszeitung durch und las aufmerksam einen Artikel über den Strukturwandel im ländlichen Raum, der ihn sehr erboste. In manchen Ortschaften gab es nicht einmal mehr einen Bäcker oder eine Bar-Tabac.

Schließlich räumte er den Tisch ab und stellte das Geschirr in die Spülmaschine. Sein Tagesablauf war immer derselbe. Um neun Uhr machte er einen langen Spaziergang mit Filicia, anschließend nahm er einen kleinen Imbiss zu sich, danach arbeitete er an seinem aktuellen Manuskript. Charles Deray war Buchautor, und seine Biographie über den Maler und Schriftsteller Jean Cocteau war ein großer Erfolg gewesen. Der Künstler hatte in den sechziger Jahren die Kapelle Saint-Blaise-des-Simples, ein historisches Bauwerk in Milly-la-Forêt, neu gestaltet. Monatelang hatte das Werk auf den Bestsellerlisten gestanden. Das neue Projekt von Deray befasste sich mit der ehemaligen Künstlerkolonie von Barbizon im Wald von Fontainebleau. Zahlreiche Kunstschaffende, die der impressionistischen Malerei vorangegangen waren, hatten dort gelebt und gearbeitet. Aufgrund ihres kreativen Enthusiasmus hatten sie auch Wände und Teile des Mobiliars bemalt. Charles Deray war fest davon überzeugt, dass auch dieses Buch einen großen Kreis von interessierten Lesern erreichen würde.

Er zog Wanderstiefel an, setzte einen breitkrempigen Hut auf und pfiff nach seinem Hund, der schwanzwedelnd und vor Freude kläffend zu Hintertür rannte.

Die beiden drehten jeden Morgen die gleiche Runde. Auf Forstwegen und Trampelpfaden, die durch das riesige Waldgebiet von Fontainebleau verliefen, gingen sie zunächst in nördlicher Richtung und schlugen nach einigen Kilometern einen Bogen nach Westen. Unter den Baumkronen war es noch kühl, Tautröpfchen bedeckten die zarten Blätter der Heidelbeersträucher. Es roch nach frisch gesägtem Holz und Fichtennadeln. Vögel zwitscherten.

Deray leinte seinen Hund nie an, so dass Filicia munter hin und her lief, an Baumstämmen schnupperte und in der Erde nach Mäusen wühlte. Der Forst war ein Paradies für Wanderer, Kletterer und Reiter; Tausende von bizarren Sandsteinformationen lagen in diesem Märchenwald verstreut auf feinem weißem Sand. Das Meer hatte vor Urzeiten das Pariser Becken geflutet und eine eindrucksvolle Landschaft aus Stein und Sand zurückgelassen.

Derays Ziel war der »Zyklop von Fontainebleau«, eine einzigartige, zweiundzwanzig Meter hohe Skulptur, die aus dreihundert Tonnen Stahl bestand und mit Tausenden von Spiegeln überzogen war, die das Licht reflektierten. Fünfundzwanzig Jahre lang hatten Künstler wie Niki de Saint Phalle und Jean Tinguely daran gearbeitet. Er thronte auf einer Lichtung zwischen Eichen, Fichten und Farnen. Wie die Gestalt aus der griechischen Mythologie hatte der Zyklop ein leuchtendes Einzelauge mitten auf der Stirn, das jeden

Besucher anstarrte und ihn unwillkürlich in seinen Bann zog.

Monsieur Deray fand den Anblick magisch und war fasziniert von der Aura, die seiner Meinung nach positive Energie ausstrahlte.

Wie jeden Morgen bestieg er mit Filicia auf dem Arm das Kunstwerk. Er folgte einer Wendeltreppe, kletterte über Eisenstiegen vorbei an einem komplizierten Räderwerk und erreichte schließlich das Becken, das den Zyklop krönte und in dessen klarem Wasser sich das Blau des Himmels spiegelte. Daneben war in schwindelnder Höhe ein Eisenbahnwaggon installiert, zu dem man über einen Kettensteg gelangen konnte und der an die Opfer des Nationalsozialismus erinnern sollte.

Um diese Zeit waren in dem Waldgebiet nur wenige Menschen unterwegs. Nirgends war jemand zu sehen, der Derays Gedankenwelt stören könnte.

Er betrat den Waggon und setzte Filicia behutsam auf die Holzdielen. Aus einem kleinen Fenster blickte er auf den Wald, der sich, so weit das Auge reichte, unter einem hohen Himmel erstreckte. Die Morgensonne warf goldene Punkte auf die Bäume und ließ sie über das Laubwerk tanzen. Diese friedliche Landschaft schenkte Monsieur Deray Inspiration und Ruhe. Er dachte über den Einstieg in sein neues Werk nach und hatte tatsächlich eine zündende Idee.

So sehr war er in seine Überlegungen vertieft, dass er ein Knirschen und Knacken irgendwo unter ihm überhörte.

Erst als Filicia die Ohren spitzte und bedrohlich zu knurren begann, sah er sie erstaunt an. Was hatte sie nur? Ihre Nackenhaare sträubten sich. Dann hörte auch er ein Geräusch. Der Steg quietschte leise. Jemand ging ihn entlang.

Deray runzelte verärgert die Stirn. Da näherte sich offenbar ein weiterer Besucher, der ihn beim Nachdenken stören würde. Hoffentlich ginge er bald wieder. Er wollte allein sein. Aber weshalb war die Hündin so beunruhigt?

Plötzlich tauchte eine schwarz gekleidete Gestalt im Türrahmen auf, deren Füße in Springerstiefeln steckten, und verdunkelte das Innere des Waggons. Die Bedrohung, die von ihr ausging, war greifbar. Sie trug eine Sturmhaube und richtete eine Waffe auf ihn.

Deray erstarrte in der Bewegung und blickte in wasserblaue Augen, die ihn kalt fixierten. Er war vor Angst wie gelähmt. Verzweifelt versuchte er, um Hilfe zu rufen, doch kein Wort kam über seine Lippen.

Seine Hündin fletschte die Zähne, stürzte sich auf den Angreifer und packte ihn am Hosenbein. Brutal schüttelte er sie ab und schoss dreimal kurz hintereinander auf Deray.

Der Schriftsteller griff sich ans Herz, sein Gesicht wurde schneeweiß, und eisige Kälte durchströmte seinen Körper. Dann brach er zusammen. Reglos blieb er auf den Dielen liegen. Der Hund leckte über sein Gesicht und begann jämmerlich zu heulen.

Die schwarze Gestalt hastete über die Stiegen und Treppen nach unten, sah sich kurz um, rannte in den Wald und verschwand zwischen Baumstämmen.

Der Campingplatz »Les Trois Chênes« lag außerhalb von Milly-la-Forêt direkt am Fluss. Alte Weiden, deren Blätter in der Sonne silbrig glänzten, spendeten Schatten.

Caroline und Michel saßen auf einer Decke vor ihrem Zelt und frühstückten. Das Wasser für den Kaffee hatten sie auf einem Gaskocher erhitzt, Schoko-Éclairs, frisches Baguette, Käse und Obst hatten sie im kleinen Supermarkt gekauft. Während sie es sich schmecken ließen, beobachteten sie, wie eine Entenfamilie den Fluss durchquerte und im Schilf verschwand. Eine Gruppe von Kajakfahrern paddelte zügig an ihnen vorbei.

Das Pärchen – sie groß und schlank mit langen roten Haaren, er muskulös und dunkelhaarig – lebte und studierte in Paris. Sie hatten nach dem Prüfungsstress beschlossen, in ihren Semesterferien eine Woche in Fontainebleau zu verbringen und zu bouldern. Der Wald von Fontainebleau war das bekannteste Boulder-Gebiet der Welt mit einem Meer an unterschiedlich hohen Felsblöcken, von denen manche nach einem

Tier benannt waren, zum Beispiel L'Éléphant oder Le Cul de Chien. Vor drei Tagen waren sie angekommen und hatten bereits einige Parcours mit verschiedenen Schwierigkeitsgraden gebouldert. Gestern hatte Caroline übermütig auf ihr Crashpad, eine dicke Matratze, verzichtet und war in etwa zwei Metern Höhe mit dem Fuß aus einer kleinen Höhlung gerutscht und abgestürzt. Unsanft war sie auf Steine und Wurzeln gefallen und hatte sich am linken Handgelenk eine Verletzung zugezogen.

Nach dem Frühstück versorgte Michel die Wunde und verband sie neu. Als er fertig war, drückte er einen sanften Kuss darauf.

»Lass uns heute eine Boulder-Pause machen«, schlug er vor. »Dein Handgelenk braucht Ruhe.«

Caroline nickte. »Einverstanden. Unternehmen wir etwas anderes.«

Er griff nach dem Reiseführer und begann zu blättern. »Wir können das Château de Fontainebleau besichtigen, was meinst du?«

»Vielleicht morgen oder übermorgen. Ich möchte lieber im Wald bleiben, es ist so schön hier.«

»Mal sehen. Machen wir doch eine Wanderung und bestaunen den Zyklop von Fontainebleau.«

»Den Zyklop?«

»Das ist eine gewaltige Skulptur, die mitten im Wald steht.«

»Das hört sich interessant an. Wir packen den Rucksack mit Leckereien voll und machen unterwegs ein Picknick.«

»Super Idee.«

Nachdem sie ihre Sachen im Zelt verstaut hatten, brachen sie auf. Caroline hatte ihre Haare mit einem bunten Tuch zurückgebunden und die Ohren mit Kreolen geschmückt. Die olivgrüne Cargohose, die auf den Hüften saß, stand ihr gut und betonte ihre Figur. Michel fand, dass sie wunderschön aussah. Er war sehr verliebt in sie.

Hand in Hand gingen sie durch den lichten Wald, bestaunten die Felsformationen und beurteilten ihre Schwierigkeitsgrade. Fasziniert sahen sie einem älteren durchtrainierten Mann zu, der eine Fußmatte auf den Boden legte und den Sand von seinen Kletterschuhen streifte, um den Felsen nicht glatt zu schleifen. Die Bleausards waren erfahrene Kletterer, die schon seit vielen Jahren nach Fontainebleau kamen. Sie benutzten keine Crashpads und meisterten die schwierigsten Boulder mit Leichtigkeit. Caroline staunte, als er in horizontaler Position elegant an Steinwellen kletterte, als klebte er wie ein Gecko am Fels.

»Das schaffe ich nie«, meinte sie.

»Aber sicher«, widersprach ihr Freund sofort. »Dir fehlt nur noch etwas Übung.«

Nachdem sie mehrere Kilometer hinter sich gebracht hatten, erreichten sie den Zyklop, der sich wie ein leuchtender Riese vor ihnen erhob. Das Pärchen war begeistert von der Skulptur, und Caroline machte mit ihrem Smartphone ein paar Schnappschüsse mit Michel im Vordergrund. Es war still auf der Lichtung, nur das Laub flüsterte in den Bäumen.

Doch plötzlich vernahm Caroline ein Geräusch. Es war eine Art Wimmern, das von der Spitze des Zyklopen zu kommen schien.

»Hör mal, Michel. Was ist das?«

Er lauschte. »Vielleicht ein Tier? Sehen wir nach.«

Sie kletterten hinauf und erreichten schließlich das Wasserbecken. Das Wimmern wurde lauter.

»Es kommt aus dem Eisenbahnwaggon«, stellte Caroline fest. Inzwischen empfand sie die Situation als unheimlich und zögerte einen Moment. Dann begann sie über den Steg zu balancieren und vermied es, in die Tiefe zu sehen. Michel folgte ihr.

Als sie in den Waggon traten, erstarrten sie vor Entsetzen. Auf dem Boden lag ein Mann zusammengekrümmt in einer Blutlache. Seine aufgerissenen Augen waren trübe, das Poloshirt blutbefleckt. Der Hut lag nicht weit von seinem Kopf. Neben ihm saß eine schwarz-weiß gefleckte Bulldogge, die jaulte und am ganzen Körper zitterte. Caroline, kalkweiß im Gesicht, näherte sich dem Mann, ging in die Hocke und legte behutsam zwei Finger auf seinen Hals, um den Puls zu fühlen.

»Er ist tot«, bestätigte sie, was offensichtlich war.

»Wir können nichts mehr für ihn tun.« Sie wechselte einen angsterfüllten Blick mit Michel.

Während ihr Freund einen Notruf absetzte, griff sie nach dem zitternden Bündel und nahm den Hund auf den Arm. Sie drückte ihn an ihre Brust und flüsterte beruhigende Worte in sein Ohr. Dabei konnte sie den Blick nicht von dem toten Mann abwenden. Was war hier geschehen?

Das Städtchen Fontainebleau lag südlich von Paris und hatte ungefähr fünfzehntausend Einwohner. Berühmt war es für sein prunkvolles Renaissance-Schloss Château de Fontainebleau, das König Franz I im sechzehnten Jahrhundert von italienischen Künstlern ausbauen und gestalten ließ. Vorher war es eine bescheidene Jagdresidenz gewesen.

Das Kommissariat war in einem dreistöckigen weiß verputzten Haus untergebracht. Auf dem Dach saßen ein breiter grauer Schornstein sowie zwei runde rote Abzüge. Die Fensterläden waren grün lackiert. Das Gebäude stand am Marktplatz, auf dem sich im Schatten der Platanen Stände reihten, an denen Obst, Gemüse, Käse und Wurstwaren angeboten wurden. An einem Imbiss stärkten sich die Besucher mit Mokka und Macarons. Genau in der Mitte des Platzes drehte sich ein mit Schimmeln bestücktes barockes Karussell zu fröhlichen Melodien.

Madame le Commissaire Nathalie Beaufort saß an

ihrem Schreibtisch vor einem Computerbildschirm und lächelte verträumt vor sich hin. Dabei strich sie sich eine blonde Strähne aus der Stirn. Ihre himmelblauen Augen mit den langen dunklen Wimpern glänzten. Sie hatte sich verliebt. In René. Vor drei Wochen hatten sie sich beim Einkaufen auf dem Bauernmarkt kennengelernt und waren ins Gespräch gekommen. Daraufhin hatte der attraktive dunkelhaarige Mann sie zu einem Kaffee eingeladen. Er war vierundvierzig Jahre alt, neun Jahre älter als sie. Heute Abend waren sie im Restaurant Le Cygne verabredet. Sie freute sich sehr darauf und beschloss, das jadegrüne Kleid und dazu elegante Pumps anzuziehen, nicht wie sonst Jeans und Turnschuhe.

Plötzlich klingelte das Telefon und riss sie aus ihren Gedanken. Eine Gendarmin von der Wache in Milly-la-Forêt war am Apparat.

»Spaziergänger haben im Wald von Fontainebleau einen toten Mann gefunden. Er befindet sich im Eisenbahnwaggon des Zyklopen.«

Nathalie war irritiert. »Was? Im Zyklop?«

»Ja.«

»Okay! Ich bin schon unterwegs. Bitte warten Sie dort auf mich.«

»Wird gemacht, Madame le Commissaire.«

Nathalie wusste, wo das Kunstwerk stand. Sie beendete das Gespräch und informierte die Techniker der Spurensicherung sowie den Rechtsmediziner Docteur

Jacques Marais, die ihr versicherten, sich sofort auf den Weg zu machen. Sie würde alleine in den Wald fahren.

Der Arbeitsplatz ihr gegenüber war verwaist. Ihr Kollege Claude hatte Urlaub und war mit seiner Familie nach Sanary-sur-Mer gefahren. Nathalie schlüpfte in ihre rehbraune Bikerjacke und machte sich auf den Weg.

Als sie die Lichtung, auf der sich die Skulptur erhob, erreichte, stellte sie den Dienstwagen direkt vor dem Eingang ab. Zwei Gendarmen standen schon dort und warteten auf sie. Sie begrüßten sich, und die Polizistin erklärte ihr die Situation.

»Der Mann liegt oben im Eisenbahnwaggon.«

Sie wies auf ein Pärchen, das mit ernstem Gesichtsausdruck auf einer Bank saß. Die junge Frau hatte einen Hund auf dem Schoß und streichelte ihn.

»Die beiden haben ihn gefunden.«

Nathalie Beaufort stellte sich dem Pärchen vor und zeigte ihren Dienstausweis.

»Bonjour, Madame et Monsieur. Ich muss mir zunächst den Fundort ansehen, aber bitte warten Sie hier auf mich, ich will danach mit Ihnen reden. In der Zwischenzeit wird der Gendarm Ihre Kontaktdaten aufnehmen.«

»Selbstverständlich« sagte der junge Mann.

Währenddessen waren das Team der Spurensicherung und der Rechtsmediziner eingetroffen. Die Kommissarin begrüßte sie und berichtete, was geschehen war. Hintereinander stiegen sie hinauf zum Eisenbahnwaggon. Die Gendarmin ging voraus. Docteur Marais bildete die Nachhut und atmete schwer. Er war ein netter älterer wohlbeleibter Herr kurz vor der Pensionierung. Nathalie mochte ihn und seine warmherzige umgängliche Art. Manchmal gingen sie zusammen Mittagessen, und samstags am späten Nachmittag spielten sie gemeinsam in einer Gruppe Boules.

Die Gendarmin betrat den Waggon als Erste und ließ dann Nathalie den Vortritt. Langsam näherte sie sich dem Toten und erfasste dabei die gesamte Szenerie. Sie ging in die Hocke und betrachtete ihn aufmerksam. Sein Gesicht war blutleer, die Lippen blau und die hellen Augen mit einem Schleier überzogen. Um das Herz hatte sich sein Hemd rot verfärbt. Als sie sich erhob, betrat Docteur Marais den Waggon und verschnaufte einen Moment. Sein Blick fiel auf den Toten, und er runzelte die Stirn. »Was für ein spektakulärer Ort für einen Leichenfund.«

Nathalie nickte. »Das kann man wohl sagen.«

Als Marais wieder Luft bekam, ging er zu dem Leichnam, zog Einmalhandschuhe über und begann ihn zu untersuchen.

»Sehen wir mal, was wir da haben.«

Mit einer sterilen Schere schnitt er das Hemd auf und deutete auf drei Einschüsse.

»Er ist erschossen worden«, verkündete er. »Zwei

Projektile drangen knapp neben dem Herzen in den Brustkorb ein, eine Kugel traf vermutlich direkt in eine der Herzkammern. Er muss sofort tot gewesen sein, noch bevor er auf dem Boden aufschlug. Die Obduktion wird uns den genauen Sachverhalt liefern.«

»Gibt es Schmauchspuren?«, fragte Nathalie.

»Kaum, der Täter muss aus einigen Metern Entfernung geschossen haben.«

Sie sah sich um. »Er könnte an der Tür gestanden und sofort abgedrückt haben, so dass das Opfer keine Gelegenheit hatte zu reagieren und sich zu wehren«, versuchte sie, sich den Tathergang vorzustellen. »Das Opfer bricht zusammen und fällt auf den Holzboden.«

Marais nickte. »So könnte es gewesen sein.«

»Das würde bedeuten, dass der Täter nach dem Opfer in den Waggon kam. Der Tote war vor ihm da. Woher wusste der Angreifer, dass der Mann sich hier aufhalten würde?«

»Vermutlich ist er ihm gefolgt.«

Nachdenklich stimmte sie ihm zu. »Ja, oder er hatte die entsprechende Information. Wissen wir schon, um wen es sich bei dem Mann handelt?«

Die Gendarmin meldete sich zu Wort. »Das ist Charles Deray aus Milly-la-Forêt, ein bekannter Schriftsteller. Wir kennen uns vom Sehen, ich wohne auch dort.«

»Hat er Angehörige?«, erkundigte sich die Kommissarin.

»Eine Ehefrau, sie heißt Mireille.«

»Besaß er einen Hund?«

»Ich glaube, ja.«

»Merci.« Sie wandte sich erneut an den Arzt. »Ist der Fundort der Tatort?«

»Ganz sicher. Sieh, das viele Blut auf den Holzdielen.«

»Vermutlich ist es für eine Person außerdem unmöglich, eine Leiche über diese steilen Eisenstiegen und den schwankenden Kettensteg hier heraufzutragen.«

»Da kann ich dir nur zustimmen.«

»Wie lange ist er schon tot, Doc?«

»Ein bis zwei Stunden, eher zwei.«

»Der Notruf ging um zehn Uhr sechzehn auf der Wache ein«, berichtete die Gendarmin.

Nathalie sah auf ihre Armbanduhr. »Jetzt ist es kurz nach halb zwölf. Demnach wurde Charles Deray zwischen etwa neun Uhr dreißig und zehn Uhr zehn erschossen.«

»Wenn die beiden jungen Leute, die ihn gefunden haben, etwas früher gekommen wären, wären sie dem Täter womöglich begegnet.«

»Ja, es gibt nur einen Ausgang.« Nathalie wandte sich an das Team der Spurensicherung. »Ihr könnt jetzt anfangen. Der Bestatter wird in Kürze eintreffen. Seid bitte vorsichtig, wenn ihr den Leichnam hinunter transportiert.«

Ein Techniker begann durchnummerierte Schilder aufzustellen, eine Kollegin nahm ihre Kamera aus der

Tasche. Die Kommissarin wartete, bis Marais sein Lederköfferchen eingeräumt und sich aufgerappelt hatte. Dann machten sich die beiden an den Abstieg.

»Gib mir deine Tasche, Jacques«, forderte sie ihn auf.

»Merci, Nathalie.«

Sie verabschiedeten sich am Fuß des Zyklopen, und der Rechtsmediziner fuhr mit seinem klapprigen Citroën davon. Sie hatten vereinbart, dass er sie anrufen würde, wenn er mit der Obduktion fertig wäre.

Die Kommissarin setzte sich zu dem Pärchen auf die Bank. »Danke, dass Sie gewartet haben.«

»Was ist dem Mann zugestoßen?«, wollte Caroline wissen.

Beaufort entschloss sich, es ihr zu erzählen. Spätestens morgen würde sich die Presse auf den Mordfall stürzen.

»Er ist erschossen worden.«

Die junge Frau erbleichte. »Das ist schrecklich.«

»Ja, die police judiciaire in Fontainebleau übernimmt die Ermittlungen. Ich habe ein paar Fragen an Sie. Sind Sie hier aus der Gegend?«

»Nein, wir kommen aus Paris und machen Urlaub in Fontainebleau. Wir bouldern.«

Die Kommissarin lächelte kurz. Sie liebte diesen Sport, der so viel Geschicklichkeit und Phantasie erforderte. Leider kam sie nur sehr selten dazu.

»Heute haben Sie sich entschlossen, die Skulptur zu besichtigen?«

»Ja«, antwortete Michel. »Meine Freundin hat sich beim Klettern verletzt, deshalb wollten wir heute nicht bouldern und uns stattdessen den Zyklop ansehen.«

»Sie sind hinaufgestiegen?«

»Wir haben ein Wimmern gehört.« Er wies mit dem Kopf auf die Bulldogge. »Im Eisenbahnwaggon haben wir den Mann gefunden, wahrscheinlich ist das hier sein Hund.«

»Es sieht so aus.«

»Ich habe sofort die Polizei alarmiert.«

»Sehr gut. Ist Ihnen auf dem Weg hierher oder im näheren Umkreis der Skulptur etwas aufgefallen?«

Er zog die Stirn kraus. »Nein.«

»Haben Sie andere Personen gesehen?«

»Ja, sicher, eine Gruppe Kletterer, die zum Felsen L'Éléphant wollte, einen Bleausard an den Steinwellen und zwei Reiter, die in entgegengesetzter Richtung unterwegs waren.«

»Ist Ihnen dabei etwas Seltsames aufgefallen?«

»Ganz und gar nicht. Es waren Naturliebhaber, so wie wir.«

Caroline meldete sich zu Wort. »Ich kann mich an ein Fahrzeug erinnern, das auf einem Waldparkplatz stand. Du hast es doch bestimmt auch gesehen, Michel?«

»Das stimmt, jetzt, wo du es sagst.«

»Wo befindet sich dieser Parkplatz?«, wollte Beaufort wissen.

»Ungefähr zehn Gehminuten von hier, Richtung Osten«, berichtete Caroline.

»Wissen Sie, um welche Marke es sich handelte?«

»Ich glaube, es war ein Peugeot, ein kleines Modell.«

»Sie hat recht«, bekräftigte Michel.

»Welche Farbe hatte das Auto?«

»Es war dunkelblau.«

»Können Sie sich an das Kennzeichen erinnern?«

»Darauf habe ich nicht geachtet.«

Caroline schien sich an etwas zu erinnern. »Man konnte es gar nicht erkennen, weil es stark verschmutzt war. Deshalb ist mir das Fahrzeug überhaupt aufgefallen.«

»Ist Ihnen sonst noch etwas aufgefallen?«

»Leider nein.«

»Das war es vorerst von meiner Seite. Ich gebe Ihnen meine Visitenkarte. Bitte melden Sie sich jederzeit, wenn Ihnen noch etwas einfällt, auch wenn es noch so unwichtig erscheinen mag.«

»Alles klar«, sagte Michel.

»Was wird aus dem Hund?«, fragte Caroline.

»Ich nehme ihn mit und bringe ihn zu seiner Besitzerin.«

Nathalie nahm das verstörte Tier auf den Arm, und sie verabschiedeten sich.

Nathalie Beaufort fuhr über Waldwege, bis sie die Landstraße erreichte, die nach Milly-la-Forêt führte.

Sie parkte vor dem roten Backsteinhaus Au Parc du Château 4. Die Hündin hatte sich auf dem Beifahrersitz zusammengerollt und keinen Ton mehr von sich gegeben. Ihre Augen waren geschlossen. Nathalie nahm an, dass sie eingeschlafen war.

Sie ging um das Fahrzeug herum, hob sie vom Sitz und nahm sie auf den Arm. Die Bulldogge winselte kläglich.

Kurz nachdem Nathalie an der Haustür geklingelt hatte, wurde diese von einer Frau in einem schicken zartrosa Kostüm geöffnet, die die aschblonden Haare modisch kurz geschnitten trug. Die Perlenkette und die dazu passenden Ohrringe unterstützten den eleganten Eindruck. Sie sah Nathalie freundlich an. Dann fiel ihr Blick auf die Bulldogge.

»Das ist doch Filicia! Ist sie Ihnen zugelaufen?«

»Können Sie sie bitte nehmen?« Sie wich der Frage aus und reichte der Frau das Tier. Dann zeigte sie ihr den Dienstausweis und stellte sich vor.

»Sind Sie Mireille Deray?«

»Ja.« Jetzt wirkte sie erschrocken. Das schmale Gesicht mit den Fältchen, die sich wie feine Linien über Wangen und Stirn zogen, wurde blass. »Ist etwas passiert? Wo ist mein Mann? Geht es ihm gut?«

»Darf ich hereinkommen? Ich muss mit Ihnen reden.«

»Selbstverständlich. Kommen Sie bitte.«

Die Frau, die Nathalie auf Mitte fünfzig schätzte,

führte sie durch eine Diele auf die Terrasse. Dort wies sie auf eine Sitzecke mit Korbmöbeln, auf denen dicke farbenfrohe Polster lagen, die sich um einen Tisch gruppierten.

»Nehmen Sie bitte Platz. Darf ich Ihnen einen Kaffee anbieten oder eine Limonade?«

»Nein, vielen Dank.«

Nachdem sie den Hund in sein Körbchen gelegt hatte, setzte Madame Deray sich verkrampft auf den Rand eines Sessels und sah sie mit großen Augen an. Nervös rieb sie ihre Hände.

Nathalie gab sich einen Ruck. Einem Angehörigen eine Todesnachricht zu überbringen, war für sie die schwerste Aufgabe in ihrem Beruf. Es war ihr klar, dass dadurch das Leben einer Familie mit einem Schlag komplett auf den Kopf gestellt wurde und es nie mehr so sein würde, wie es einmal gewesen war.

»Ihr Mann Charles Deray wurde heute Morgen im Zyklop von Fontainebleau tot aufgefunden. Wir gehen von einem Gewaltverbrechen aus. Deshalb hat die police judiciaire Fontainebleau die Ermittlungen aufgenommen. Ich möchte Ihnen mein aufrichtiges Beileid aussprechen, Madame Deray. Es tut mir sehr leid.«

Die Frau klammerte sich mit den Händen an den Sessellehnen fest, so dass die Adern hervortraten. In stummer Verzweiflung schüttelte sie den Kopf. Dann brach der Kummer aus ihr heraus.

»Das kann nicht sein! Nicht mein Charles. Nein …«

»Eine Gendarmin, die hier im Ort wohnt, hat ihn identifiziert.«

»Was ist geschehen?«

»Auf ihn wurden drei Schüsse abgegeben. Mindestens einer davon war tödlich.«

»Er ist erschossen worden? Im Zyklop?«

»Oui, Madame. Im Eisenbahnwaggon. Wir wissen noch nicht, was genau dort vorgefallen ist. Vom Täter fehlt bisher jede Spur.«

Madame Deray blickte ins Leere, ihr Kinn begann zu zittern.

Besorgt sah Nathalie sie an.

»Madame? Geht es einigermaßen? Soll ich Ihnen ein Glas Wasser holen?«

»Nein, danke. Ich kann es einfach nicht fassen.«

»Darf ich Ihnen einige Fragen stellen, oder soll ich später wiederkommen?«

»Fragen Sie nur.«

»In Ordnung. Was hat Ihr Mann im Wald von Fontainebleau gemacht?«

»Er brach jeden Morgen gegen neun Uhr zu einem Spaziergang mit Filicia auf. Sein Ziel war die Skulptur, er stieg hinauf und genoss die Aussicht. Dieser Ort inspiriere ihn, sagte er immer. Das war eine Art Ritual. Mein Mann ist …«, sie brach ab und biss sich auf die Lippe, »war Schriftsteller.«

»Und anschließend?«

»Anschließend lief er zurück. Gegen elf Uhr war er meistens wieder da.«

Nathalie machte sich gedanklich eine Notiz. Wenn Deray für die halbe Strecke eine knappe Stunde brauchte und er um neun Uhr aufgebrochen war, musste er zwischen circa zehn und zehn Uhr zehn erschossen worden sein.

»Haben Sie eine Vorstellung, wer ihm das angetan haben könnte?«

»Nein, mein Mann war bei allen Leuten sehr beliebt. Er war klug, unterhaltsam, charmant, lebensfroh. Für ihn war das Glas immer halb voll.«

»Hatte er Streit, beispielsweise mit den Nachbarn?«

»Wir haben uns immer gut verstanden, es gab nie ein böses Wort.«

»Feinde?«

»Aber nein, mein Mann hat Sachbücher geschrieben! Wie sollte man sich damit Feinde machen?«

»Wirklich nicht? Denken Sie bitte nach.«

Madame Derays Blick ging ins Leere, dann runzelte sie die Stirn.

»Doch, mir fällt etwas ein. Durch den Schock habe ich nicht gleich daran gedacht. Er hatte Ärger mit einer Frau. Mein Mann hat eine Biographie über Jean Cocteau geschrieben. Diese Frau behauptet, die Enkelin dieses Künstlers zu sein, und fordert fünfzig Prozent der Buchtantiemen, ansonsten würde sie ihn verklagen.«

»Weshalb?«

»Es geht um die Verletzung von Urheberrechten und darum, dass mein Mann für dieses Projekt keine Einwilligung von ihr eingeholt hat. Sie stellt die Herkunft von Quellentexten infrage und kritisiert die Verletzung der Privatsphäre. Mein Mann war dadurch sehr irritiert.«

»Wie ist der neueste Stand?«

»Charles hat einen Rechtsanwalt engagiert, der sich um die Angelegenheit kümmert. Mehr kann ich Ihnen dazu nicht sagen. Ich habe mich weitgehend aus der Sache herausgehalten.«

»Haben Sie dennoch eine Einschätzung?«

»Charles hielt sie für eine Hochstaplerin.«

»Wie war sein Verhalten in letzter Zeit?«

»Wie immer, mir ist nichts Ungewöhnliches aufgefallen. Er freute sich auf sein neues Buchprojekt, es sollte von der ehemaligen Künstlerkolonie von Barbizon handeln.«

»Wurde er bedroht oder geschahen seltsame Dinge?«

Wieder schien Madame Deray in sich zu gehen, dann blickte sie Nathalie direkt an.

»Ja, doch. Vor drei Tagen haben wir im Garten einen Giftköder gefunden. Wir befürchteten, dass jemand Filicia vergiften wollte.«

»Wer könnte das gewesen sein?«

»Wir haben uns den Kopf zerbrochen, aber uns ist niemand eingefallen. Sie ist ein liebes Hündchen und tut keinem Menschen etwas.«

Die Bulldogge hob den Kopf und sah sie an. Offenbar spürte sie, dass über sie gesprochen wurde.

»Wie würden Sie Ihre Ehe beschreiben, Madame Deray?«

»Ich verstehe nicht, was diese Frage mit Ihrer Ermittlungsarbeit zu tun hat.«

»Bei einem Tötungsdelikt kann alles wichtig sein.«

Die elegante Frau überlegte einen Moment.

»Wir führten eine gute Ehe, geprägt von Zuneigung und gegenseitigem Respekt. Als Charles und ich uns kennenlernten, habe ich Medizin studiert, und er war ein aufstrebender Schriftsteller. Einer von uns musste den Lebensunterhalt verdienen, deshalb habe ich mein Studium abgebrochen und als Krankenschwester gearbeitet. Ich war seine Muse, das war eine wunderbare Zeit. Nur unser Kinderwunsch erfüllte sich leider nie.«

»Ich muss Sie das jetzt fragen. Wo waren Sie heute Morgen zwischen neun und zehn Uhr zehn?«

Madame Deray sah sie entsetzt an. »Sie verdächtigen mich?«

»Das ist eine reine Routinefrage.«

»Ich war um acht Uhr mit meiner Freundin Mariette Dupont im Café Fontainebleau verabredet. Wir haben dort zusammen gefrühstückt.«

»Sie haben nicht mit Ihrem Mann gefrühstückt?«

»Nein.«

»Ich werde das überprüfen müssen.«

»Tun Sie das.« Der Ton war kühler geworden.

»Im Moment habe ich keine weiteren Fragen mehr. Haben Sie jemanden, der sich um Sie kümmert? Sie sollten jetzt nicht alleine sein.«

»Ich kann Mariette jederzeit anrufen. Aber ich möchte lieber für mich sein.«

»Wie Sie meinen.« Nathalie legte eine Visitenkarte auf den Tisch. »Bitte rufen Sie mich an, wenn Ihnen noch etwas einfällt.«

»Selbstverständlich. Ich begleite Sie zur Tür.«

Als die Kommissarin weg fuhr, sah Madame Deray ihr noch lange nach. Ihre Augen waren feucht. Der Gedanke, dass sie Charles verloren hatte, war unerträglich. Wie sollte sie ohne ihn weiterleben? Schließlich schloss sie die Tür und zog sich ins Haus zurück.

Nathalie Beaufort fuhr zurück nach Fontainebleau und beschloss, das Café Fontainebleau aufzusuchen. Sie kannte es, da sie dort selbst hin und wieder frühstückte und die Tageszeitung las, bevor ihr Dienst im Kommissariat begann.

Das Café lag in einer Seitengasse in der Nähe der Markthalle, eingeklemmt zwischen einem Antiquitätengeschäft und einer Buchhandlung. Die Fassade war frisch renoviert. Über der Eingangstür hing ein altes Wirtshausschild, das ein Schloss zeigte und im Wind pendelte.

Nathalie setzte sich an einen freien Bistrotisch, den eine gestreifte Markise beschattete. Am Nachbartisch saß eine attraktive schwangere Frau und aß Torte. Kurz darauf kam Claudie, die junge Bedienung mit den rosa Strähnchen und dem Piercing in der Nase, und begrüßte sie.

»Bonjour, Madame le Commissaire. Ist das nicht ein schöner Tag heute?«

»Bonjour, Claudie. Ja, es ist schon sehr warm für Mai.«

»Was darf ich Ihnen bringen?«

»Ich möchte eine Kleinigkeit essen, was können Sie empfehlen?«

»Als Tagesgericht gibt es Galette, gefüllt mit Schinken und Käse, dazu Lauchgemüse.«

»Das hört sich gut an, und ein großes Mineralwasser bitte.«

»Sehr gerne.«

Claudie verschwand im Café und servierte kurz darauf das Mineralwasser und ein Schälchen mit Pistazien. Nathalie trank durstig. Anschließend holte sie ihren Notizblock und einen Stift aus der Tasche und las konzentriert die Aufzeichnungen, die sie am Tatort gemacht hatte. Hin und wieder ergänzte sie die knappen Notizen. Jedes Detail war wichtig, keine Information durfte verlorengehen. Dabei versuchte sie, sich den Tathergang vorzustellen. Ein Ort mitten im Wald, nicht völlig einsam, aber auch nicht überlaufen. Ein Schütze, der leise auf die Skulptur geklettert war und offenbar vom Eingang des Waggons aus geschossen hatte. Dabei hatte er das Herz des Opfers getroffen. Zufall oder Können? Charles Deray hatte einen gefalteten Zwanzig-Euro-Schein in der Hosentasche gehabt, um das Handgelenk hatte er eine wertvolle Herrenuhr von Charriol getragen, die mindestens dreitausend Euro wert sein musste. Geld und Schmuck hatten den Täter nicht interessiert. Es musste also ein anderes Motiv geben. War es persönlicher Natur? Hatten sich die beiden gekannt? Der Tatort war ein Eisenbahnwaggon, der an die Opfer des Naziregimes erinnern sollte. Hatte das Verbrechen etwas damit zu tun?

Nathalie schüttelte den Kopf und legte den Stift weg. Es war zu früh für solche Vermutungen und Spekulationen, sie benötigte dringend mehr Hintergrundinformationen. Als sie ihr Notizheft zuklappte, kam Claudie mit dem Mittagessen und stellte den Teller sowie ein Körbchen mit krossen Baguettescheiben auf den Tisch.

»Bon appétit, Madame le Commissaire.«

»Merci.«

Sie ließ sich die Galette schmecken und war überrascht, wie gut das Lauchgemüse dazu passte. Dabei grübelte sie weiter über den Fall nach. Sie warf einen Blick auf ihre Uhr. Jacques hatte sich noch nicht gemeldet.

Als sie ihre Mahlzeit beendet hatte, bat sie Claudie, zwei Mokka zu bringen und sich kurz zu ihr zu setzen. Deren Chefin hatte nichts gegen eine Raucherpause einzuwenden, da gerade nicht viel los war. Claudie setzte sich, zündete sich eine Zigarette an und sah Nathalie fragend an.

»Kann ich etwas für Sie tun?«

»Vielleicht können Sie mir weiterhelfen. Ich habe ein paar Fragen an Sie.«

Der Gesichtsausdruck der Bedienung wurde schlagartig ernst. »Dienstlich?«

»Ja.«

»Okay.«

»Seit wann sind Sie heute schon hier im Café?«

»Seit heute Morgen um sieben Uhr.« Sie sah auf ihre Armbanduhr. »In einer halben Stunde habe ich Feierabend.«

»Kennen Sie Madame Mireille Deray? Sie wohnt in Milly-la-Forêt.«

»Sie ist Stammkundin bei uns, eine sehr nette Dame, die immer großzügig Trinkgeld gibt. Ihr Mann ist ein berühmter Schriftsteller, Charles Deray.«

»War sie heute Morgen hier?«

»Ja. Da bin ich mir sicher.«

»War sie alleine?«

»Nein, sie kam in Begleitung ihrer Freundin Madame Dupont. Sie haben zusammen gefrühstückt.«

»Wissen Sie die Uhrzeit?«

»Die beiden müssen so gegen acht Uhr eingetroffen sein und haben das Café kurz nach zehn Uhr wieder verlassen.«

»Sind Sie sicher?«

»Ja, absolut. Nachdem ich sie abkassiert hatte, habe ich Pause gemacht. Wie immer von zehn Uhr fünfzehn bis zehn Uhr dreißig.«

»Haben Sie zufällig gehört, worüber die Frauen geredet haben?«

Claudie reagierte empört. »Ich belausche doch keine Gäste!«

Nathalie machte eine beschwichtigende Geste.

»Das weiß ich. Ich meine, ob Sie vielleicht beim Servieren ein paar Worte aufgeschnappt haben.«

Die Kellnerin dachte nach. »Das ist nicht so einfach. Sie können sich sicher vorstellen, wie viele Gäste ich jeden Tag bediene?«

»Ich glaube schon.«

Claudie zog die Stirn kraus und zögerte mit ihrer Antwort. »Es ging wohl um Scheidung.«

»Um Scheidung? Wer wollte sich scheiden lassen?«

»Warten Sie, wie war das noch? Madame Dupont hat Madame Deray geraten, sich scheiden zu lassen, und ihr einen Anwalt empfohlen.«

»Sicher?«

»Ganz sicher! Ich habe mir noch überlegt, weshalb sich eine Frau von einem so bekannten Autor scheiden lassen sollte?«

»Haben Sie noch mehr gehört?«

»Nein.«

»Wie hat Madame Deray auf diesen Ratschlag reagiert?«

»Ich glaube, gar nicht. Sie hat in ihrer Kaffeetasse gerührt und geschwiegen.« Die junge Frau sah Nathalie neugierig an. »Warum wollen Sie das wissen?«

Die Kommissarin beschloss, ihr die Wahrheit zu sagen. Spätestens morgen früh würde die Nachricht über den gewaltsamen Tod von Charles Deray in den regionalen und überregionalen Zeitungen stehen.

»Der Mann von Mireille Deray ist einem Verbrechen zum Opfer gefallen.«

Claudie sah sie fassungslos an und schlug die Hand vor den Mund. »Mon Dieu! Wie furchtbar.«

»Ich möchte Sie bitten, Stillschweigen zu wahren.«

»Selbstverständlich.«

Ein schlichtes weißes Haus in der Rue Lizy beherbergte die Rechtsmedizin von Fontainebleau. Nathalie Beaufort fand Docteur Jacques Marais im Obduktionssaal im Erdgeschoss. Er stand neben dem Edelstahltisch und breitete gerade ein steriles Tuch über den Leichnam von Charles Deray. Den Kopf ließ er frei.

»Salut, Jacques.«

»Salut, Nathalie.«

»Du bist schon fertig?«

»Ja, gerade eben.« Ernst betrachtete er das Gesicht des toten Mannes, dessen Augen er geschlossen hatte. »Der Mann hatte noch ein langes Leben vor sich, für sein Alter war er fit.«

»Hast du noch etwas herausgefunden?«

»Ich habe die Einschüsse untersucht. Ein Projektil traf in die rechte Herzkammer und war todesursächlich. Die zweite Kugel prallte an einer Rippe ab, das dritte Geschoss drang neben dem Herzen in die Gewebestruktur ein.«

»Hast du Abwehrverletzungen feststellen können?«

»Nein, es gibt keine.«

»Das bestätigt unsere These, dass der Schütze einige Meter entfernt von ihm stand. Was ist mit den Projektilen?«

»Ich habe sie entfernt und schicke sie gleich nach unserem Gespräch in die Ballistik.«

»Welche Waffe wurde benutzt?«

»Das kann ich dir nicht sagen, nur dass es Neun-Millimeter-Geschosse waren.«

»Die sind weit verbreitet.«

»Ich weiß.«

»Hast du sonst noch etwas für mich?«

»Eine Sache noch. Ich habe bei der Untersuchung festgestellt, dass Deray sterilisiert war.«

»Sterilisiert?«

»Ja, die Samenleiter wurden durchtrennt. Er konnte keine Kinder zeugen.«

»Das ist interessant.«

»Unter Umständen. Das war es von meiner Seite. Gehst du heute Abend mit mir essen?«

Nathalie lächelte bedauernd. »Das geht leider nicht, Jacques. Ich bin verabredet.«

»Ein Mann?«

»Ja, ich habe ihn erst kürzlich kennengelernt. Er ist sehr sympathisch und sieht gut aus.« Sie zwinkerte ihm zu.

»Pass auf, dass er dir nicht das Herz bricht. Ich wünsche dir einen schönen Abend.«

»Danke, Jacques.«

ZWEITER TAG

BARFLEUR, BASSE-NORMANDIE

Der malerische Fischerort Barfleur lag an der Nordostspitze der Halbinsel Cotentin in der Normandie und galt als das schönste Dorf Frankreichs. Um den Hafen reihten sich Granitsteinhäuser mit weißen Sprossenfenstern, ebensolchen Fensterläden, mit Schieferdächern und roten Kaminen. An der Promenade lagen Restaurants, Cafés und Souvenirläden. Nahe am Hafenausgang erhob sich die Kirche Église Saint-Nicolas mit ihrem Turm aus wuchtigem Granit und den Weihwasserbecken in Form einer Auster. Dahinter befand sich die Seenotrettung. Der Gezeitenunterschied, der in Barfleur noch stärker wirkte als im benachbarten Städtchen Saint-Vaast-la-Hougue, konnte bis zu zehn Meter betragen. Bei Ebbe lagen die vertäuten Schiffe im Schlick.

Weiter nördlich an der Pointe de Barfleur erhob sich der 1834 erbaute Leuchtturm Phare de Gatteville, der mit seinen einundsiebzig Metern der höchste Leuchtturm Frankreichs war. Von seiner Spitze aus hatte man einen wunderschönen Ausblick über die Îles Saint-Marcouf und die Baie de Veys bis zu den Klippen von Grandcamps. An diesem Morgen ragte das maritime Bauwerk in den wolkenlosen azurblauen Himmel. Die vom Meer glatt geschliffenen, schwarz glänzenden Felsformationen lagen im Wasser. Es war Hochflut, die sich gerade zurückzuziehen begann. Bei Einsetzen der Ebbe würden sich Wattfischer, sogenannte pêcheurs à pied, mit Eimern, kleinen Harken und Schaufeln auf den Weg machen und im Sand sowie in Felsspalten nach Meerestieren suchen. An diesem Uferstreifen gab es besonders viele Wellhornschnecken, eine nussig schmeckende Delikatesse, die mit Knoblauchmayonnaise und frischem Baguette genossen wurde.

Zwischen den Dünen oberhalb einer kleinen Bucht nördlich von Barfleur lag ein ockerfarbenes Haus mit taubenblauen Klappfensterläden und einem roten Ziegeldach. Durch einen Kiefernhain führte ein gewundener Pfad zu einem sichelförmigen Strand, gesäumt von Felsen, auf denen sich Seevögel niederließen.

Auf der Terrasse, von der aus man den Küstenstreifen, das ultramarinblaue Meer und die kilometerlangen Muschelbänke erblickte, saßen an einem klobigen Holztisch ein Mädchen und ein Mann. Auf dem Tisch verstreut lagen Hefte, Bücher und Stifte. Unter dem Tisch hatte sich ein kleiner Mischlingshund ausgestreckt und schlief.

»Ich hasse Mathe«, erklärte Amélie. Sie war acht Jahre alt und besuchte die dritte Klasse der Grundschule, der école primaire von Barfleur. Es war noch nicht lange her, da hatte sie ihre blonden Haare zu vielen Zöpfchen geflochten und mit bunten Schleifen zusammengebunden, doch jetzt trug sie sie schulterlang und hatte einen pinkfarbenen Haarreif auf dem Kopf, der zu dem rosa Sommerkleid passte. Das Mädchen zog die sommersprossige Nase kraus und sah Philippe Lagarde mit ihren grünblauen Augen eindringlich an.

»Es ist so schwer, und ich habe keine Lust mehr.«

Amüsiert lächelte er sie an. »Bruchrechnen ist nicht schwer, man muss sich nur ein bisschen konzentrieren, Pippinette.«

Das war von klein auf ihr Kosename gewesen, den inzwischen nur noch Philippe benutzen durfte.

»Das sagt Maman auch immer«, meinte sie. »Trotzdem mag ich lieber Zeichnen und Geschichten lesen, Philippe.«

Ihre Mutter Camille war Lehrerin und unterrichtete am Lycée von Saint-Vaast die Fächer Deutsch und Französisch. Sie zog ihre Tochter alleine groß, und Lagarde unterstützte sie hin und wieder, indem er sich um Amélie kümmerte. Camille und er waren gute Freunde.

»Wenn du Polizistin werden willst, so wie Valérie, musst du den Notendurchschnitt für das Lycée erreichen und das baccalauréat machen.«

»Ich will Kommissarin werden, so wie du.«

»Dann kommst du am Bruchrechnen nicht vorbei.«

Ihr Blick verfinsterte sich.

»Weißt du, was? Wir hören jetzt auf und machen morgen noch zwei, drei Aufgaben. Dann schaffst du den Test am Montag mit Leichtigkeit. Einverstanden?«

Das Mädchen strahlte ihn an. »Super! Was machen wir jetzt?«

»Ich möchte mit dem Boot rausfahren und angeln, wir wollen doch heute Abend grillen. Ein paar schöne Fische auf dem Rost wären nicht schlecht.«

»Darf ich mit?«

»Klar. Aber vorher müssen wir deiner Maman Bescheid sagen.«

»Das ist nicht nötig, sie hat mir erlaubt, den ganzen Nachmittag bei dir zu bleiben, wenn du Zeit hast.«

»Für dich habe ich immer Zeit. Also los, du Leichtmatrosin!«

Philippe Lagarde war Kommissar im Ruhestand und ehemaliger Elitepolizist. Eine schwere Schusswunde hatte ihn vor einigen Jahren gezwungen, seinen geliebten Beruf aufzugeben. Doch da er nicht ganz loslassen konnte, leitete er Seminare an der Polizeiakademie von Rennes, hielt Vorträge in ganz Frankreich über aktuelle polizeirelevante Themen und unterstützte Kollegen, die bei einem komplizierten Gewaltverbrechen nicht weiterkamen, bei ihren Ermittlungen. Seine Spezialgebiete waren Deeskalationstechniken bei Geiselnahmen, Verhinderung von Attentaten bei Großveranstaltungen und der Schutz von öffentlichen Gebäuden, beispielsweise Flughäfen. Er verfügte über eine Nahkampfausbildung und war ein brillanter Schütze. Er hatte ein markantes Gesicht mit saphirblauen Augen. Die dunklen Haare trug er kurz geschnitten, manchmal ließ er sich einen Dreitagebart wachsen, weil es seiner Lebensgefährtin Odette gefiel.

Amélie und Philippe stiegen in den ersten Stock, gefolgt von der Hündin Lali, die dem Mädchen auf Schritt und Tritt folgte. Im Schlafzimmer zog Philippe eine Schublade heraus und suchte nach passender Kleidung für seine kleine Freundin, die er von ihrer Mutter bekommen hatte.

»Was suchst du?«, wollte sie wissen.

»Eine Jacke für dich. Draußen auf dem Meer kann ein kalter Wind wehen.«

Sie griff nach einem Pullover. »Den nehme ich mit.«

»Gut.«

Sie verließen das Haus und stiegen in Lagardes zerbeulten himmelblauen Renault Express. Amélie durfte mittlerweile vorne sitzen, Lali sprang auf den Rücksitz.

Nach einer Viertelstunde erreichten sie Barfleur, und Lagarde fand einen Parkplatz direkt am Kai. Über glitschige, mit Tang überzogene Steinstufen erreichten sie die Hafenmauer, an der das korallenrote Ruderboot an einem Eisenring vertäut war. Sie stiegen hinein, und Amélie löste geschickt das Tau. Es dauerte nicht lange, und sie erreichten das Motorboot von Lagarde, das an einer Boje lag. Das Schiff war hochseetauglich und verfügte über einen Innenbordmotor, eine Schlupf-kajüte und einen kleinen Steuerstand. Nachdem das Mädchen die rosa Fender eingeholt hatte, legten sie ab, und Philippe steuerte das Boot durch den Hafen hinaus auf den unruhigen Ärmelkanal. Ihr Ziel war die Nordküste der Halbinsel Cotentin, nicht weit von der Pointe de Barfleur.

»Darf ich das Steuer übernehmen?«, fragte Amélie.

»Ja, denk aber daran, ausreichend Abstand zum Ufer zu halten. Dort gibt es Unterwasserriffe, die den Bootsrumpf aufschlitzen können.«

»Ay, ay, Captain!«

Er stellte sich hinter sie und passte auf, dass sie die Richtung hielt.

Sie ankerten etwa eine Seemeile vor Cap Lévy und warfen die beiden Angelruten aus. Lagarde steckte seine in die Halterung, Amélie hielt ihre fest und ließ den Schwimmer nicht aus den Augen. Als er zu hüp-fen begann und von der Wasseroberfläche verschwand, flüsterte sie aufgeregt: »Ein Fisch hat angebissen.«

»Vorsichtig die Schnur aufrollen«, sagte Lagarde leise.

Sie machte es richtig gut und hatte tatsächlich eine fette Makrele am Haken. Der Fisch landete in einem Eimer mit Wasser.

Nach zwei Stunden hatten sie zwei Doraden, drei Ma-krelen und einen Wolfsbarsch gefangen. Hoch zu-

frieden mit ihrer Ausbeute beschlossen sie zurückzu-
fahren.

Das Bistro »Au vent des Îles« lag direkt an der Promenade und war Lagardes Lieblingsrestaurant. Mit
dem Wirt Gaston war er befreundet. Amélie hatte
nach dem Angelausflug Hunger, und Gaston führte
sie zu einem Tisch, der von einer rotweiß gestreiften
Markise beschattet wurde.

»Was darf ich euch zu trinken bringen?«, erkundigte
er sich.

Das Mädchen bestellte eine Orangina, Lagarde ein
Glas Rosé.

»Wollt ihr essen?«

»Ja«, antwortete der Kommissar. »Wir waren bei Cap
Lévy angeln und brauchen dringend eine Stärkung.«

Gaston lachte. »Als Tagesgericht habe ich fangfri-
sche Miesmuscheln in einer Sahne-Specksauce, köstlich! Ich kann sie nur empfehlen.«

»Mit Pommes frites?«, wollte Amélie wissen.

»Selbstverständlich.«

Als er die Getränke servierte, bekam Lali eine Schale
mit Wasser. Durstig begann sie zu trinken.

Nachdem sie die Muscheln genossen hatten, entschied sich Amélie für einen Eisbecher als Dessert. Lagarde trank einen Mokka und bezahlte die Rechnung.

Auf dem Rückweg zu seinem Haus machten sie
einen Zwischenstopp beim Supermarkt und kauften
Steaks, Würstchen und frisches Baguette.

Am späten Nachmittag waren sie mit den Vorbereitungen für die Grillparty beschäftigt. Amélie deckte den Tisch auf der Terrasse, und Lagarde putzte die Fische, schürte den Grill an und stellte den Wein kalt. Lali bekam ein Würstchen.

Kurz vor achtzehn Uhr waren sie mit ihrer Arbeit fertig und warteten auf das Eintreffen der Gäste. Auf einem Stehtisch standen Kristallgläser und Champagner im Eiskübel bereit.

Angélique und Richard trafen als Erste ein. Sie waren Nachbarn von Lagarde und wohnten in einem wunderschönen normannischen Fachwerkhaus. Das Paar war seit Jahrzehnten verheiratet und liebte sich wie am ersten Tag. Richard hatte bis zu seiner Rente bei der Seenotrettung von Barfleur gearbeitet und kannte den Ärmelkanal wie seine Westentasche. Bei schwierigen Rettungsaktionen wurde er nach wie vor von seinen Kollegen um Unterstützung gebeten, und erst kürzlich hatten sie während eines Sturms die Crew eines gekenterten Seglers gerettet. Es kam immer wieder vor, dass Skipper die Gefahren des Ärmelkanals mit seinen Strudeln, Strömungen und Untiefen unterschätzten und sich bei aufkommenden Windböen zu spät entschlossen, einen sicheren Hafen anzusteuern. Seine Frau werkelte gerne in ihrem Garten, kochte Marmelade ein und engagierte sich ehrenamtlich als Lesepatin in einem Kindergarten. Die Kinder liebten sie und ihre Fruchttörtchen. Die beiden hatten sich für den Abend schick gemacht. Richard trug einen anthrazitgrauen Anzug und eine Krawatte mit kleinen Jollen darauf, seine Frau ein blau schimmerndes Kleid und eine silberdurchwirkte Stola. Die langen blonden Haare hatte sie mit einem Samtband zu einem Zopf gebunden, die Lippen waren brombeerrot geschminkt, in den Ohren steckten winzige Diamanten. Sie hatte eine Schüssel mitgebracht, die sie auf dem Tisch abstellte. Sie begrüßten sich herzlich mit Wangenküsschen.

»Du hast deinen berühmten Nudelsalat mitgebracht«, freute sich Lagarde.

Seine Nachbarin strahlte. »Das hatte ich dir versprochen.«

Sie hörten Schritte, und schon kamen Valérie und Roselin um die Ecke. Roselin Dumas war der Chef der Gendarmerie von Barfleur. Er war klein, rundlich, hatte einen störrischen Haarkranz und war ein gutmütiger Mensch. Vor einigen Jahren hatte Lagarde ihn während einer schwierigen Ermittlung auf dem Phare de Gatteville aus einer bedrohlichen Situation gerettet. Seitdem würde Roselin für ihn durchs Feuer gehen, und er unterstützte ihn bei Ermittlungen vor Ort, so gut er konnte.

Valérie, seine Assistentin, war eine attraktive Frau mit langen roten Haaren und grünen Augen, die in ihrem türkisenen Hosenanzug hinreißend aussah. Sie hatte Lagarde schon häufig bei der Aufklärung von Verbrechen geholfen. Ihr spektakulärster Fall war die

Suche nach dem Mörder einer jungen Frau gewesen, die in einem Sumpfloch in der Nähe von Portbail gefunden worden war. Die Tat lag Jahre zurück, und sämtliche Spuren waren verblasst.

Roselin und Lagarde umarmten sich, der Gendarm klopfte ihm kräftig auf den Rücken. »Bonsoir, Philippe.«

»Bonsoir. Wo ist Madame Florence?«, fragte Lagarde. Die resolute Bäuerin betrieb einen Marktstand auf der Promenade von Barfleur und war mit Roselin verlobt.

»Sie ist auf der Jahreshauptversammlung des Landfrauenverbandes und lässt sich entschuldigen. Sie wäre so gerne gekommen, ist aber unabkömmlich.«

Sein Freund grinste. »Das kann ich mir vorstellen. Schade. Magst du ein Glas Champagner?«

»Ein kaltes Bier wäre mir lieber.«

»Kommt sofort.«

Camille und Ludovic Cleroc trafen zusammen ein. Amélie stürmte auf ihre Mutter zu und fiel ihr um den Hals. Lali kläffte vor Freude.

»Maman, ich habe Fische gefangen, den Tisch gedeckt und Saucen gemacht!«

Camille drückte ihr einen Kuss auf die Stirn. »Toll, ma chérie.«

»Was hast du mitgebracht?«

»Einen gemischten Salat mit Champignons und Hirtenkäse.«

»Lecker. Valérie hat kleine Quiches gebacken, und das Kartoffelgratin hat Madame Florence zubereitet. Zum Dessert gibt es Crème brûlée.«

Ludovic, ein hagerer Mann um die fünfzig, der seine Haare immer zu einem gepflegten Pferdeschwanz gebunden hatte, stand etwas verloren und mit ernstem Gesichtsausdruck neben dem Bistrotisch. Er war Hauptkommissar und arbeitete auf der Polizeiwache von Cherbourg. Im Dienst trug er elegante Anzüge, jetzt hatte er Jeans, ein T-Shirt und Sportschuhe an.

Lagarde begrüßte ihn und sah ihn verwundert an. »Wo sind Suzette und die Zwillinge?«

Suzette war seine zweite Frau, nachdem die erste Ehe in einem Rosenkrieg geendet hatte. Suzette hatte vor drei Jahren ein bezauberndes Zwillingspärchen, Mélissa und Jean-Antoine, auf die Welt gebracht.

»Ich brauche einen Schnaps«, sagte Cleroc ausweichend. »Kann ich dich kurz unter vier Augen sprechen?«

»Sicher.« Lagarde wandte sich an Richard. »Kannst du bitte den Champagner einschenken? Ludovic und ich sind gleich wieder da.«

Die Männer zogen sich in die Küche zurück. Lagarde schenkte für beide einen Calvados ein, und sie stießen an. Ludovic kippte ihn mit einem Schluck.

»Was ist denn los?«, wollte Lagarde wissen.

»Suzette hat mich verlassen.«

»Was? Ihr wart doch glücklich!«

»Das dachte ich auch.«

»Was ist passiert?«

»Wir haben gestern Abend unseren Hochzeitstag in einem Restaurant in Saint-Vaast gefeiert. Unser Babysitter hat auf die Zwillinge aufgepasst. Die Stimmung war sehr gut und entspannt. Du weißt ja, wie aufbrausend meine Frau hin und wieder sein kann. Während unserer Unterhaltung habe ich ihr gesagt, wie glücklich ich mit ihr bin und dass ich mir noch ein Kind wünsche.« Er schwieg für einen Moment und rieb sich aufgewühlt das Kinn.

»Ja, und?«

»Sie ist total ausgerastet und hat mir vorgeworfen, ich würde ihre Karriere zerstören. Sie habe ihre Rechtsanwaltskanzlei trotz der Kleinen aufgebaut. Jetzt hätten sie endlich einen Platz im Kindergarten, und sie könne sich mehr um ihre Mandanten kümmern. Dann schrie sie mich an, ich sei ein egoistischer rücksichtsloser Kerl, und stürmte aus dem Lokal. Heute Morgen ist sie mit den Zwillingen zu ihren Eltern nach Deauville gefahren.« Er sah seinen Freund verzweifelt an. »Was soll ich tun, Philippe? Ich kann es nicht ertragen, wenn meine zweite Ehe ebenfalls scheitert. Noch einmal stehe ich eine solches Drama nicht durch.«

Lagarde schenkte dem Freund nach und überlegte. »Nimm dir ein paar Tage frei. Fahr nach Deauville und rede mit ihr.«

»Meinst du, sie lässt sich überhaupt auf ein Gespräch ein?«

»Sicher, sie ist sehr impulsiv, hat sich aber vermutlich in der Zwischenzeit beruhigt.«

»Was soll ich ihr sagen?«

»Nach meiner Erfahrung setzen sich Frauen immer durch. Du machst einen Rückzieher und entschuldigst dich.«

Ludovic brauste auf. »Was? Ein weiteres Kind ist ein großer Wunsch von mir!«

»Aber es ist nicht der Wunsch deiner Frau. Lass ihr Zeit. Sie will, dass ihre Kanzlei floriert, das ist doch verständlich.«

»Also gut, morgen fahre ich.« Er wirkte ein wenig zuversichtlicher. »Immerhin ein Plan.« Dann fiel ihm etwas ein. »Ich habe Odette noch gar nicht gesehen, kommt sie später?«

»Nein, sie kann leider nicht kommen. Sie hat eine große Geburtstagsgesellschaft in ihrem Restaurant.«

Die beiden gesellten sich wieder zu den anderen, die sich um den Grill versammelt hatten, Champagner tranken und Roselin zusahen, wie er die Fische wendete. Ein köstlicher Duft zog durch den Garten. Als sie gar waren, setzten sie sich um den Tisch und genossen den ersten Gang. Sie unterhielten sich angeregt, scherzten und lachten. Im Hintergrund erklang ein Chanson von Charles Trenet, La mer. Die bunten Lampions, die Amélie und Philippe an den Ästen der Bäume befestigt hatten, wirkten vor dem graphit-schwarzen Nachthimmel wie glühende Feuerbälle. In der Bucht donnerte die Brandung gegen die Felsen.

Amélie spielte den Mundschenk und war unterwegs in die Küche, um eine weitere Flasche Wein zu holen.

Roselin erzählte, dass Madame Florence und er für dieses Jahr einen Urlaub planten. Hilfe suchend sah er in die Runde.

»Wir haben keine Ahnung, wo wir hinfahren sollen. Habt ihr einen Tipp für uns?«

Angélique fiel etwas ein, und sie ergriff das Wort.

»Richard und ich haben vor ein paar Jahren einen Ausflug nach Fontainebleau unternommen und im Wald einen Spaziergang gemacht. Dort ist es wunder-schön.«

Ihr Mann stimmte ihr zu. »Da müsst ihr unbedingt mal hin, es lohnt sich.«

Angélique fuhr fort. »Stellt euch vor! Heute Morgen habe ich im Radio gehört, dass dort ein toter Mann aufgefunden wurde. Er wurde erschossen. Ist das nicht schrecklich?«

DRITTER TAG

IM TAL DER SAIRE

Der malerische Weiler Le Vast mit seinen dreihundert Einwohnern lag etwa zehn Kilometer südwestlich von Barfleur im Tal der Saire und hatte einige Sehenswürdigkeiten zu bieten. Ein Highlight war das zweiflüglige, rostrot verputzte Château de La Germonière, eine ehemalige Spinnerei. Die Granitsteinhäuser mit den farbenfroh lackierten Türen und Fenstern reihten sich am Ufer der Saire, an ihren Fassaden wuchsen Hortensien mit blauen, weißen und rosa Blütenbällen. Im Hintergrund ragte der Kirchturm von Notre Dame über den Bäumen auf.

Im Garten des Hauses mit den schilfgrünen Fensterläden stand ein korpulenter Mann mit roten Haaren und hackte Holz. Es war George Morin, ein pensionierter Schullehrer, der mit seiner ganzen Kraft Scheite spaltete, so dass Holzspäne durch die Luft wirbelten. Als er noch im Schuldienst tätig gewesen war, hatte er neben anderen Fächern auch Sport unterrichtet und war damals topfit und durchtrainiert gewesen, hatte sogar mehrmals an der Tour de France teilgenommen. Doch in den vergangenen zwei Jahren war sein Bauch stetig gewachsen, so dass sich seine

Hemden darüber spannten, und er war kurzatmig geworden.

Auf seiner breiten Stirn standen Schweißtropfen. Er beschloss, eine Pause zu machen, und lehnte die Axt gegen den Hackstock. Nachdem er einige Male tief Luft geholt hatte, sammelte er die Scheite auf und legte sie in den Schubkarren. Er schob ihn in einen Anbau und begann das Holz zu schichten. Durch die körperliche Anstrengung hatte er sich ein wenig beruhigt.

Der Ärger hatte heute Morgen um acht Uhr begonnen. Er hatte die Küche betreten und sofort festgestellt, dass seine Frau Cécile den Frühstückstisch nicht gedeckt hatte. Stattdessen lag darauf ein Zettel, auf dem eine Nachricht geschrieben stand: Ich habe Chorprobe in der Kirche.

Mehr nicht, nicht einmal ein freundlicher Gruß. Normalerweise probte der Kirchenchor am Dienstag- und Freitagabend, aber anscheinend hatten die Mitglieder einen zusätzlichen Termin vereinbart. Das Gemeindefest, das am Sonntag stattfinden sollte, rückte unerbittlich näher, und der groß angekündigte Auftritt des Chors sollte die hohen Erwartungen der Gäste nicht enttäuschen. Da er keine Lust verspürte, für sich allein Frühstück zuzubereiten, hatte er sich nur eine Tasse Kaffee aufgebrüht. Im Brotkasten hatte er dann noch ein ausgetrocknetes Croissant gefunden, das er missmutig in seinen Milchkaffee tunkte.

George Morin sah auf seine Armbanduhr, es war kurz vor zehn Uhr. Zeit aufzubrechen. Vor zwei Wochen hatte er ein neues interessantes Projekt gestartet. Er wollte auf keinen Fall so wie seine ehemaligen Kollegen enden, die es sich zu Hause im Ohrensessel bequem machten und Kreuzworträtsel lösten oder die sich in die Haushaltsführung ihrer Ehefrauen einmischten, was der ehelichen Harmonie nicht gerade förderlich war. Nein, er hatte eine großartige Idee entwickelt. Er wollte sich mit dem Mühlental der Saire beschäftigen und einen umfangreichen Bildband gestalten. Im Mittelpunkt sollten Fotografien der Mühlen stehen. Dafür hatte er sich extra eine hochwertige digitale Spiegelreflexkamera gekauft. Einst waren im Verlauf der Saire über fünfzig Mühlen betrieben worden, die die Grundlage für einen industriellen Aufschwung des Tales gebildet hatten. Nun waren nur noch drei gut erhaltene oder restaurierte Mühlen übrig, andere verfielen. Weitere historische Mühlen auf der Halbinsel Cotentin sollten ebenfalls in dem Band aufgenommen werden. Ergänzend würde er über die Geschichte der Bauwerke schreiben. Das Fremdenverkehrsbüro von Saint-Vaast hatte er bereits für sein Projekt begeistern können. Sie wollten Bildbände als Werbung für das Saire-Tal an Touristen verkaufen. Er hatte sich vorgenommen, sich für jede Mühle eine Woche Zeit zu nehmen, um sie aus unterschiedlichen Perspektiven und unter verschiedenen Lichtverhältnissen zu fotografieren. Heute würde er beginnen, sich mit der Moulin du Vast zu beschäftigen. Sie lag vier Kilometer flussaufwärts und war bequem über den Saire-Wanderweg zu erreichen.

Morin packte Proviant in seinen Rucksack, hängte sich seine neue Leica um den Hals und machte sich in erwartungsvoller Stimmung auf den Weg. Das karge Frühstück hatte er vergessen. Wenn er sich beim Wandern Zeit ließe, würde er in etwa einer Stunde bei der Mühle eintreffen. Der Weg führte direkt am Fluss entlang, an dessen Ufer sich Weiden und Erlen erhoben. Er führte durch grüne Auen, auf denen ge-scheckte Kühe grasten, vorbei an Waldinseln und Obstgärten. Das glasklare Wasser plätscherte über bemooste Steine, suchte sich seinen Weg unter alten steinernen Brücken hindurch und mündete in einen spektakulären Wasserfall, vor dem eine kunstvoll ver-schlungene Holzbrücke verlief. Danach war es nicht mehr weit zu der Moulin du Vast.

Schon von Weitem konnte er ihren roten Kamin mit der Schieferhaube erkennen. Als er näher kam, erhob sich das eindrucksvolle historische Bauwerk vor den knorrigen Zedern, die es weit überragten. Darüber wölbte sich ein lichtblauer Himmel, über den gemäch-lich Schleierwolken zogen. Vor dem zweistöckigen Haupthaus drehte sich träge das gewaltige Wasserrad. Daneben stand ein Fachwerkhäuschen auf einer Platt-form.

George Morin setzte sich auf eine Bank am Fluss-ufer gegenüber der Mühle, trank Wasser aus einer Feldflasche und aß ein Stück Schokolade. Er hatte auch einige trockene Brotscheiben mitgebracht, die er vergnügt an die Enten verfütterte, die zutraulicher wurden und immer näher kamen. Er fotografierte sie und betrachtete das Bild. Von der gestochenen Schärfe und den natürlichen Farben war er begeistert, beson-ders vom präzise gezeichneten Federkleid der Vögel und vom leuchtenden Moosgrün des Flussbettes.

Ihm gefiel die friedliche Stille dieser Idylle, die nur durch das Rauschen des Wassers durchbrochen wurde. Irgendwo im Wald hörte man einen Specht klopfen, der nach Holzwürmern suchte.

Schließlich erhob sich der Mann und überquerte die Brücke, die vor der Mühle den Fluss überspannte. Er ging ein paar Schritte über eine Wiese, bis er vor dem Gebäude stand. Dort gab es linkerhand eine ge-wundene Steintreppe, die zu einer Holztür führte, die schief und morsch in den Angeln hing. Neugierig stieg er hinauf.

Die Tür war unverschlossen, und er drückte sie auf. Die Scharniere quietschten laut. Jetzt stand er in einem hohen Raum, dessen Wände grob gemauert und un-verputzt waren. Nach dem Aufenthalt in der wärmen-den Sonne erschien er ihm kühl, die Luft war feucht. Es roch nach Moder und verwittertem Holz. Durch die kleinen unverglasten Fenster drang goldenes Licht.

Staubpartikel wirbelten durch die Luft. Ein Schwarm Fledermäuse, die wie eine Traube an einem Dachsparren hingen, flatterte bei seinem Eintreten auf. Bei dem Geräusch fuhr er erschrocken zusammen.

Als er sich wieder gefangen hatte, betrachtete er den mächtigen waagrechten Balken, der durch ein Loch in der Wand führte und das Wasserrad mit dem Mahlwerk verband, das in lange zurückliegenden Zeiten Getreide gemahlen hatte. Die Vorrichtung funktionierte nicht mehr. Von den Dachbalken hingen Ketten und Seile, dazwischen spannten sich Spinnennetze.

Als hinter einem Stapel mit verrotteten Mehlsäcken ein Rascheln zu hören war, stellten sich die Härchen auf seinen Unterarmen auf. Sein Herz geriet für Sekunden aus dem Takt. Was war das für ein Geräusch gewesen? Wer hatte es verursacht?

Dann schüttelte er den Kopf und schalt sich wegen seiner unbegründeten Schreckhaftigkeit. Schließlich war er ein gestandener Mann und kein Hasenfuß. Vermutlich handelte es sich nur um eine Maus. Als die historischen Mühlen noch in Betrieb gewesen waren, hatte es dort jede Menge Mäuse gegeben. Jetzt war wieder alles still. Morin ärgerte sich über sich selbst, doch er hatte keine Erklärung dafür, warum er auf einmal so beunruhigt war.

»George, du bist ein Idiot«, murmelte er.

Entschlossen begann Morin, die Ausstattung der Mühle zu fotografieren und bemühte sich, die Atmosphäre einzufangen, die durch Licht- und Schatten-spiele faszinierend unwirklich, beinahe märchenhaft war. Es fehlte nur noch, dass der Müller und sein Gehilfe plötzlich auftauchten.

Stattdessen löste sich eine dunkle Gestalt lautlos aus einem tiefen Schatten in der Ecke neben dem Mühl-stein, die Morin zunächst nicht bemerkte, da er voll-kommen auf seine Arbeit konzentriert war. Als eine Holzbohle knarrte, fuhr er herum und starrte entsetzt in den Lauf einer Waffe.

Die Schwestern Christelle und Lisette Béart hatten den klapprigen grünen Renault auf einem Waldpark-platz nahe der Saire abgestellt und holten ihre Nordic-Walking-Stöcke aus dem Kofferraum. Sie waren beide über siebzig Jahre alt, ledig und kinderlos. Zusam-men bewohnten sie ein Granitsteinhaus in Brillevast, in dessen Erdgeschoss sie ein Café eingerichtet hat-ten. Die Touristen liebten das altmodische gemütliche Ambiente, den aromatischen *café au lait*, die selbst-gebackenen Kuchen und die köstlichen Tartes.

Die beiden Frauen gingen nebeneinanderher, wäh-rend die Spitzen der Stöcke im Takt klackerten, und folgten einem von Buchen beschatteten Pfad, der zur Moulin du Vast führte. Dabei sprachen sie über ihr neues Lieblingsprojekt. Sie wollten im Nebenraum des Cafés einen Buchladen einrichten, so dass ihre Gäste auch in aller Ruhe schmökern konnten. Ihr Café warf gerade so viel ab, dass sie einigermaßen davon leben, sich aber nichts Besonderes leisten konnten. Hin und wieder eine kleine Reise, zum Beispiel. Ihr Traum war ein mehrtägiger Aufenthalt in Paris. Sie wollten den Louvre besuchen und in den Antiquariaten am Ufer der Seine stöbern. Christelle wollte mit dem Fahrstuhl auf den Eiffelturm fahren. Davon war Lisette nicht begeistert, sie litt unter Höhenangst und hatte gehört, dass der Turm im Wind schwankte.

Die Idee für das Projekt Buchhandlung war entstanden, als sie sich den wunderbaren Film Der Buchladen der Florence Green im Fernsehen angeschaut hatten. Er handelte von einer ambitionierten Frau, die in einem abgelegenen englischen Dorf eine Buchhandlung eröffnete und an den rückständigen Moralvorstellungen der Bewohner fulminant scheiterte. Die Schwestern waren fest davon überzeugt, dass sie mit ihrem Konzept erfolgreich sein würden.

»Welche Literatur wollen wir anbieten?«, überlegte Lisette.

»Liebesromane«, erwiderte ihre Schwester. »Natürlich Krimis, normannische Sagen, Reiseführer und Wanderkarten.«

Lisette lächelte vergnügt. »Großartig! Und Kinderbücher natürlich. Wir richten den Raum mit einem roten Plüschsofa und bequemen Sesseln ein.«

Ihre Schwester stimmte ihr zu. »Das wird bestimmt ein großer Erfolg.«

Sie näherten sich der Mühle, die von einer dicken grauen Wolke verdunkelt wurde. Ein leichter kühler Wind kam auf. Lisette fröstelte.

Vor der gewundenen Steintreppe blieben sie stehen und verschnauften. Ihr Lauftempo war flott gewesen. Dabei beobachteten sie die Enten, die sich auf der Saire tummelten.

Als sie sich gerade wieder in Bewegung setzen wollten, knallte plötzlich ein lauter Schuss, dann folgten ein zweiter, ein dritter, ein vierter. Unheimliche Stille legte sich über den Ort.

Erschrocken sahen sich die Schwestern an. »Was war das?«, fragte Lisette mit leiser Stimme.

»Jemand hat geschossen«, hauchte Christelle, die kreidebleich geworden war. »Wo kam das her? Aus dem Wald? War es ein Jäger?«

Lisette, deren Gehör noch besser funktionierte, schüttelte den Kopf. »Die Schüsse kamen aus der Mühle.«

»Sicher?«

»Sicher!«

Voller Furcht sah Lisette an der Fassade der Mühle hoch, die ihr auf einmal abweisend und finster erschien.

In diesem Moment wurde die Holztür aufgerissen, die Scharniere quietschten, und eine Person hastete die Treppenstufen herab. In ihrer Eile rempelte sie Lisette an, die entsetzt aufschrie, das Gleichgewicht verlor und auf die Wiese stürzte. Die Person rannte davon.

Christelle konnte erkennen, dass sie schwarz gekleidet war und eine Sturmhaube und Springerstiefel trug.

Besorgt half sie ihrer Schwester auf. »Geht es dir gut?«

Lisette zitterte am ganzen Körper.

»Es ging alles so schnell.« Verstört sah sie an sich hinunter. Auf der hellen Hose zeichnete sich ein Grasfleck ab. Ansonsten schien alles in Ordnung zu sein. »Ja, mir ist nichts passiert.«

Beide starrten in die Richtung, in die die Person im Wald verschwunden war. Kurz darauf heulte ein Motor auf, das Geräusch wurde leiser, dann war es nicht mehr zu hören.

»Wir müssen nachsehen, was passiert ist«, meinte Christelle.

Ihre Schwester starrte sie mit großen Augen ängstlich an. »Nein! Vielleicht waren sie zu zweit, und einer ist noch in der Mühle.«

»Das halte ich für unwahrscheinlich, derjenige wäre doch auch davongelaufen.«

»Das traue ich mich nicht. Ich habe solche Angst.«

»Es ist unsere Pflicht, Lisette. Womöglich wurde jemand verletzt und braucht unsere Hilfe. Jetzt! Los, komm schon.«

Sie nahm ihre Schwester bei der Hand, und gemeinsam stiegen sie die Treppe hinauf.

Beherzt zog Christelle die Tür auf, die wieder zugefallen war, und sie betraten den Raum. Es dauerte einige Sekunden, bis sich ihre Augen an das Dämmerlicht gewöhnt hatten. Lisette hielt die Luft an und wagte es kaum zu atmen, ihre Schwester lauschte in die Stille hinein. Kein Geräusch war zu vernehmen.

Vorsichtig machten sie ein paar Schritte auf die Mitte des Raumes zu und sahen sich nach allen Seiten um. Lisette hatte das Gefühl, gleich in Ohnmacht zu fallen, sie wartete nur darauf, dass jeden Moment weitere Schüsse fallen und sie und ihre Schwester niederstrecken würden.

Christelle entdeckte ein seltsames Bündel an der Mauer und stellte erleichtert fest, dass es sich nur um Säcke handelte.

Als plötzlich ein Fauchen ertönte, fuhr sie zusammen und blickte nach oben. Zwei Meter über dem Bündel befand sich eine Luke, auf deren Sims eine schwarze Katze thronte und sie aus gelben Augen anfunkelte. Unvermittelt sprang das Tier auf die Säcke und rannte durch die Tür davon.

Christelle unterdrückte den Impuls, ebenfalls von diesem Ort zu flüchten. Doch da bemerkte sie etwas. Wenige Meter vom Mühlstein entfernt lag etwas reglos auf dem Boden. Sie klammerte sich an Lisettes Arm und zeigte in die Richtung.

Als sie näher traten, sahen sie, dass es ein Mann war. Er lag auf dem Rücken, die Arme und Beine ausgestreckt, daneben im Staub eine Kamera. Ein Sonnenstrahl drang durch ein Fenster und traf auf das

Gesicht des Mannes. Leblose Augen starrten an die Decke. Der Teint war bleich. Auf seiner Brust zeichnete sich ein dunkler Fleck ab.

»Er ist tot«, flüsterte Christelle mit heiserer Stimme. »Wir müssen die Polizei rufen.«

Mit fahrigen Bewegungen zog sie ihr Handy aus der Jackentasche. Während sie einen Notruf absetzte, sank ihre Schwester auf den Mühlstein und kämpfte gegen die aufsteigende Übelkeit an. Immer wieder wanderte ihr Blick zu dem Mann, als würde er magnetisch angezogen. Voller Entsetzen schlug sie die Hände vor ihr Gesicht.

Philippe Lagarde hatte das Rosenspalier an der vorderen Hausfassade frisch gestrichen und anschließend den Rasen gemäht. Jetzt saß er mit einem *café au lait* und seinem Laptop auf der Terrasse und begann für einen Vortrag zu recherchieren, den er an der Polizeiakademie von Rennes halten wollte. Es ging dabei um Deeskalationstechniken bei Befragungen. Polizeianwärter ließen sich häufig aus Unerfahrenheit provozieren, und Konflikte waren damit vorprogrammiert. Er hatte vor, neben der Darstellung von theoretischen Ansätzen auch praktische Übungen durchzuführen.

Konzentriert machte er sich Notizen, als der Wildkater Alexandre, der ihm vor einiger Zeit zugelaufen war, auf den Tisch sprang und sich ausstreckte. Dabei hielt er einen gewissen Abstand ein. Er ließ sich füttern, aber nicht streicheln. Lagarde begrüßte ihn kurz und widmete sich wieder seiner Tätigkeit. Der Kater sah ihm dabei zu. Als Lagardes Handy klingelte, erschrak das Tier und machte sich davon.

Hauptkommissar Ludovic Cleroc war am Apparat. Lagarde fiel auf, dass die Stimme seines Freundes angespannt klang.

»Schön, dass du dich meldest, bevor du nach Deauville fährst«, sagte er.

»Ich kann jetzt nicht fahren.«

»Warum denn nicht?«

»Bei der Gendarmerie von Quettehou ist ein Notruf eingegangen. In der Moulin du Vast ist ein toter Mann aufgefunden worden, der offenbar erschossen wurde.«

»Ich verstehe.«

»Können wir uns dort treffen?«

Überrascht schwieg Lagarde für einen Moment.

»Philippe, bist du noch da?«

»Ja, sicher. Ich verstehe nur nicht, warum ich dich begleiten soll. Es ist dein Fall.«

»Das ist das Problem. Ich habe momentan keine Vertretung. Dennoch hätte ich mit dem Einverständnis meines Vorgesetzten einige Tage Urlaub nehmen können, solange es ruhig bleibt. Bisher war nichts los, und ausgerechnet jetzt gibt es einen neuen Fall.«

Lagarde begriff, worauf er hinauswollte. »Soll ich die aktuelle Vertretung sein?«

»Philippe, es tut mir leid, dass ich mit der Tür ins Haus falle. Natürlich muss ich damit rechnen, dass du bereits etwas anderes vorhast.« Er verstummte.

»So habe ich das nicht gemeint, aber du weißt, dass ich dich nach den üblichen Dienstvorschriften nicht einfach vertreten kann. Ich arbeite nicht mehr bei der police judiciaire.«

»Ich habe meinem Vorgesetzten erklärt, worum es geht, dass meine Ehe auf dem Spiel steht. Das hat er verstanden, er ist selbst geschieden. Er hat gesagt, wenn ich eine Vertretung finde, kann ich für ein paar Tage weg. Selbstverständlich würde er diese Lösung mit Frank Lanoux absprechen.«

Frank Lanoux war der Polizeipräsident der Normandie. Valérie und Lagarde hatten seine Tochter vor einiger Zeit aus einer höchst gefährlichen Situation gerettet, so dass er sicherlich keine Einwände haben dürfte.

»D'accord, Ludovic, du bist mein Freund, und ich helfe dir gern. Treffen wir uns bei der Mühle und sehen uns den Fundort an. Danach besprechen wir das weitere Vorgehen.«

Man konnte fast hören, wie Ludovic ein Stein vom Herzen fiel. »Merci beaucoup!«

»De rien. Bis gleich.«

»Weißt du, wo sich die Mühle befindet?«

»Ja. Ich bin dort schon mit meinem Rennrad vorbeigefahren.«

»Alles klar.«

Lagarde trug seine Unterlagen und den Laptop ins Haus, schnappte sich die Autoschlüssel und machte sich auf den Weg.

Er fuhr über die Landstraße nach Quettehou und weiter nach Le Vast. Von dort aus verlief eine kleine Straße parallel zur Saire. Bei der Ausschilderung der Mühle bog er rechts ab, kam am Waldparkplatz vorbei und erreichte schließlich das Gebäude. Auf der Zufahrt stellte er seinen Renault neben einem Dienstwagen der Gendarmerie ab und stieg aus.

Neben einer Steintreppe standen zwei Polizisten. Kurz darauf trafen Ludovic und das Team der Spurensicherung ein. Nachdem sich alle bekannt gemacht hatten, erklärte eine der Gendarminnen den Sachverhalt.

»Um elf Uhr sechzehn kam ein Notruf herein. Eine Frau, ihr Name ist Christelle Béart, berichtete, dass ihre Schwester und sie vor der Mühle eine kleine Rast eingelegt hatten, als sie plötzlich vier Schüsse hörten. Gleich darauf stürzte eine Person aus dem Gebäude und rannte in den Wald. Wenige Sekunden später hörten sie einen Motor. Die Schwestern beschlossen nachzusehen, was passiert war, und fanden einen toten Mann.«

»Wo sind die beiden jetzt?«, wollte Cleroc wissen.

»Einer der Schwestern ging es nicht gut, und sie baten darum, nach Hause fahren zu dürfen. Wir haben die Kontaktdaten aufgenommen.« Sie reichte ihm eine Notiz. »Sie wohnen in Brillevast.«

»In Ordnung. Gehen wir rein.«

Sie betraten den alten Mühlenraum durch die schiefe Holztür, und die Gendarmin führte sie zu dem Toten. Die Kommissare zogen sich Einmalhandschuhe über und gingen in die Hocke. Ein Techniker hatte rasch einen Strahler aufgestellt, um die Lichtverhältnisse zu verbessern.

Aufmerksam betrachteten sie den Toten. In seinem Gesichtsausdruck lag Erstaunen, als wäre er überrascht worden. An der rechten Hand trug er einen Ehering. Sein kariertes Hemd war rot verfärbt. Schmauchspuren von vier Schüssen waren im Brustbereich zu erkennen.

»Mindestens eine der Kugeln hat ihn ins Herz getroffen«, stellte Lagarde fest. »Er muss sofort tot gewesen sein.«

Cleroc nickte. »Er hatte keine Chance.« Dann wandte er sich an die Gendarminnen. »Hatte er Dokumente dabei?«

»Ja«, erwiderte die Jüngere mit den dunklen Haaren. »In seinem Rucksack haben wir sein Portemonnaie gefunden. Es handelt sich um George Morin, zweiundsechzig Jahre alt. Ich habe im Einwohnermeldeamt in Saint-Vaast angerufen und mich nach seiner Adresse erkundigt. Er wohnt mit seiner Frau Cécile in der Rue Hortensia 7.«

»Merci.«

Lagarde und Cleroc erhoben sich, und die Techniker begannen mit ihrer Arbeit. Sie leuchteten den Raum vollständig aus, so dass er bald in gleißendem weißem Licht lag, und stellten durchnummerierte Schilder auf. Die Fotografin knipste Bilder aus unterschiedlichen Perspektiven. Anschließend würden sie in der Mühle, der näheren Umgebung und auf dem Waldparkplatz nach Spuren suchen und jeden Stein umdrehen.

Die Kommissare ließen die Atmosphäre des alten Gemäuers auf sich wirken.

»Wo hat der Täter gestanden, als er schoss?«, überlegte Lagarde.

Cleroc zeigte auf den Mühlstein. »Etwa dort.«

Lagarde war derselben Meinung. »Das sind zwischen drei und vier Meter.«

»Jemand, der kein geübter Schütze ist, würde aus dieser Entfernung nicht unbedingt das Herz treffen.«

»Eher nicht.«

»Hat der Täter auf Morin gewartet, oder ist er ihm gefolgt?«

»Ich glaube, dass er auf ihn gewartet hat. Wenn er nach ihm durch die Tür gekommen wäre, hätte das Opfer das Quietschen der Scharniere gehört und wäre gewarnt gewesen.«

»Die Mühle hat sicher noch mehr Eingänge.«

»Da hast du recht.« Er strich sich eine Strähne aus

der Stirn. »Wenn man viermal präzise auf jemanden schießt, ist das kein Totschlag, sondern eindeutig Mord. Also muss die Tat geplant gewesen sein.«

»Oder es war ein Verrückter, der den Drang verspürte, jemanden abzuknallen, und Morin war zur falschen Zeit am falschen Ort.«

»Das kommt äußerst selten vor.«

»Ich weiß.«

»Gehen wir raus, hier gibt es nichts mehr für uns zu tun. Ist der Bestatter informiert?«

»Er müsste in Kürze eintreffen.«

Auf dem Parkplatz der Mühle verabschiedeten sie sich von den Gendarmen, die zurück auf ihre Wache fuhren, und setzten sich auf einen Baumstamm.

»Was machen wir zuerst?«, fragte Ludovic. »Die Befragung der Zeuginnen oder der Ehefrau?«

Lagarde grinste. »Du machst gar nichts mehr. Schau, dass du nach Deauville kommst. Das ist wichtig.«

»Ist das dein Ernst?«

»Aber ja. Falls es Schwierigkeiten gibt, telefoniere ich mit Lanoux. Das kann ich mir aber nicht vorstellen. Ich wünsche dir viel Glück.«

»Rufst du mich an, wenn es Neuigkeiten gibt?«

»Selbstverständlich.«

Ludovic stand auf und klopfte ihm auf die Schulter. Er wirkte fast etwas gerührt.

»Du bist ein echter Freund.« Dann eilte er zu seinem Wagen. Kurz bevor er ihn erreicht hatte, drehte er sich noch einmal um. »Wenn du Hilfe brauchst, frag Valérie. Roselin hat bestimmt nichts dagegen.«

»Das werde ich tun.«

Cleroc stieg ein und fuhr so schnell davon, dass Kieselsteine durch die Luft wirbelten.

Lagarde überlegte gerade, welche Befragung er zuerst durchführen sollte, als der Leichenwagen auf den Mühlenparkplatz fuhr. Der Bestatter stieg aus, und die Männer begrüßten sich. Lagarde informierte ihn darüber, wo sich der Leichnam befand, und bat ihn, die sterblichen Überreste in das Rechtsmedizinische Institut von Cherbourg zu bringen. Dann stieg er in seinen Wagen und fuhr nach Brillevast. In der Polizeiarbeit war es wichtig, Zeugen so schnell wie möglich zu befragen, weil Details schnell in Vergessenheit gerieten.

Das »Café Paradis« der Schwestern Béart lag am Marktplatz von Brillevast. Auf dem Gehsteig davor standen unter einer cremefarbenen Markise weiße Bistrotische und Stühle, die alle besetzt waren. Es herrschte eine heitere Stimmung. An einem Tisch saßen drei Mädchen vor riesigen Eisbechern, die herzlich über irgendetwas lachten.

Lagarde betrat das Café und sah sich um. Hinter der Theke stand eine ältere Dame, deren hübsches Gesicht von einem hellbraunen Pagenkopf umrahmt wurde und die eine Kaffeemaschine bediente. Als sie ihn bemerkte, begrüßte sie ihn freundlich.

»Bonjour, Monsieur. Wenn Sie lieber draußen sitzen möchten, die Gäste am Tisch neben dem Oleander warten auf die Rechnung.«

Er trat an die Theke. Dabei fiel sein Blick auf die Auslage, auf der verschiedene Kuchen standen, die alle köstlich aussahen.

»Bonjour, Madame.« Er zeigte ihr seinen Dienstausweis und stellte sich vor. »Ich möchte gerne mit Christelle und Lisette Béart sprechen. Es geht um die Geschehnisse in der Moulin du Vast.«

»Ich bin Christelle Béart. Meine Schwester hat eine Kopfschmerztablette genommen und sich hingelegt, es geht ihr nicht gut.«

»Das tut mir leid, Madame Béart. Sie und Ihre Schwester sind wichtige Zeuginnen, deshalb möchte ich Ihnen einige Fragen stellen. Es wird nicht lange dauern.«

»Selbstverständlich.« Sie wandte sich an eine junge Frau, die alleine an einem Tisch saß und konzentriert etwas in ihren Laptop tippte. »Marie-Luise, kannst du für eine Weile übernehmen?«

»Gerne, Christelle.«

»Die Gäste an Tisch fünf möchten zahlen. Kannst du uns danach Kaffee und Kuchen bringen?«

»Wird erledigt.«

Sie führte den Kommissar über eine Holztreppe in den ersten Stock und weiter in einen kleinen Salon, der gemütlich eingerichtet war. Dabei erzählte sie, dass

Marie-Luise eine Studentin sei, die in der Nachbarschaft wohnte und ab und zu im Café aushelfe, um sich ein paar Euro zu verdienen.

Sie bat Lagarde, Platz zu nehmen, und ging ihre Schwester holen. Es dauerte nicht lange, und sie führte sie am Arm in den Raum und half ihr, sich in einen Sessel zu setzen. Lisette Béart machte einen angeschlagenen Eindruck, die kurzen kupferroten Haare waren zerzaust, ihr Gesicht blass, die Augen waren gerötet.

Lagarde bedankte sich für ihre Gesprächsbereitschaft.

»Wie geht es Ihnen, Madame Béart?«

»Es geht mir schon besser. Ich glaube, es war der Schock, ich habe noch nie jemanden gesehen, der getötet wurde. Auf der Brust des Mannes war ein dunkler Fleck, ich bin mir sicher, dass es sich um Blut handelte. Der Anblick war schrecklich, ich werde ihn nie mehr vergessen können.«

»Das kann ich mir vorstellen. Sie haben recht, der Mann ist einem Verbrechen zum Opfer gefallen. Die police judiciaire Cherbourg hat die Ermittlungen aufgenommen.«

Marie-Luise betrat den Salon und stellte ein Tablett mit Kaffee und Kuchen auf den Tisch. Christelle bedankte sich bei ihr, füllte die Tassen und verteilte die Kuchenstücke auf die Teller. Fragend sah sie Lagarde an.

»Wie wäre es mit einem Brombeertörtchen?«

»Sehr gerne, danke schön.« Er richtete seine Aufmerksamkeit auf die beiden Damen. »Können Sie bitte der Reihe nach erzählen, was passiert ist?«

Christelle begann. »Wir sind spazieren gegangen und zu der Moulin du Vast gelaufen. Dort beobachten wir gern die Enten auf der Saire. Als wir da standen, hörten wir vier Schüsse, und gleich danach rannte eine Person aus der Mühle, rempelte meine Schwester an und verschwand im Wald.«

»Können Sie die Person beschreiben?«

»Sie trug schwarze Kleidung, eine Sturmhaube und Springerstiefel.«

»Sie konnten ihr Gesicht nicht sehen?«

»Nein.«

Lisette ergriff das Wort. »Mir fällt gerade etwas ein. Ich war so erschrocken, dass ich mich zunächst nicht erinnern konnte. Als die schwarze Gestalt gegen mich prallte, haben wir uns für einen winzigen Moment in die Augen gesehen. Dann bin ich auf die Wiese gestürzt.«

»Können Sie etwas zu den Augen sagen?«

»Sie waren blau wie Wasser, und sie waren eiskalt. Wie ein Gletscher.«

»Handelte es sich um eine Frau oder einen Mann?«

Die Schwestern sahen einander ratlos an.

»Es könnte sowohl eine Frau als auch ein Mann gewesen sein«, meinte Christelle.

Ihre Schwester nickte. »Es ist unmöglich, das mit Sicherheit zu sagen.«

»Wie war die Statur dieser Person?«

»Das weiß ich nicht, es ging alles so schnell. Was denkst du, Christelle?«

»Ich habe sie beobachtet, wie sie auf den Wald zulief. Die Statur würde ich als mittelgroß und eher kräftig beschreiben.«

»Wie ist Sie gelaufen?«

»Wie meinen Sie das?«

»Ist sie gelaufen wie jemand, der total fit ist, durchtrainiert, wie ein Sportler?«

Christelle dachte nach. »Nein, nicht wie ein Sportler. Irgendwie anders.« Mit gerunzelter Stirn trank sie einen Schluck Kaffee. »Bevor ich vor einigen Jahren Probleme mit den Knien bekommen habe, bin ich regelmäßig gejoggt. Ja, so ist die Person gelaufen, wie jemand, der sich regelmäßig bewegt und ganz gut in Form ist. Wenn ich mich recht erinnere, hat sie, kurz bevor sie den Wald erreichte, an Tempo verloren, so als ob die Kondition nicht so groß wäre.«

Der Kommissar lächelte sie an. »Sie sind eine gute Beobachterin.«

Christelle freute sich über das Lob und strahlte ihn an. »Ich bemühe mich, Ihnen zu helfen.«

»Ich kann jede Hilfe gebrauchen. Ist Ihnen in der Mühle etwas aufgefallen?«

»Es war unheimlich«, erinnerte sich Lisette. Ein

Schauder erfasste sie. »Wir hatten Angst, dass sich ein Komplize in dem Gebäude aufhielte, aber da war kein Mensch. Zumindest haben wir niemanden gesehen.«

»Wie sind Sie zu der Mühle gekommen?«

»Mit unserem Auto.«

»Wo haben Sie es abgestellt?«

»Auf dem Waldparkplatz ganz in der Nähe des Gebäudes.«

»Befanden sich dort noch weitere Fahrzeuge?«

»Nein.«

»Woanders vielleicht?«

»Ich habe keine gesehen.«

»Ich auch nicht«, bestätigte ihre Schwester.

»Sie haben kein Fahrzeug gesehen, aber Sie haben einen Motor gehört?«

»Das ist richtig.«

»Können Sie die Zeitspanne zwischen dem Verschwinden der Person im Wald und dem Motorengeräusch schätzen?«

»Eine Minute?«

»Ja, ich glaube, länger hat es nicht gedauert«, bekräftigte Lisette.

Lagarde fragte sich, ob es sich dabei tatsächlich um das Auto des Täters gehandelt hatte.

»Haben Sie bei noch andere Leute gesehen?«

»Nein, da war weit und breit kein Mensch«, erinnerte sich Christelle. »Unter der Woche ist da wenig los, vor allem am Vormittag.«

»Aus welcher Richtung kam das Geräusch?«

»Das weiß ich nicht.«

»Aber ich weiß es«, meldete sich Lisette zu Wort. Sie wollte den sympathischen Kommissar mit den schönen blauen Augen, die so ganz anders wirkten als die eiskalten Pupillen, die sie durch den Schlitz der Sturmhaube gesehen hatte, unterstützen, so gut sie konnte. »Ein Stück westlich vom Waldparkplatz.«

»Um auf das Motorengeräusch zurückzukommen. Können Sie mir sagen, ob es sich um einen Benziner oder einen Diesel handelte?«

Christelle stellte ihren Kuchenteller ab und dachte angestrengt nach. Sie wollte ihrer Schwester in nichts nachstehen.

»Der Bäcker, der uns jeden Morgen das Baguette und die Croissants bringt, kommt mit einem Lieferwagen. So hat sich der Automotor im Wald angehört.«

»Ein Diesel also?«

»Ja.«

Ihre Schwester nickte bestätigend.

»Das war es vorläufig, Mesdames. Danke für Ihre Auskünfte, sie waren sehr hilfreich.« Er legte seine Visitenkarte auf den Tisch. »Wenn Ihnen noch etwas einfällt, rufen Sie mich bitte jederzeit an, und wenn es Ihnen noch so unwichtig erscheint.« Er stand auf. »Merci beaucoup für die freundliche Bewirtung. Das Brombeertörtchen hat köstlich geschmeckt.«

Christelle zeigte ihm ihr schönstes Lächeln. »Ich verrate Ihnen ein Geheimnis, ich gebe immer einen Schuss Obstbrand in den Tortenguss.«

»Ich werde es für mich behalten, Madame Béart.«

Vor dem Granitsteinhaus in der Rue Hortensia 7 in Le Vast stellte Lagarde sein Auto ab. Der Fluss verlief direkt neben der schmalen Straße, an seinem Ufer wuchsen Wiesenprimeln und Schlüsselblumen. Dahinter erstreckte sich eine Wiese bis zum Waldrand.

Auf sein Klingeln hin öffnete eine vollschlanke Frau in Jeans und T-Shirt die Tür und wischte ihre Hände an einem Geschirrtuch ab. Die braunen Haare hatte sie zu einem Pferdeschwanz zusammengefasst. Aus hellen Augen blickte sie ihn misstrauisch an. Lagarde schätzte ihr Alter auf Anfang fünfzig und fand, dass sie ein wenig verhärmt aussah. Von der Nase bis zu den Mundwinkeln zogen sich zwei tiefe Furchen.

»Bonjour, Monsieur, kann ich Ihnen helfen?«

Er zückte seinen Dienstausweis. »Bonjour, Madame. Mein Name ist Philippe Lagarde, ich möchte mit Cécile Morin sprechen.«

»Die *police judiciaire*? Ich bin Cécile Morin. Worum geht es?«

»Können wir bitte ins Haus gehen?«

»Ja, wenn Sie das möchten. Kommen Sie mit, am besten gehen wir in die Küche. Ich habe gerade frischen Kaffee aufgebrüht und warte auf meinen Mann George. Wir trinken jeden Nachmittag zusammen Kaffee und essen selbstgebackenen Kuchen.« Sie lächelte. »Das ist so eine Art Ritual bei uns. Darf ich Ihnen eine Tasse anbieten?«

»Nein, danke, Madame Morin. Setzten Sie sich doch bitte hin.«

Sie sank auf einen Stuhl und sah ihn irritiert an. »Was ist denn los, Monsieur le Commissaire?« Plötzlich schien sie zu begreifen. »Es ist etwas passiert, nicht wahr? Was ist mit George? Hatte er einen Unfall? Wo ist er?«

Ihr Gesicht verlor an Farbe.

Lagarde kam direkt auf den Punkt. Er hatte die Erfahrung gemacht, dass langes Drumherum-Reden zu nichts führte. Der Schock der Angehörigen war immer immens groß.

»Es tut mir sehr leid, Madame Morin. Ihr Mann wurde heute Morgen tot aufgefunden.«

»Nein, das kann nicht sein! Da muss eine Verwechslung vorliegen.«

»Wir haben im Portemonnaie seinen Ausweis gefunden, es gibt keinen Zweifel.«

Verwirrt sah sie ihn an. »Sein Herz? War es sein Herz? Ist es stehen geblieben? Er litt an Vorhofflimmern.«

»Nein, Madame Morin. Ihr Mann wurde erschossen.«

»Erschossen? Wo denn?«

»In der Moulin du Vast.«

»Von wem?«

»Das wissen wir noch nicht.«

Sie schüttelte fassungslos den Kopf und presste die gefalteten Hände vor den Mund. »Ich kann es einfach nicht glauben.«

»Darf ich Ihnen einige Fragen stellen? Meinen Sie, das geht?«

»Ich glaube schon.«

»Möchten Sie ein Glas Wasser?«

»Nein, danke.«

»Wann haben Sie Ihren Mann zuletzt gesehen?«

»Gestern Abend. So gegen zweiundzwanzig Uhr. George hat die Nachrichten im Fernsehen geschaut. Ich habe ihm gute Nacht gewünscht und mich zurückgezogen, da ich unter starker Migräne litt.«

»Sie haben ihn nicht gehört, als er zu Bett ging?«

»Nein. Wir haben getrennte Schlafzimmer. Wenn ich einen Migräneanfall habe, kann ich kein Licht und keine Geräusche vertragen.«

»Ich verstehe. Sie haben auch nicht zusammen gefrühstückt?«

»Nein, Monsieur le Commissaire. Ich bin schon kurz vor acht aus dem Haus. Ich bin Mitglied im Kirchenchor, und wir hatten Probe für unseren Auftritt auf dem Gemeindefest am kommenden Sonntag.«

»Wie lange dauerte die Probe?«

»Von acht bis elf Uhr. Danach haben wir noch zusammen Kaffee getrunken und uns unterhalten.«

»Wissen Sie, was Ihr Mann in der Moulin du Vast wollte?«

»Nun, George war pensionierter Schullehrer und hat sich hin und wieder gelangweilt. Deshalb hat er sich Projekte überlegt, damit sein Gehirn nicht einrostet.«

»Mit welchem Projekt hat er sich aktuell befasst?«

»Mit dem Mühlenprojekt.«

»Können Sie mir bitte erklären, was das bedeutet?«

»Er wollte die Mühlen im Saire-Tal fotografieren und einen Bildband gestalten. Mehr weiß ich nicht darüber. Er hat mich in seine Ideen nicht einbezogen. Wir hatten unterschiedliche Interessen, ich koche und backe gerne und kümmere mich um den Garten.« Sie versuchte ein wehmütig wirkendes Lächeln. »So haben wir uns perfekt ergänzt.«

»Sie haben eine gute Ehe geführt?«

»Oh ja, und das, obwohl wir schon seit dreiundzwanzig Jahren verheiratet sind. Das Geheimnis ist, dem Partner seinen Freiraum zu lassen, damit er sich nicht eingeengt und kontrolliert fühlt.«

»Hat er Ihnen erzählt, dass er zu dieser Mühle wollte?«

»Nein, ich ging davon aus, dass er anfangen würde, die Mühlen zu fotografieren, aber welche er sich für diesen Tag ausgesucht hatte, wusste ich nicht.«

»Kam es in der letzten Zeit zu seltsamen Vorfällen, hat Ihr Mann etwas erzählt?«

Sie dachte kurz nach. »Nein, nicht, dass ich wüsste.«

»Hat ihn etwas beunruhigt oder geärgert? Hat er sich über jemanden aufgeregt?«

»Wissen Sie, mein Mann war etwas cholerisch veranlagt. Er hat sich ständig aufgeregt.«

»Können Sie mir ein Beispiel nennen?«

»Es war andauernd irgendetwas. Der Nachbar hat einen Baum zu nahe an unserem Zaun gepflanzt und ihm die Sicht versperrt. Der Laubsauger war zu laut. Fremde Autos parkten vor unserem Haus auf seinem Stellplatz, und so weiter. Diese Schilderungen sollen meinen George nicht unsympathisch erscheinen lassen. Er war eben oberlehrerhaft und wusste alles besser. Mich hat das nicht gestört, wir sind bestens miteinander ausgekommen.«

»Ihr Leben verlief ohne Auffälligkeiten?«

»So ist es.«

»Hatte Ihr Mann Feinde?«

»Feinde?« Sie runzelte die Stirn. »Eine Sache fällt mir ein. Kurz vor seiner Pensionierung hatte mein Mann einen fürchterlichen Streit mit dem Rektor der Schule. Angeblich sollte George in einem Wutanfall eine Schülerin angegriffen und verletzt haben. Das ist natürlich Unsinn, so etwas hätte er nie gemacht.«

»Wie ging die Geschichte weiter?«

»Der Rektor hat der Schilderung der Schülerin Glauben geschenkt. Dieser Vertrauensbruch hat meinem Mann sehr zugesetzt. Er hatte sich im Schuldienst immer korrekt verhalten. Seitdem hasste er seinen Vorgesetzten.«

»Und dann?«

»Er hat sich monatelang bis zu seiner Pensionierung krankschreiben lassen. Während dieser schweren Zeit hat er auch eine Reha gemacht. Diese Schule hat er nie mehr betreten.«

»Fällt Ihnen noch etwas ein, das mir bei den Ermittlungen weiterhelfen könnte?«

»Leider nein, Monsieur le Commissaire.« Sie zog ein Taschentuch aus ihrer Jeanstasche und putzte sich die Nase. »Wo ist mein Mann jetzt?«

»Er wurde in das Rechtsmedizinische Institut in Cherbourg gebracht.«

Ihr Gesicht wurde um eine Nuance blasser. »Heißt das, dass er obduziert wird?«

»Ja, Madame Morin. Das ist bei Gewaltdelikten die übliche Vorgehensweise.«

»Kann ich mich von ihm verabschieden?«

»Selbstverständlich. Ich werde einen Termin für Sie vereinbaren.«

»Ich muss die Beerdigung vorbereiten.«

»Das können Sie tun, aber es wird mit Sicherheit einige Tage dauern, bis er von der Rechtsmedizin freigegeben wird. Sie bekommen rechtzeitig Bescheid.«

»Danke.«

»Haben Sie jemanden, der sich um Sie kümmern kann, eine Freundin vielleicht oder eine Nachbarin?«

»Ich kann den Abbé anrufen, er kommt bestimmt, so schnell er kann.«

»Das ist eine gute Idee, Madame Morin.« Lagarde legte eine Visitenkarte auf den Küchentisch. »Melden Sie sich bitte, wenn Ihnen noch etwas einfällt.«

»Natürlich. Darf ich Sie zu Ihrem Auto begleiten? Ich brauche dringend frische Luft.«

»Gern.«

Als der Renault des Kommissars um die nächste Straßenbiegung verschwunden war, wurde ihr schwindlig, und sie lehnte sich gegen den Zaun. Eine heftige Panikwelle erfasste sie.

Nach der Befragung der Witwe Morin beschloss Lagarde, nach Hause zu fahren, um seine Notizen zu überarbeiten und seine Eindrücke niederzuschreiben. Auch galt es eine Strategie festzulegen.

Er machte sich eine Bol *café au lait* und ging damit auf die Terrasse. Für Mai war es ein heißer Tag, deshalb setzte er sich unter die Markise und breitete seine Unterlagen aus.

Alexandre lag auf der Mauer zum Nachbargrundstück und rührte sich nicht, nur sein buschiger gestreifter Schwanz klopfte auf den Stein. Weit draußen auf dem tiefblauen Ärmelkanal kreuzte ein Segelschiff, das aus der Distanz wie ein Spielzeug wirkte.

Die Kilometer langen Muschelgärten lagen in der Sonne.

Konzentriert las Lagarde seine kurz gehaltenen Aufzeichnungen durch und ergänzte sie aus dem Gedächtnis. Ein diffuser Gedanke beschäftigte ihn, doch er bekam ihn nicht zu fassen. Auch stellte sich die Frage, ob er sich für seine Ermittlungen Unterstützung organisieren sollte. Er beschloss, zunächst die Obduktion abzuwarten.

Nachdenklich lehnte er sich zurück und trank einen Schluck Milchkaffee. Weshalb sollte jemand einen pensionierten Schullehrer erschießen, der mit seiner Frau in einem friedlichen Weiler lebte? Weil er sich über den lauten Laubsauger eines Nachbarn aufgeregt hatte und Parksünder bei der Polizei anschwärzte? Wohl kaum. Noch dazu in einer abgelegenen Mühle, die er nur aus einem bestimmten Grund aufgesucht hatte. Das warf die Frage auf, wer gewusst hatte, dass der Pensionär die Moulin du Vast besuchen wollte. Seine Frau angeblich nicht. Wem hätte er es sonst erzählen sollen? Einem Nachbarn? War ihm jemand gefolgt? Von Le Vast bis zur Mühle, ohne dabei in dem weiten Saire-Tal bemerkt zu werden? Es war durchaus möglich. Fragen über Fragen, auf die er bisher noch keine Antwort wusste.

Als er auf seine Armbanduhr sah, war er überrascht, wie schnell die Zeit vergangen war. Es war schon kurz vor sieben. Er hatte seiner Verlobten Odette versprochen, spätestens um halb acht in ihr Restaurant »Mirabelle« zu kommen, um gemeinsam mit ihr Abend zu essen. Vorher musste er noch duschen und sich schick anziehen. Odette legte in ihrem Lokal großen Wert auf angemessene Kleidung.

Zwanzig Minuten später stieg er, bekleidet mit einem eleganten Anzug, einem weißen Hemd und nach einem herben Aftershave duftend, in sein Auto und fuhr auf der Küstenstraße Richtung Norden. Gerade setzte die Hochflut ein, und sich auftürmende Wellen, besetzt von Schaumkronen, rollten aus zwei Richtungen keilförmig auf die Küste zu. Sie würden alles mitreißen, was sich ihnen in den Weg stellte.

An einem Kreisverkehr bog er links ab und folgte der Straße durch einen Buchenwald. Die Baumstämme waren von Efeu umrankt, der in der einfallenden Abendsonne grün leuchtete. Nachdem er an Rübenäckern und einem Weiler vorbeigefahren war, hielt er sich rechts, passierte einen Campingplatz, auf dem für diese Jahreszeit schon viel los war, und erreichte schließlich den Parkplatz des Mirabelle. Dort standen bereits einige Fahrzeuge, es wurde Zeit für das Dîner. Das Mirabelle war ein weit über Barfleur hinaus bekanntes Feinschmeckerlokal und bei den Einheimischen und Touristen sehr beliebt. Vor einiger Zeit hatte es einen Gault Millau als Auszeichnung bekommen.

Zwischen dem Haus, in dem Odette wohnte, und einem Nebengebäude führte ein bekiester Weg zum Restaurant, der von Blumenbeeten gesäumt war. Der erste Stock des ockerfarben verputzten Wohnhauses beherbergte vier Gästezimmer mit Balkon, die Odette selbst individuell gestaltet hatte. Im Erdgeschoss waren der Empfang und ein Büro untergebracht. Auf der östlichen Seite schloss sich ein runder Turm mit einem Ziegeldach an, über dessen Fassade Bougainvillea rankte. Dort befanden sich Odettes Privaträume.

Rings um die Terrasse gruppierten sich Kastanienbäume und Eichen, in deren Laubwerk winzige Lichterketten funkelten. Einige Tische waren besetzt, die Gäste genossen einen Aperitif vor dem Essen und unterhielten sich. Fröhliches Lachen erklang. Ein kühler Wind war aufgekommen und ließ die Blätter rauschen.

Langsam senkte sich die Dämmerung über das Cotentin. Das Restaurant, eine ehemalige Schäferei, war ein runder, aus Schieferplatten gemauerter Bau mit einem kegelförmigen Dach. Hinter den Gebäuden erstreckte sich ein Obstgarten.

Lagarde betrat den Gastraum und sah sich nach seiner Lebensgefährtin um, fand sie jedoch nicht. Mit einem Blick stellte er fest, dass bereits vier Tische besetzt waren. Ihr Geschäft lief wie immer gut. Das hatte sicher auch damit zu tun, dass sie sich um jede

Tischgesellschaft persönlich kümmerte und sie bei der Speisen- und Getränkeauswahl beriet. Ihre amuse-gueules waren legendär.

Im Kamin aus roten Backsteinen loderte ein Feuer. Darüber hing ein goldgerahmtes Ölgemälde, das den Mont-Saint-Michel während einer Sturmflut zeigte. Odette und er hatten es dort auf einem Trödelmarkt entdeckt.

Gérard, der Oberkellner, eilte auf ihn zu.

»Bonsoir, Philippe, schön dich zu sehen.«

»Bonsoir, Gérard. Odette und ich wollen zusammen Abend essen. Wo steckt sie denn?«

Er verdrehte die Augen. »Sie ist in der Küche. Jacques und sie haben einen Dissens.«

Jacques war ihr begnadeter Chefkoch, der sich hin und wieder wie eine Mimose benahm, wenn er seine Kochkunst nicht angemessen gewürdigt glaubte. Mindestens einmal im Monat pflegte er zu kündigen.

Lagarde grinste. »Worum geht es diesmal?«

»Mon Dieu! Du glaubst es nicht. Es geht um das Verhältnis von Olivenöl zu Butter, wenn man ein Wolfsbarschfilet anbrät. Odette vertrat die Ansicht, er habe zu viel Öl genommen. Du kannst dir nicht vorstellen, was daraufhin los war. Jacques warf empört seine Kochschürze auf den Boden, lief aus der Küche und rauchte zur Beruhigung eine Zigarette. Dann kam er zurück, und sie stritten weiter. Der Ausgang ist ungewiss. Wenn er geht, muss Odette kochen. Dann wird es schwierig mit eurem Abendessen. Aber wir kriegen das hin.«

»Die beiden Streithähne werden sich schon einigen. Sie verbindet eine Art Hassliebe.«

»Man wird sehen. Setz dich doch an den Zweiertisch neben dem Kamin, ich bringe dir etwas zu trinken. Was möchtest du?«

»Ein kaltes Kronenbourg.«

»Kommt sofort.«

Lagarde nahm Platz und genoss das Bier, das Gérard ihm brachte. Den Eingang zur Küche behielt er im Blick.

Schon kam Odette durch die Schwingtür, drehte sich noch einmal um und machte eine Geste, die er nicht interpretieren konnte, die aber versöhnlich wirkte. Noch hatte sie ihn nicht bemerkt, und er konnte sie ungestört betrachten. Die langen dunklen Haare hatte sie zu einem Chignon gesteckt, einige Strähnen fielen um ihr ovales Gesicht mit den großen dunklen Augen, der feinen Nase und den vollen Lippen. An ihren Ohren funkelten Diamantstecker, die er ihr geschenkt hatte. Sie trug ein cremefarbenes schlichtes Kleid, das die Waden umspielte und ihre schlanke Figur betonte. Für ihn war sie die schönste Frau auf der Welt.

Jetzt hatte sie ihn entdeckt und kam an seinen Tisch. Er erhob sich, und sie umarmten und küssten sich.

»Bonsoir, Chérie, du siehst wundervoll aus.«

»Bonsoir, Philippe, es ist schön, dass du da bist.« Sie setzte sich zu ihm und deutete auf das Bier. »Barbar! Wir trinken jetzt einen richtigen Aperitif. Was hältst du von Pastis?«

»Eine gute Wahl, mit viel Eis, bitte.«

Odette winkte Gérard zu sich und bestellte die Getränke, die er kurz darauf servierte.

»Gab es wieder eine Meinungsverschiedenheit?«, erkundigte sich Lagarde amüsiert.

Sie winkte ab. »Ach, er war wieder mal gekränkt. Ich hätte weniger Öl und etwas mehr Butter zum Anbraten der Filets genommen, aber ich habe nachgegeben, schließlich wollen wir unser Abendessen zu zweit genießen.« Sie wandte sich ihm zu und lächelte ihn an. »Ich freue mich. Hast du Hunger?«

»Wie ein Wolf.«

»Ich habe heute Morgen auf dem Markt frischen Atlantikhummer gekauft. Jacques wird ihn mit Cognac flambieren, dazu gibt es Zitronenmayonnaise, frisches Baguette, seinen Spezialsalat und einen Weißwein von der Loire. Was meinst du?«

»Das hört sich traumhaft an.«

Während sie den Hummer genossen, unterhielten sie sich. »Wie hast du heute deinen Tag verbracht?«, wollte sie wissen.

»Ich habe ermittelt.«

»Was?« Überrascht starrte sie ihn an, die Gabel auf halbem Weg zum Mund.

Er erzählte ihr von dem Streit zwischen Suzette und Ludovic und dass er zu ihr nach Deauville fahren wollte.

»Stell dir vor, und dann ist ausgerechnet heute Morgen im Tal der Saire ein Mord geschehen.« Er schilderte ihr die Umstände.

Odette war schockiert. »Ein Mann ist in einer Mühle erschossen worden?«

»Ja, Ludovic ist in Deauville und hat mich gebeten, ihn zu vertreten.«

»Das finde ich toll von dir. Er ist ein guter Freund. Hoffentlich vertragen sich die beiden wieder.«

»Das hoffe ich auch, allein schon wegen der Kinder.«

Neugierig sah sie ihn an. »Hast du schon eine Spur?«

»Noch nicht. Aber dafür ist es auch zu früh.«

»Du wirst den Fall lösen, wie immer, mein Held. Denk nur an deine letzten Ermittlungen, als du an der bretonischen Nordküste das Rätsel um die verschwundenen Mädchen aufgeklärt hast.«

»Dabei hatte ich kompetente Unterstützung vor Ort.«

»Ich weiß, chéri.«

Als sie ihr Menü beendet und die meisten Gäste das Restaurant verlassen hatten, zogen sie sich in Odettes Schlafzimmer zurück. Sie öffnete gekonnt eine Flasche Champagner und schenkte ihnen ein.

»Auf die Versöhnung von Suzette und Ludovic, und auf die schnelle Lösung deines Falles«, sagte sie. Sie

tranken einen Schluck und küssten sich leidenschaft-
lich.

Später kuschelte Odette sich an Philippe und gähnte.
Durch das bogenförmige Fenster konnten sie den va-
nillegelben Vollmond sehen, der über den schwarzen
Ästen eines Baumes stand. Kurz darauf war sie eingeschlafen, und Philippe lauschte ihren regelmäßigen
leisen Atemzügen. Lächelnd gab er ihr einen zarten
Kuss auf die Stirn und knipste das Licht aus.

VIERTER TAG

NOTRE-DAME DU VAST

Lagarde wachte früh auf und blinzelte in die Morgensonne. Odette schlief noch tief und fest. Leise stand er auf und verließ das Schlafzimmer. Nachdem er sich rasiert und geduscht hatte, zog er sich an und fuhr in den benachbarten Weiler, um frisches Baguette, Pains au Chocolat und eine regionale Tageszeitung zu besorgen.

Zurück in der Küche setzte er Kaffee auf und deckte den Frühstückstisch. Die Spiegeleier mit Speck würde er erst braten, wenn Odette aufgewacht war. Er machte sich schon mal einen Milchkaffee, griff nach der Zeitung und las die Schlagzeilen, die fett und in roten Lettern gedruckt waren und den Leser förmlich ansprangen:

Brutaler Mord in der Moulin du Vast!
Ein Killer wütet im friedlichen Saire-Tal!
Bevölkerung in Angst und Schrecken!
Steckt die korsische Mafia hinter den tödlichen Schüssen?

Darunter stand eine Zusammenfassung der Ereignisse. Die Pressestelle der Kriminalpolizei von Cherbourg hatte noch gestern am frühen Abend eine Meldung herausgegeben. Lagarde konnte sich gut vorstellen, dass es inzwischen in der Umgebung der Mühle vor Journalisten nur so wimmelte. Der Tatort war nach wie vor abgesperrt.

Odette betrat die Küche, gehüllt in einen roten Kimono, und lächelte ihn an.

»Bonjour, Philippe, ein wunderbarer Kaffeeduft hat mich geweckt.«

»Bonjour, ma Chérie.«

Sie küssten sich zärtlich.

»Ich brate noch rasch die Eier«, sagte er. »Dann können wir frühstücken.«

»Wunderbar, ich bin hungrig.«

Sie setzte sich an den Tisch und schenkte sich Kaffee ein. Dabei warf sie einen Blick auf das Titelblatt der Zeitung und runzelte die Stirn. »Die korsische Mafia? Hältst du das für möglich?«

»Ich halte alles für möglich.«

Nach dem Frühstück verabschiedeten sie sich voneinander, und Lagarde machte sich auf den Weg in das Rechtsmedizinische Institut von Cherbourg, eine moderne lebhafte Hafenstadt, die das wirtschaftliche Zentrum der Halbinsel Cotentin bildete.

Das Institut war im Kellergeschoss des Polizeipräsidiums untergebracht, das sich auf einem grünen Hügel über der Stadt erhob. Von dort aus hatte man einen weiten Blick auf die halbkreisförmigen Molen, die die äußere Reede der Stadt umgaben. Sie schützten den Hafen vor den tückischen Stürmen des Ärmelkanals. Der Ozean lag still und kobaltblau in der Sonne, weit draußen glitt ein Containerschiff wie in Zeitlupe vorbei.

Lagarde parkte seinen Wagen und ging zum Eingang der Rechtsmedizin. Dort saß hinter einer Panzerglasscheibe eine Gendarmin, die ihn freundlich begrüßte.

»Bonjour, Monsieur le Commissaire. Werden Sie erwartet?«

»Bonjour! Ja, ich habe um zehn Uhr einen Termin bei Madame le Docteur Moreau.«

»Tragen Sie sich bitte in das Gästebuch ein. Sie wissen ja, wo Sie sie finden.«

Er ging über die Treppe in das Untergeschoss und folgte einem langen, weiß gefliesten Flur, der kalt und abweisend wirkte. Dabei kam er an zwei Obduktionssälen vorbei, deren Flügeltüren offen standen. Darin befanden sich Edelstahlbahren, Beistelltische mit blitzenden Instrumenten und, eingelassen in eine Wand, Kühlfächer. Weit und breit war kein Mensch zu sehen. Es roch nach einer seltsamen Mischung aus Zitronenreiniger und Kaffee. Lagarde fragte sich nicht zum ersten Mal, wie es jemand den ganzen Tag in einer solchen Umgebung aushalten konnte.

Das Büro von Dr. Dr. Delphine Moreau befand sich im nächsten Raum. Er klopfte an die Tür, und sie rief ihn herein. Als er eintrat, erhob sich die Rechtsmedizinerin von ihrem Schreibtischstuhl und ging lächelnd auf ihn zu. Sie war klein, korpulent und hatte eine Vorliebe für elegante Kostüme und hochhackige Schuhe. Heute trug sie einen Zweiteiler, dessen safrangelber Rock oberhalb der Knie endete. Ihre kurzgeschnittenen Haare wechselten häufig die Farbe, derzeit waren sie magentarot und umrahmten ihr rundes Gesicht mit den aufmerksamen Knopfaugen, denen nichts entging. Sie war die unbestrittene Herrscherin über ihr Reich, und alle, die mit ihr zurechtkommen wollten, taten gut daran, ihr niemals zu widersprechen, wenn sie ihre Ansichten nicht durch harte Fakten untermauern konnten. Delphine hasste banale Gespräche, sie hielt sie für reine Zeitverschwendung und war meist in ihre komplexe wissenschaftliche Gedankenwelt versunken. Sie hatte immer einen Praktikanten, der Botengänge für sie erledigte, Zigaretten kaufte, Kaffee kochte und sie mit einem Dienstfahrzeug zu Tatorten chauffierte. Sie selbst fuhr nie. Wenn es einem Praktikanten gelang, sich an ihre Regeln zu halten und keine dummen Fragen zu stellen, war die Arbeitsatmosphäre jedoch angenehm, und er konnte viel von ihr lernen.

»Bonjour, Philippe, pünktlich auf die Minute, wie immer.«

»Bonjour, Delphine, ich bemühe mich.«

Die Ärztin und er hatten schon bei mehreren Ermittlungen erfolgreich zusammengearbeitet und kamen gut miteinander zurecht. Die Arbeitsbeziehung war von Respekt und Sympathie geprägt. Sie bot ihm einen Platz in der Sitzecke an. Auf dem Tisch waren Kaffee, Wasser und Madeleines angerichtet. Sie setzte sich ihm gegenüber in einen Sessel.

»Den Mokka musst du probieren, ich beziehe ihn aus Guatemala. Ein Gedicht!«

Lagarde schenkte ihnen ein, probierte einen Schluck und nickte anerkennend. »Was für ein Aroma!«

Zufrieden nickte sie, bevor sie ihn forschend ansah. »Was ist los? Wo ist Ludovic?«

»Hat er dir nichts erzählt?«

»Ich habe ihn nicht mehr gesehen.«

»Er hatte Streit mit Suzette und ist zu ihr nach Deauville gefahren.«

»Aha, und du leitest jetzt die Ermittlungen?«

»Zumindest, bis er wieder zurück ist.«

»Beziehungen können kompliziert sein. Manchmal frage ich mich, ob man es als Single nicht leichter hat. Ich hoffe, sie vertragen sich bald wieder. Meiner Ansicht nach passen sie gut zusammen, das kommt gar nicht so häufig vor.«

»Wie läuft es mit deinem Professor?«

Eine solch persönliche Frage durfte nur Lagarde stellen, jeden anderen hätte sie empört in seine Schranken gewiesen.

Delphine hatte sich während der Aufklärung eines gemeinsamen Falles, bei dem es um einen Doppelmord im Jagdrevier von Gonneville ging, in einen Professor aus Paris verliebt, der das Team über exotische Gifte aus Südamerika beraten hatte.

Delphine verdrehte die Augen. »Wir führen nach wie vor eine Fernbeziehung, das gefällt ihm nicht. Aber ich will hier nicht weg, Philippe, ich liebe meine Arbeit, die normannische Lebensart und die Nähe zum Meer.« Sie seufzte. »Manchmal bin ich es leid, darüber zu diskutieren.«

Lagarde nickte. »Das ist in der Tat eine schwere Entscheidung.«

»Stell dir das mal vor, ich in Paris bei einer Vernissage mit Pseudointellektuellen, Smalltalk und Champagner!«

Er grinste. »Das kann ich mir nicht vorstellen.«

»Ich auch nicht.«

»Er könnte doch hierher ziehen?«

»Was ist dann mit seinem Lehrauftrag?« Ungeduldig winkte sie ab. »Aber nun zu dem Toten, der in der Mühle erschossen wurde.« Sie blätterte in ihren Notizen. »Der Mann wurde zwischen zehn und elf Uhr erschossen.«

»Der Notruf ging um elf Uhr sechzehn ein. Das passt. Ich gehe davon aus, dass der Fundort der Tatort ist?«

»Auf jeden Fall. Ich habe mir die Fotos der Spurensicherung angesehen. Der Mann hat viel Blut verloren.«

»Zeuginnen haben ausgesagt, dass sie vier Schüsse gehört hätten.«

»Ja, es gab vier Einschüsse, einer davon war tödlich. Das Projektil drang direkt in die linke Herzkammer ein. Der Tod muss sofort eingetreten sein. Die anderen drei Schüsse wurden in den Brustkorb abgegeben. An diesen Verletzungen und den daraus folgenden starken Blutungen wäre er ebenfalls gestorben, nur etwas später.«

»Welchen Eindruck hast du von den Einschüssen?«

»Es waren keine aufgesetzten Schüsse, wahrscheinlich stand der Täter ein Stück von ihm entfernt.«

»Gab es Abwehrverletzungen?«

»Nein. Er hat sich nicht gewehrt.«

»Was auch darauf hindeutet, dass zwischen dem Opfer und dem Schützen ein gewisser Abstand herrschte.«

»Er könnte das Opfer überrascht haben.«

»Das ist durchaus möglich, er hat den Angreifer erst bemerkt, als es zu spät war.«

»So könnte es gewesen sein. Mehr habe ich leider nicht herausfinden können. Nur noch, dass er an einem Vorhofflimmern litt, das irgendwann zum Tod geführt hätte. Sein körperlicher Gesamtzustand war gut, erstaunlich bei dem erheblichen Übergewicht.«

»Sind die Projektile in der Ballistik?«

»Ja, ich habe Druck gemacht. Wir werden die Ergebnisse heute noch bekommen. Bereits jetzt steht fest, dass es sich um eine Pistole handelt, neun Kaliber, kein Jagdgewehr oder dergleichen. Das ist vorläufig alles.«

»Was ist mit dem Bericht der Spurensicherung?«

»Sie sind noch nicht so weit.«

»Viel haben wir also nicht.«

»Nein. Haben die Zeugenaussagen weitergeholfen?«

»Bisher nicht. Der Täter könnte praktisch jeder gewesen sein. Ich weiß nicht einmal, ob es sich um einen Mann oder eine Frau handelt. Ehrlich gesagt, Delphine, ich tappe im Dunkeln.«

Sie lächelte ihn aufmunternd an. »So, wie ich dich kenne, wird sich das bald ändern.«

»Das hoffe ich.«

»Wir könnten mal wieder zusammen essen gehen. In der Altstadt von Cherbourg gibt es ein neues marokkanisches Restaurant, es soll phantastisch sein.«

»Gute Idee, Odette interessiert sich immer für die Speisekarte anderer Restaurants.«

»Abgemacht, ich rufe dich an, wenn mein Professor wieder da ist.«

»In Ordnung.«

»Viel Erfolg bei deinen Ermittlungen.«

»Danke, Delphine.«

Rasch trank er seinen zweiten Mokka aus, dann steckte er seinen Notizblock in die Jackentasche und erhob sich.

»Ich begleite dich hinaus«, sagte sie. »Ich will eine rauchen.«

»Du rauchst nicht mehr in deinem Büro?«

Sie zwinkerte ihm zu. »Offiziell nicht.«

Vor dem Gebäude zündete sie sich eine Zigarette an und stellte sich neben den Aschenbecher. Eine Zeit lang standen sie schweigend nebeneinander und bewunderten die Aussicht. Dann verabschiedete sich Lagarde und ging nachdenklich zu seinem Auto.

Die Kirche Notre-Dame du Vast erhob sich imposant am Ortsrand. Dahinter lagen Pferdekoppeln und Obstwiesen. Vor der Südfassade lag der Friedhof, der von einer Mauer umfriedet wurde. Philippe Lagarde durchschritt das schmiedeeiserne zweiflügelige Tor, das einladend offen stand, und folgte dem Hauptweg, der an verwitterten Steinkreuzen, ergrauten Mausoleen und moosüberzogenen Grabplatten vorbei führte. Manche Gräber waren mit Blumen geschmückt, auf anderen lagen Rosengebinde auf der schwarzen Erde. Er mochte Friedhöfe, die Stille und der Frieden beruhigten ihn und nahmen der Endlichkeit ihren Schrecken.

Kurz vor dem Ausgang stand eine schwarzgekleidete ältere Dame mit gesenktem Blick an einem Grab und sprach offenbar mit dem Toten.

»Bonjour, Madame«, grüßte er höflich.

Irritiert sah sie hoch. Tiefe Traurigkeit ging von ihr aus. »Bonjour, Monsieur.« Unvermittelt fügte sie hinzu: »Mein Mann ist vor zwei Wochen verstorben. Jetzt bin ich ganz alleine.«

»Das tut mir sehr leid.«

»Der Abbé ist eine große Stütze für mich.«

»Das ist gut. Ich bin auf der Suche nach ihm. Können Sie mir sagen, wo ich ihn finde?«

»In der Kirche ist er nicht, da komme ich gerade her. Vielleicht ist er im Kräutergarten, er befindet sich hinter dem Gotteshaus. Oder er ist im Pfarrhaus in seinem Büro.«

»Danke, Madame, ich werde ihn schon finden.«

Er verließ den Friedhof, passierte das Hauptportal der Kirche und gelangte schließlich in den Kräutergarten. Die Beete waren akkurat angelegt, sehr gepflegt, und vor jeder Pflanze stand ein Namensschildchen. Bienen flogen summend von einer Blüte zur nächsten. Ein würziger Duft zog durch den Garten. Inmitten der schönen Anlage plätscherte ein Springbrunnen.

Der Abbé, ein kleiner dicker Mann mit einem störrischen Haarkranz, stand vor einem Beet und betrachtete ein Rosmaringewächs. Er trug eine Soutane mit einem blütenweißen Kragen. Als er die Schritte auf dem Kies hörte, drehte er sich um. Auf seinem Gesicht mit den runden rosigen Wangen erschien ein Lächeln.

»Bonjour, Monsieur.«

»Bonjour, Abbé.«

Der Mann mit den klaren hellgrünen Augen wies auf den Rosmarin. »Ich überlege, ob ich dieses Gewürz für meine Sauce nehmen soll.«

»Ich verstehe nicht, Abbé.«

Er lachte. »Das können Sie auch nicht. Es ist so, meine Haushälterin ist krank, und ich habe Hunger. Deshalb habe ich mir eine Hackfleischsauce mit Nudeln gekocht, aber sie schmeckt etwas fad.«

»Meine Verlobte ist eine sehr gute Köchin, und sie legt in eine Hackfleischsauce immer ein Sträußchen Rosmarin.«

»Danke für den Tipp.« Neugierig musterte er Lagarde. »Kann ich Ihnen helfen?«

»Ja, ich denke schon.« Lagarde stellte sich vor und zeigte ihm seinen Dienstausweis.

Der Geistliche studierte mit erstaunter Miene das amtliche Dokument. »Die *police judiciaire*?« Dann fiel der Groschen. »Sie kommen wegen des Verbrechens in der Moulin du Vast. Wie kann ich Ihnen helfen?«

»Sie wissen davon?«

»Natürlich, jeder hier in der Gegend weiß davon. Die Nachricht, dass George Morin erschossen wurde, hat sich wie ein Lauffeuer verbreitet. Außerdem hat mich Madame Morin gestern am späten Nachmittag angerufen und mich gebeten, ihr beizustehen. Ich bin sofort nach der Abendandacht zu ihr gegangen. Wir haben lange geredet und gebetet. Ich habe versucht, sie zu trösten. Als ich spät am Abend aufbrach, um nach Hause zu gehen, hatte ich den Eindruck, dass sie sich ein wenig gefangen hätte. Ich war mir sicher, sie alleine lassen zu können. Sie wollte eine Schlaftablette nehmen und zu Bett gehen.«

»George Morin wurde ungefähr gegen elf Uhr getötet, und ich habe seine Witwe gefragt, wo sie sich zur Tatzeit aufgehalten hatte.«

Der Abbé war empört. »Sie verdächtigen diese arme, vom Schicksal schwer getroffene Frau des Mordes an ihrem Ehemann?« Er schnaubte und bekreuzigte sich. »Das dürfen Sie nicht, sie ist unschuldig. Aus welchem Grund hätte sie das tun sollen?«

»Das ist eine Routinefrage, die bei jeder Ermittlung gestellt wird. Es ist eine Tatsache, dass die meisten Menschen von Familienangehörigen oder Personen aus dem näheren Umfeld getötet werden.«

Der Abbé beruhigte sich ein bisschen. »So ist das also.«

»Madame Morin hat ausgesagt, dass sie von acht bis elf Uhr an der Chorprobe teilgenommen hat. Können Sie das bestätigen?«

»Selbstverständlich kann ich das bestätigen. Schließlich bin ich der Chorleiter. Wir haben Punkt acht Uhr angefangen und gegen elf Uhr Schluss gemacht. Die Probe dauerte länger als sonst, weil wir am Sonntag einen Auftritt haben.«

»Sind Sie sicher, dass Madame Morin die ganze Zeit anwesend war?«

»Aber ja! Sie stand in der zweiten Reihe, wie immer. Die dritte von links. Auf dem Fest wird sie ein Solo singen, das sie während der Probe noch einmal geübt hat. Das Ave Maria. Niemand von uns kann es so schön singen wie sie. Es klingt so anrührend, so klar und beseelt, einfach wunderbar.«

»Um elf sind alle gegangen?«

»Nein, wir haben noch Kaffee getrunken und Kuchen gegessen. So eine Probe ist anstrengend.«

»War Madame Morin auch dabei?«

»Ja. Sie und ein paar andere haben mir noch beim Aufräumen geholfen.«

»Merci, Abbé.« Plötzlich fiel Lagarde noch etwas ein. »Wissen Sie etwas über die Ehe der beiden? War es eine harmonische Partnerschaft?«

Der Geistliche zögerte und senkte den Blick wieder auf die Kräuter.

»Abbé? Wenn ich eine Ermittlung durchführe, bin ich auf jede Information angewiesen. Das ist wichtig.«

»Das verstehe ich, Monsieur le Commissaire. Nein, die Ehe war nicht gut, ganz und gar nicht. Madame Morin hat mir oft ihr Herz ausgeschüttet. Sie war zutiefst unglücklich in dieser Beziehung.«

»Aus welchem Grund?«

»Ihr Mann verhielt sich ihr gegenüber gleichgültig, er war völlig desinteressiert, was sie betraf. Sie lebten nebeneinanderher. Er redete kaum mit ihr, nie ein liebes Wort, keine Anerkennung. Einmal hat sie gesagt, sie komme sich vor wie eine unsichtbare Hauswirtschafterin.«

»Ging das schon lange so?«

»Ich glaube, ja.«

»War Gewalt im Spiel?«

»Oh nein, das nicht. Keine körperliche Gewalt, aber eine verbale Kälte, wenn Sie verstehen, was ich meine.«

»Ich glaube schon. Würden Sie sagen, dass sie ihren Ehemann gehasst hat?«

»Das ist ein starkes Wort, Monsieur le Commissaire. Aber einmal, als sie sehr wütend auf ihn war, hat sie gesagt, sie würde ihn am liebsten umbringen. Das hat sie selbstverständlich nicht ernst gemeint.«

»Kannten Sie George Morin?«

»Nur oberflächlich, vom Sehen. Er kam einmal im Jahr zur Weihnachtsmette in die Kirche, sonst nie.«

»Bei welchen Gelegenheiten sind Sie mit ihm zusammengetroffen?«

»Beim letzten Kirchenfest hat er an der Grillstation mitgeholfen. Dabei sind wir ins Gespräch gekommen. Ich glaube, er war einer von diesen Menschen, die nach außen hin einen guten Eindruck machen wollen.«

»Wissen Sie, ob er Streit mit jemandem hatte?«

»Mit seinen Nachbarn, was ich so gehört habe. Er muss ein unsympathischer Zeitgenosse gewesen sein. Es ist mein Anspruch, allen Gemeindemitgliedern Respekt und Anteilnahme entgegenzubringen, aber bei ihm ist es mir schwergefallen. Er war ein überheblicher Mensch.«

»Danke, Abbé. Sie haben mir sehr geholfen.«

»Ich wünsche Ihnen viel Erfolg bei Ihren Ermittlungen. Wenn Sie ein ruhiges Plätzchen zum Nachdenken suchen, können Sie jederzeit in meinen Kräutergarten kommen.«

»Das ist sehr freundlich von Ihnen. Vielleicht komme ich darauf zurück.«

»Gott sei mit Ihnen.«

Der Pfarrer sah ihm lange hinterher und überlegte angestrengt. Mon Dieu! Und wenn er sich irrte?

Lagarde fuhr nach Hause. Er musste in Ruhe nachdenken und seine weiteren Schritte planen.

Nachdem er ein leichtes Mittagessen zu sich genommen hatte, ging er in sein Arbeitszimmer und begann die Pinnwand leer zu räumen. Schnappschüsse, Veranstaltungsflyer und Restauranttipps legte er in einen Karton und stellte ihn beiseite. Auf einem weißen Blatt, das er an der Wand befestigte, erstellte er mit einem Filzschreiber das vorläufige Täterprofil anhand der Beschreibungen, die er von den Schwestern Christelle und Lisette Béart bekommen hatte:

wasserblaue, kalte Augen, wie Gletschereis
Statur mittelgroß, eher kräftig
Geschlecht unklar
Alter unklar
kein Sportler, eher Freizeitsportler mit wenig Kondition
geübter Schütze

Fahrzeug, eventuell ein Diesel, westlich vom
Waldparkplatz abgestellt, muss nicht
zwingend etwas mit dem Verbrechen zu tun haben

Er trat zurück und betrachtete das erstellte Profil. Es war dürftig, mehr als dürftig. Nachdenklich fuhr er sich durch die Haare. Er brauchte dringend weitere Hintergrundinformationen, so kam er nicht voran.

In der Küche machte er sich gerade einen Milchkaffee, als sein Computer durch einen Piepton den Eingang einer Mail anzeigte. Sie kam von den Ballistik-Experten in Cherbourg und hatte im Anhang den Bericht über die Projektile aus George Morins Brust.

Lagarde setzte sich mit seinem Kaffee an den Tisch und las interessiert die Details, die ihm hoffentlich weiterhelfen würden. Wie er bereits wusste, konnte man von den Kugeln auf die Waffe, das Kaliber und den Hersteller schließen. Jedes Waffenmodell verursachte ein eigenes Spurenbild. Bei der Tatwaffe handelte es sich um eine Beretta 92. Er hatte diese Pistole selbst schon häufiger benutzt, sie war technisch ausgereift und lag gut in der Hand. Zuletzt war sie bei der *Gendarmerie nationale* verwendet worden, bevor man die SIG SP 2022 eingeführt hatte. Früher war sie die Standardpistole der französischen Armee gewesen. Da sie die Pistole nicht gefunden hatten, konnten sie die Seriennummer nicht feststellen und sie keinem gemeldeten Besitzer zuordnen. Außerdem hielt Lagarde es für wahrscheinlicher, dass sie auf dem Schwarzmarkt erworben worden war. Und das war gar nicht gut, der französische Schwarzmarkt für Schusswaffen glich einer Krake, die sich mit ihren Tentakeln überall festsaugte, am liebsten jedoch in Großstädten.

Einer Eingebung folgend durchsuchte er das Internet mit Hilfe von Suchbegriffen nach ähnlichen Verbrechen und stieß bald auf einen Mord, der vor drei Tagen im Wald von Fontainebleau verübt worden war. Er erinnerte sich, dass Angélique bei dem Grillfest davon erzählt hatte. Ein Mann war in einer Skulptur erschossen worden, vom Täter fehlte noch immer jede Spur. Als er die Fakten der beiden Fälle miteinander verglich, stieß er auf einige Übereinstimmungen. Hastig stand er auf, ging mit dem Laptop zurück ins Arbeitszimmer und notierte auf dem Papier an der Wand die Details des anderen Falles.

beide Taten mit Pistole verübt
Fontainebleau: drei Schüsse, Saire-Tal: vier Schüsse
Opfer: Männer etwa im selben Alter, Schriftsteller und
pensionierter Schullehrer, französische Bürger
unspektakuläres Leben in der Provinz
beide verheiratet
Spaziergang, von dem sie nicht zurückgekehrt waren
an abgelegenen Orten getötet
Schüsse ins Herz

präzise Schüsse, Täter vermutlich Schusserfahrung
Fahrzeuge: blauer Peugeot (Waldparkplatz in der Nähe
des Zyklopen), Diesel (Mühle)

In Gedanken versunken rieb Lagarde sich das Kinn. Für seinen Geschmack waren das zu viele Übereinstimmungen, um zufällig zu sein. Sein Instinkt sagte ihm, dass die beiden Morde zusammenhängen könnten.

Er suchte nach dem zuständigen Kriminalbeamten und stieß auf eine gewisse Nathalie Beaufort in Fontainebleau, die in dem Fall Charles Deray ermittelte. Ihre Telefonnummer herauszufinden war kein Problem.

Entschlossen wählte er die Nummer des Kommissariats und ließ sich mit Madame le Commissaire Beaufort verbinden. Sie meldete sich nach kurzer Zeit mit einer freundlichen, warmen Stimme. Er stellte sich vor und schilderte ihr, was er soeben herausgefunden hatte. Damit hatte er ihre ganze Aufmerksamkeit.

»Was Sie berichten, ist sehr interessant«, stellte sie fest. »Die Ähnlichkeiten bei den zwei Verbrechen sind tatsächlich auffällig. Haben Sie eine Idee, wie wir weiter vorgehen könnten?«

»Liegt Ihnen der ballistische Bericht vor?«

»Ja.«

»Können Sie ihn mir per Mail schicken?«

»Selbstverständlich.«

Er konnte ein paar Klicks hören, und schon war der Bericht der Untersuchung auf seinem Computer. Aufmerksam las er ihn durch. »Die Waffe war eine Beretta 92, wie in meinem Fall«, teilte er ihr mit.

»Kaliber 9 mal 19 mm, fünfzehn Patronen, Stangenmagazin.«

»Also der gleiche Pistolentyp?«, bestätigte sie.

»Korrekt.«

Er ordnete die Fotografien und ihre gestochen scharfen Vergrößerungen der Projektile aus beiden Waffen nebeneinander auf dem Bildschirm an und verglich die Riefen, Einkerbungen und Abdrücke. Was er entdeckte, überraschte ihn. Rasch holte er eine Lupe aus der Schreibtischschublade und überprüfte seinen Verdacht. Das Ergebnis war spektakulär: Die Schüsse waren hundertprozentig aus derselben Waffe abgegeben worden. Daran bestand kein Zweifel.

Er informierte Madame le Commissaire Beaufort über seine Entdeckung. Sie war ebenso verblüfft wie er.

»Haben wir es mit ein und demselben Täter zu tun?«

»Nicht zwangsläufig. Aber es muss eine Verbindung zwischen den beiden Opfern geben.«

»Absolut! Wie gehen wir weiter vor?«

»Ich schlage vor, wir tauschen uns ab sofort über unsere Ermittlungsergebnisse aus. Das ist jetzt unser gemeinsamer Fall.«

»D'accord. Ich werde meinen Vorgesetzten über den Sachstand informieren.«

»Gut. Wie wir unsere Zusammenarbeit gestalten, werden wir sehen. Fontainebleau liegt nicht gerade um die Ecke.«

Sie lachte. »Da haben Sie recht. Wir bleiben in Kontakt.«

»Das machen wir.«

»Ich wünsche Ihnen einen schönen Tag.«

»Das wünsche ich Ihnen auch.«

Lagarde war zufrieden mit dieser Vereinbarung, diese Vorgehensweise war üblich, effektiv und Erfolg versprechend.

Nathalie Beaufort legte den Hörer auf und starrte auf das Telefon. Philippe Lagarde aus Barfleur? War das etwa der Philippe Lagarde? Der Elitepolizist, über den die Zeitungen regelmäßig in Zusammenhang mit spektakulären Verbrechen berichteten? Sofort begann sie zu recherchieren, und es dauerte nicht lange, bis sie herausgefunden hatte, dass es sich tatsächlich um den berühmten Monsieur le Commissaire handelte. Sie war gespannt darauf, wie sich ihre gemeinsame Ermittlungsarbeit gestalten würde.

Auf jeden Fall bildeten sich seit dem Gespräch zwei wesentliche Fragen heraus: Wer hatte einen Grund gehabt, die beiden Männer zu töten, und wo war die Verbindung zwischen ihnen? Das Jagdfieber packte sie.

Der Journalist Marcel Degalle, der für ein überregionales Boulevardblatt arbeitete, fuhr mit seinem olivgrü-

nen Jeep durch den Forst, der sich zwischen der Landstraße und der Moulin du Vast erstreckte. Ganz in der
Nähe der Mühle parkte er sein Fahrzeug, gut versteckt
hinter dichtem Brombeergestrüpp. Als er ausstieg, war
es ein Uhr vierunddreißig.

Auf dem weichen Waldboden schlich er zwischen
Buchen und Eichen auf das Gebäude zu. Er war dunkel gekleidet und hatte um die blonden Haare ein Piratentuch gebunden. Seinen Rucksack hatte er über die
Schulter geworfen.

Als er den Waldrand erreicht hatte, verharrte er im
Schutz der Bäume und ließ seine Blicke über die Fas-
sade schweifen. Über der Mühle stand der Mond als
Scheibe zwischen Wolkengebilden am nachtblauen
Himmel. Im Wald schrie ein Käuzchen, daraufhin war
es wieder still bis auf das Rauschen des Windes in den
Laubkronen und das Plätschern der Saire.

Aus dem Anwesen drang kein Lichtschein, in der
Nacht erschien es düster und unheimlich. Er war gestern am helllichten Tag schon einmal hier gewesen,
nachdem die Polizei abgezogen war, und hatte Fotos
gemacht. Der hohe Mühlenraum, in dem das Verbrechen vermutlich verübt worden war, war mit Absperr-
bändern gesichert gewesen. An der Eingangstür hatte
sich ein Polizeisiegel befunden. Deshalb, und weil Kollegen auf dem Gelände unterwegs waren, war es nicht
möglich gewesen, dort hineinzugehen. Doch jetzt war
niemand mehr da.

Im Schein des Mondes stieg er die Treppe hinauf zu der Pforte. Dort entfernte er das Siegel und drückte die Tür auf. Als ein lautes Quietschen erklang, fuhr er zusammen. Er trat ein, verschloss die Tür hinter sich und ging in den Raum hinein. Sein Plan war, mit seiner hochwertigen Digitalkamera, die speziell für Nachtaufnahmen geeignet war, phantastische Fotos zu schießen, um die Gräueltat für die Leser wieder aufleben zu lassen. Schauerlich sollten die Fotos werden, selbstverständlich in Schwarzweiß.

Er begann mit dem Mühlstein, der durch das diffuse Licht der Sterne wie ein glänzend schwarzer Dolmen wirkte, lichtete das Kettenwerk ab, das durch den Luftzug leise klirrte, und als Krönung die Kreidestriche, die abbildeten, wo die Leiche gelegen haben musste.

Er klickte sich durch die bisher gemachten Fotos und war begeistert. Die Zeitung würde morgen reißenden Absatz finden und ihm die ersehnte Beförderung und vor allem Ruhm bescheren. Ein zufriedenes Grinsen breitete sich auf seinem Gesicht aus. Er war nun mal der Beste.

Doch sein Grinsen verschwand sofort, als plötzlich die Angeln der Pforte quietschten. Helleres Licht drang durch den Spalt, gleich darauf war es wieder dunkel. Marcel Degalle blieb fast das Herz stehen. Jemand befand sich nun mit ihm im Mühlenraum. Er konnte den Atem hören, und ihm war klar, dass er sich verstecken musste. Der Mörder war an den Tatort zurückgekehrt, es hatte ihn unweigerlich hierhergezogen, so wie es immer behauptet wurde. Geräuschlos ging Degalle langsam rückwärts und drückte sich neben gestapelten Holzteilen in den schwarzen Schatten. Angespannt hielt er den Atem an und bemühte sich, das unkontrollierte Zittern zu unterdrücken. Er hatte so viel Angst, wie noch nie in seinem Leben. Wenn der Killer ihn entdeckte, wäre er ein toter Mann.

Plötzlich wurde es hell, und der Lichtkegel einer Taschenlampe tastete sich durch den Raum. Unerbittlich kam er näher und näher. Einen Augenblick später schien er Degalle ins Gesicht, und reflexartig riss dieser seinen Arm vor die Augen.

»Bitte, tun Sie mir nichts!«, flehte er.

Ein Fauchen ertönte. Daraufhin hörte er schnelle Schritte, die Pforte quietschte, fiel rumpelnd ins Schloss, und es war wieder dunkel und still. Panisch blinzelte er in die durchscheinende Dunkelheit. Da war niemand mehr. Der Mörder war geflüchtet, nachdem Degalle ihn entdeckt hatte.

Sein Herzschlag beruhigte sich allmählich. Er hatte großes Glück gehabt.

Er rappelte sich hoch, hielt seine Kamera fest umklammert und hastete auf unsicheren Beinen aus der Mühle. Als er, so schnell er konnte, zu seinem Fahrzeug lief er, schlug ihm schmerzhaft ein Ast gegen die Brust. Dann stolperte er über einen Baumstumpf und stürzte zwischen Heidelbeerbüsche, die ihm das

Gesicht zerkratzten. Keuchend rappelte er sich hoch. Dabei verlor er sein Piratentuch, doch er bemerkte es nicht. In der Ferne hörte er ein Motorengeräusch und registrierte automatisch, dass es ein Diesel war.

Nach einer gefühlten Ewigkeit erreichte er endlich seinen Jeep. Er öffnete die Verriegelung, ließ sich auf den Sitz fallen, schloss die Fahrertür und startete den Motor. Während er mit Abblendlicht eilig über Schotter auf die Landstraße zu rumpelte, zündete er sich mit fahrigen Fingern eine Zigarette an und zog gierig den Rauch ein. Plötzlich brach ein Wildschwein aus dem Unterholz, kreuzte seinen Weg und rannte in den Wald.

In Marcel Degalles Augen spiegelte sich das blanke Entsetzen wider, und er wollte nur noch weg. Raus aus diesem Gespensterwald.

FÜNFTER TAG

AM ALTEN HAFEN VON HONFLEUR

Nathalie Beaufort saß an ihrem Schreibtisch im Kommissariat und las das Protokoll einer Zeugenaussage. Ein Mann hatte sich gemeldet und erzählt, dass er an dem Morgen, als Charles Deray erschossen worden sei, im Wald von Fontainebleau gejoggt habe. In der Nähe des Zyklopen hatte sich ein Wagen von hinten genähert und gehupt, so dass er auf den Wegrand ausweichen musste. Der blaue Peugeot fuhr mit überhöhter Geschwindigkeit an ihm vorbei und wirbelte Staub und Schotter auf. Der Jogger war empört über diese Rücksichtslosigkeit und wollte sich das Kennzeichen merken, das jedoch schlammverschmiert war. Dieser Vorfall ereignete sich gegen zehn Uhr fünfzehn. Der Fahrer hatte dunkle Haare und ein helles Gesicht, mehr hatte der Zeuge nicht erkennen können. Auch nicht, ob es sich um eine Frau oder einen Mann handelte.

Nathalie war der Ansicht, dass es sich durchaus um das Fahrzeug des Täters handeln könnte, und nahm die Merkmale in die Liste des Täterprofils von Lagarde auf.

Dann wendete sie sich dem Bericht der Spurensicherung zu. Ein Polizeitechniker hatte an einem

Strauch neben dem Eingang zu der Skulptur eine Faser gefunden. Sie war schwarz gewesen und hatte aus einem Baumwoll-Polyester-Gemisch bestanden. Dabei konnte es sich um den Faden einer Jacke oder einer Hose handeln. Das alles half im Moment noch nicht weiter.

Sie blätterte ihre Notizen zur Befragung von Madame Deray durch und suchte nach dem Namen und der Adresse des Rechtsanwaltes, den Charles Deray beauftragt hatte, sich mit den Forderungen der Enkelin von Jean Cocteau auseinanderzusetzen. Kurz darauf hatte sie die Angaben gefunden. Der Mann hieß Maître Yves Leblanc und hatte seine Kanzlei in der Altstadt von Fontainebleau in der Rue Hennequin 2. Das war nicht weit von der Polizeiwache entfernt, und sie beschloss, zu Fuß zu gehen.

Nathalie verließ das Gebäude und blinzelte in die Sonne, die ihre Strahlen von einem azurblauen Himmel schickte. Es würde wieder ein schöner warmer Tag werden. Als sie den Marktplatz überquerte, kam sie an einem Bäckereistand vorbei und konnte dem köstlichen Duft von frischen Croissants und Kaffee nicht widerstehen. Sie hatte noch nicht gefrühstückt und legte eine kurze Rast ein. Dabei plauderte sie mit der Bäckersfrau über dies und das.

Die vanillegelbe Stadtvilla mit den halbmondförmigen Balkonen und den weißen ornamentierten Brüstungen beherbergte Arztpraxen, einen Logopäden und die Rechtsanwaltskanzlei Leblanc. Die Eingangstür war unverschlossen, und Nathalie ging über eine Marmortreppe in den ersten Stock. Sie betrat die Kanzlei und stand vor einem Empfangstresen. Eine Angestellte begrüßte sie mit einem freundlichen Lächeln.

»Bonjour, Madame. Was kann ich für Sie tun?«

»Ich möchte Maître Leblanc sprechen.«

»Haben Sie einen Termin?«

»Nein.«

»Das tut mir leid, ohne Termin geht es nicht. Möchten Sie einen vereinbaren?«

Beaufort zeigte ihr den Dienstausweis. »Police judiciaire Fontainebleau. Ich brauche keinen Termin.«

Die Frau erhob sich rasch.

»Ich sage ihm Bescheid, einen Moment bitte, Madame le Commissaire.«

Sie ging einen hellen Flur entlang, klopfte an einer Tür und verschwand im Zimmer. Kurz darauf war sie zurück.

»Kommen Sie bitte mit. Der Maître hat gerade ein paar Minuten Zeit.«

Als sie das Zimmer betrat, erhob sich ein Mann in einem eleganten Anzug hinter dem Schreibtisch und kam auf sie zu. Sein Lächeln war sympathisch, und die graumelierten Haare standen ihm gut. Sie fand, dass er eine gewisse Ähnlichkeit mit George Clooney aufwies.

»Bonjour, Madame le Commissaire. Sie wollen mich sprechen?«

Er deutete auf einen ovalen Besprechungstisch aus einem mahagonifarbenen Edelholz.

»Nehmen Sie bitte Platz. Darf ich Ihnen eine Erfrischung anbieten oder einen Kaffee?«

»Nein, danke.«

Er setzte sich ihr gegenüber und sah sie interessiert aus wachen blauen Augen an. »Worum geht es?«

»Ich ermittle im Mordfall Charles Deray und habe ein paar Fragen an Sie.«

Er seufzte und lehnte sich zurück. »Der arme Charles, was für eine schreckliche Geschichte. Haben Sie schon eine Spur?«

»Leider nein, wir stehen erst am Anfang.«

»Hoffentlich finden Sie den Täter bald. Er muss bestraft werden.«

»Kannten Sie Deray persönlich?«

»Ja, wir sind hin und wieder zusammen auf die Jagd gegangen. Diese Leidenschaft hat uns verbunden. Er war ein umgänglicher, humorvoller Mann, sehr belesen und gebildet.«

»Er war Ihr Mandant?«

»Das ist korrekt.«

»Um was ging es genau?«

»Nun, das war eine merkwürdige Angelegenheit. Er hat vor etwa drei Wochen einen Brief von einer Yvonne Cruzot bekommen. Darin behauptete sie, die Enkelin von Jean Cocteau zu sein und dass er die Biographie von ihrem Großvater unautorisiert geschrieben habe. Sie forderte von ihm fünfzig Prozent der Buchtantiemen, das war ein Betrag von ungefähr zweihunderttausend Euro. Wie sie gerade auf diese Summe kam, entzieht sich meiner Kenntnis. Auch Charles hatte keine Erklärung dafür. Dem Schreiben lag keinerlei Legitimation bei. Nur eine Handynummer. Er solle sich mit ihr in Verbindung setzen und einen Übergabeort vereinbaren.«

»Das ist in der Tat merkwürdig.«

»Allerdings. Da kann ja jeder daherkommen.«

»Was haben Sie unternommen?«

»Bei heiklen komplizierten Mandaten arbeite ich mit einem Privatdetektiv zusammen. Das ist ein wirklich guter Mann. Er hat recherchiert und sich mit dem Leben von Jean Cocteau beschäftigt. Der Künstler hatte zahllose Affären mit Männern, aber auch mit Frauen. Den Schauspieler Jean Marais soll er geliebt haben. Angeblich gab es auch eine Beziehung mit Édith Piaf. Das soll 1939 gewesen sein. Das alles ist nicht wirklich verifiziert, vielleicht sind es nur Gerüchte. Auf jeden Fall ist über Kinder nichts bekannt. Es ist natürlich nicht auszuschließen, dass tatsächlich eine Enkelin existiert, aber der Privatdetektiv hat trotz gründlicher Nachforschungen keinerlei Hinweise darauf gefunden. Yvonne Cruzot hat keine Beweise vorgelegt. Deshalb gingen Charles und ich davon aus, dass es sich um eine Hochstaplerin handelt. Ich habe ihm geraten, den Brief zu ignorieren.«

»Wie ging es dann weiter?«

»Der Privatdetektiv hat herausgefunden, dass Yvonne Cruzot nicht ihr richtiger Name ist. Sie heißt Sophie Mery und wohnt in Honfleur in der Rue Haute 12. Nachdem Charles und ich diese Informationen bekommen hatten, wollten wir sie wegen Betruges anzeigen.«

»Wurde sie schon zu dem Sachverhalt befragt?«

»Das war leider nicht möglich.«

»Aus welchem Grund?«

»Sie ist verschwunden.«

»Verschwunden?«

»Ja. Nachdem sie auf das Schreiben der Staatsanwaltschaft nicht reagiert hat, wollten Polizisten sie zu Hause zu einer Befragung abholen. Doch der Vogel war ausgeflogen.«

»Wird nach ihr gesucht?«

»Bei einem versuchten Betrugsdelikt? Das glaube ich nicht.«

»Wie hoch ist die Strafe bei einem solchen Delikt?«

»Sechs Monate bis zehn Jahre Gefängnis, in einem minderschweren Fall sechs Monate bis fünf Jahre.«

»Ist das ein minderschwerer Fall?«

Er überlegte kurz. »Eher nicht. Zweihunderttausend Euro sind viel Geld. Außerdem geht es um die Reputation eines sehr berühmten französischen Künstlers, Jean Cocteau war sogar Mitglied der Académie française.«

Er sah sie forschend an.

»Sie denken darüber nach, ob eine drohende Gefängnisstrafe ein Motiv sein könnte, nicht wahr?«

Sie lächelte ihn an. »Da haben Sie recht. Aber wäre es dann nicht sinnvoller gewesen, Charles Deray zu erschießen, bevor er sie anzeigt?«

»Schon, aber das ist ihr offenbar nicht gelungen. Immer unter der Voraussetzung, dass es sich bei ihr um die Täterin handelt. Rache womöglich?«

»Wir werden sehen.« Sie erhob sich. »Danke für Ihre Hilfe.«

»*De rien.* Ich begleite Sie hinaus.«

An der Tür verabschiedeten sie sich. »Ich wünsche Ihnen viel Erfolg bei Ihren Ermittlungen.«

»Merci.«

Er schenkte ihr sein charmantestes Lächeln. »Darf ich Sie vielleicht bei Gelegenheit zum Essen einladen? Das Restaurant im Schloss ist phantastisch.«

Nathalie lächelte ihm unverbindlich zu.

»Vielleicht, Maître Leblanc.«

Nach dem Gespräch mit Maître Leblanc ging Nathalie einen Kaffee trinken und rief Lagarde an. Sie erreichte ihn sofort und informierte ihn über das Gespräch mit dem Rechtsanwalt.

»Welches Vorgehen schlagen Sie vor, Madame le Commissaire?«

»Sagen Sie doch Nathalie zu mir.«

»Gern, ich heiße Philippe.«

»Wir müssen dringend mit Sophie Mery sprechen.«

»Wo könnte sie sich versteckt haben?«

»Ich habe keine Ahnung. Fahren wir nach Honfleur und sehen uns ihre Wohnung an. Womöglich finden wir dort einen Hinweis auf ihr Versteck.«

»Einverstanden. Jetzt ist es elf Uhr. Wollen wir uns um vierzehn Uhr vor ihrem Haus treffen? Sie haben einen weiteren Weg als ich.«

»In Ordnung, Philippe. Bis später.«

Sie ging zurück zur Wache und holte sich die Schlüssel für einen Dienstwagen. In ihr Navi gab sie die Adresse ein und machte sich auf den Weg.

Sie fuhr einige Kilometer auf der Landstraße, zog an der Mautstation ein Ticket und fädelte auf die rechte Spur der Autobahn ein. Es herrschte wenig Verkehr, und sie kam zügig vorwärts. Das änderte sich, als sie sich Paris näherte. Die Autos fuhren dicht an dicht, wechselten unvermittelt die Spuren, drängelten und hupten. Motorradfahrer bewegten sich im Slalom durch die Fahrzeugreihen. In den zahlreichen Tunnels kam es immer wieder zu Staus. Auf dem Boulevard périphérique musste sie sich in Geduld üben. Nachdem sie Paris endlich hinter sich gelassen hatte, wurde es besser.

Sie öffnete ein Flasche Cola, trank einen Schluck und hing ihren Gedanken nach. Schritt für Schritt ließ sie das Gespräch mit Maître Leblanc Revue passieren. Sie fand den Brief dieser Sophie Mery sonderbar. Wie konnte sie erwarten, eine derart hohe Summe ohne Beweise ihrer Identität zu erhalten? War sie naiv? Hatte sie es einfach auf gut Glück versucht? Tötete man jemanden, der einen angezeigt hatte? Nathalie schüttelte den Kopf. Auf die ganze Geschichte konnte sie sich keinen Reim machen. Nun, zunächst galt es sie zu finden, dann würde man weitersehen.

Ihr nächster Gedanke wanderte zu Lagarde. Sie war sehr gespannt darauf, ihn persönlich kennenzulernen. Natürlich hatte sie Fotos von ihm in den Zeitungen gesehen, aber dennoch. Sie wünschte sich, dass er nicht arrogant und überheblich wäre. Das würde ihre zukünftige Zusammenarbeit erheblich belasten.

Ihr Navi meldete, dass sie die nächste Ausfahrt nehmen sollte. Nach einigen Kilometern auf der Route nationale erreichte sie Honfleur, eine Stadt mit Geschichte und Kultur am linken Ufer der Seine, die sich dort trichterförmig in den Ärmelkanal ergoss. Die Rue Haute war nicht weit von der Altstadt und dem Vieux Bassin, dem alten Hafenbecken, entfernt.

Sie hatte Glück und fand direkt vor dem Haus Nummer zwölf, einem zweistöckigen rosafarbenen Fachwerkbau, einen Parkplatz. Ein Blick auf die Armbanduhr sagte ihr, dass es zwölf Minuten vor vierzehn Uhr war. Sie stieg aus, setzte sich auf eine Bank und wartete auf Lagarde. Wenige Minuten später näherte sich ein himmelblauer Renault Express, in dem ein Mann saß.

Er stellte sein Auto hinter ihrem ab, stieg aus und sah sich um.

Nathalie stand auf und ging auf ihn zu, ihre Sonnenbrille schob sie auf die Stirn. Er trug einen schicken Sommeranzug, ein weißes Hemd und Lederslipper und sah noch besser aus als auf den Zeitungsfotos. Freundlich lächelte er sie an. Die auffällig saphirblauen Augen musterten sie neugierig.

»Nathalie Beaufort?«

»Ja, bonjour, Philippe.«

»Bonjour. Ich bin sehr erfreut, Sie persönlich kennenzulernen.«

»Ich freue mich auch.«

Aufmerksam wanderte sein Blick über die Hausfassade. »Hier wohnt Sophie Mery?«

»Ja.«

»Gehen wir rein.«

Sie stiegen einige Steinstufen hinauf und lasen die Namensschilder neben den Klingelknöpfen. Madame Mery wohnte im zweiten Stock auf der linken Seite. Auf ihr Klingeln hin öffnete niemand. Die Haustür war unverschlossen, und sie gelangten in ein Treppenhaus, in dem es dämmrig war und nach Kaffee roch. Im zweiten Stock klingelten sie erneut. Wieder keine Reaktion.

Lagarde besah sich das Schloss, holte Einbruchwerkzeug aus seiner Jackettasche, wählte ein passendes Format und öffnete innerhalb von Sekunden die Tür.

Abgestandene Luft schlug ihnen entgegen, als sie die Wohnung betraten. Leise zog Nathalie die Tür hinter sich zu.

Gemeinsam machten sie einen Rundgang durch die Wohnung. Die Klappläden waren verschlossen, ließen jedoch durch die Spalten genug Licht in die Räume. Es herrschte völlige Stille. Es schien sich tatsächlich niemand in der Wohnung aufzuhalten.

Linkerhand befand sich eine Küche. Lagarde öffnete den Kühlschrank, der bis auf ein Glas Marmelade, Mineralwasserflaschen und ein Päckchen Käse leer war, ebenso wie die Mülltüte im Eimer und die Spülmaschine. Die Arbeitsflächen waren sauber abgewischt, auf dem Küchentisch welkten Lichtnelken in einer Vase. Im angrenzenden Badezimmer hingen Handtücher ordentlich auf einem Chromgestell. Es duftete schwach nach Lavendel.

In einem knallroten Becher auf der Ablage des Waschbeckens steckte eine Zahnbürste. Es gab keine Hinweise darauf, dass hier ein Mann wohnte.

Der Salon war mit einer cremefarbenen Couchgarnitur, schlichten Kiefernmöbeln und bunten Kissen und Läufern gemütlich eingerichtet. Auf einem Beistelltischchen lagen Zeitschriften, die Nathalie durchsah.

»Frauenmagazine und ein Fitnessheft«, stellte sie fest.

Lagarde besah sich den Inhalt einer Kommode: ab-

geheftete Kontoauszüge, die ein Soll von dreitausend-
fünfhundertzwanzig Euro aufwiesen, Versicherungs-
unterlagen, ein Mietvertrag, Briefpapier, Stifte und
Notizblöcke. Nichts Besonderes.

Das Schlafzimmer wurde von einem französischen
Bett dominiert, darüber war eine hellblaue Tagesdecke
gebreitet. Ein weißes Regal mit quadratischen Fächern
diente als Kleiderschrank, in dem ordentlich gefaltet
Kleidungstücke nach Farben sortiert lagen. Nathalie
durchsuchte die Stapel, aber konnte nichts Ungewöhnliches finden.

Auf dem Nachttisch lag aufgeschlagen ein Kriminalroman von George Simenon. In der Schublade befanden sich Taschentücher und eine Schlafmaske.

Nathalie stemmte enttäuscht die Hände auf die
Hüften.

»Nichts, einfach nichts, das gibt es doch nicht. Eine
minimalistisch eingerichtete Wohnung, keine Bilder,
keine Souvenirs, keine persönliche Post.«

»Es sieht aus wie eine Übergangslösung«, stimmte
Lagarde ihr zu.

Sein Blick fiel auf ein Sideboard, auf dem ein Fernseher stand und in das sie noch keinen Blick geworfen hatten. Er öffnete die beiden Türen und entdeckte
einen Stapel mit Büchern und Hochglanzbroschüren,
Reiseführer und Reiseprospekte über Guadeloupe. Er
sah überwältigende Sonnenuntergänge, rauschende
Wasserfälle und einen von Palmen gesäumten Traum-

strand, dahinter ein tiefblaues Meer mit einem Segelboot. Er zeigte Nathalie seinen Fund.

»Vielleicht plante Sophie Mery einen Urlaub in der
Karibik«, meinte sie. »Aber wie könnte sie sich das mit
diesem Minus auf dem Konto leisten?«

»Dafür bräuchte sie eine andere Geldquelle«, entgegnete er. Ein Album, das sich ebenfalls in dem Schränk-
chen befand, erregte seine Aufmerksamkeit. Er nahm
es heraus und schlug es auf. Darin waren Fotografien
eingeheftet, die eine Frau und einen Mann vor verschiedenen Motiven der Region zeigten: auf der gewaltigen
Brücke, die sich bei Honfleur über die Seine spannte,
vor dem Spielkasino in Deauville, auf der Seeprome-
nade von Cabourg. Sie war schlank, blond und hatte
ein einnehmendes Lächeln. Die rehbraune Baskenmütze stand ihr gut. Er war groß, muskulös, trug einen
Dreitagebart und grinste auf jedem Bild fröhlich in
die Kamera. Immer hielten sie Händchen. Er reichte
Nathalie den Band.

»Schauen Sie mal. Die beiden scheinen ein Paar zu
sein.«

Konzentriert blätterte sie das Album durch, Blatt für
Blatt. Dabei fiel ihr etwas auf.

»Auf einer Fotografie sitzen sie auf der Veranda
einer Hütte.« Sie zeigte ihm die Aufnahme. »Daneben
steht ein gemauerter Grill, auf dem ein Hahn aus Ton
thront. Unterhalb des Holzhauses fließt ein kleiner
Fluss vorbei, auf eine alte steinerne Brücke zu. Das ist

interessant, womöglich haben sie in dieser Hütte Unterschlupf gesucht.«

Er sah sie nachdenklich an. »Jetzt müssten wir nur noch wissen, wo sie sich befindet.«

»Sehen Sie sich den Hintergrund an, dieses verfallene Bauwerk mit den Spitzbögen und Mauerresten.«

»Eine Abteiruine?«

»Genau, ich bin mir ziemlich sicher, dass es die Abbaye de Grestain ist. Sie soll von der Mutter Wilhelm des Eroberers gegründet worden sein.« Sie lächelte ihn an. »Geschichte war in der Schule mein Lieblingsfach, und unsere Lehrerin hat damals einen Ausflug mit uns dorthin gemacht.«

»Mit diesem Orientierungspunkt sollte es uns möglich sein, diese Hütte zu finden.«

Er löste das Foto aus dem Album und steckte es in seine Jackentasche.

Nathalies Augen glänzten wie Valéries, wenn sie etwas Fallrelevantes herausgefunden hatte.

»Ich schlage vor, wir fahren mit meinem Auto, Ihr Dienstwagen ist zu auffällig.«

»Einverstanden.«

»Also, dann los.«

Sie verließen die Wohnung, und Lagarde verschloss die Tür. Auf dem Weg nach unten hörten sie, wie jemand die Eingangstür öffnete. Auf der Treppe waren schlurfende Schritte zu hören.

Vor dem Absatz im ersten Stock trafen sie auf eine

alte Dame mit weißen Löckchen, die ein Kostüm und einen dazu passenden Hut trug. In der einen Hand hatte sie eine schwere Einkaufstasche, mit der anderen hielt sie sich am Geländer fest. Die Frau musterte sie misstrauisch.

»Was machen Sie hier? Ich habe Sie noch nie gesehen. Sie sind doch nicht etwa Einbrecher?«

Ihre Augen hinter den Brillengläsern blickten ängstlich.

»Aber nein, Madame«, versuchte Lagarde, sie zu beruhigen. »Wir sind von der Polizei.« Er zeigte ihr seinen Dienstausweis, den sie genau studierte.

»Was wollen Sie hier?«

»Wir wollten mit Madame Mery sprechen, aber sie ist nicht zu Hause.«

»Ich habe sie schon seit Längerem nicht mehr gesehen. Sie ist sehr nett und hilft mir manchmal, meine Einkäufe nach oben zu tragen. Sie hat doch nichts angestellt?«

»Nein, nein. Sie ist eine Zeugin in einem wichtigen Fall.«

»Ach so, dann ist es ja gut.«

»Darf ich Ihre Tasche hinauftragen?«

Sie strahlte. »Das ist sehr nett von Ihnen, haben Sie vielen Dank.«

Sie nahmen die Ostausfahrt von Honfleur und erreichten nach wenigen Kilometern Fiquefleur. Von dort aus ging es auf der Landstraße, die parallel zum kleinen Fluss Risle verlief, weiter in östlicher Richtung. In der Ferne tauchte die imposante Abteiruine Grestain hinter Laubkronen auf. Sie nahmen eine Stichstraße zum Fluss, dort wollten sie das Fahrzeug abstellen und zu Fuß weiterlaufen. Beim nächsten Zugang bog Lagarde links ab, und sie holperten über einen Feldweg auf das Wasser zu. Dabei versuchte er, den Schlaglöchern auszuweichen, und wirbelte Staubwolken auf.

Bevor sie den Uferstreifen erreichten, kamen sie an einer sonnenbeschienenen Lichtung vorbei. Dort parkte er den Renault Express unter einer Kiefer, dann stiegen sie aus und gingen zum Fluss, der über bemooste Steine träge und leise glucksend auf die Seine zu floss. Er leuchtete golden im schräg einfallenden Sonnenlicht. Auf der anderen Uferseite stand reglos ein Reiher.

Lagarde nahm das Foto aus seiner Jackentasche, und sie betrachteten es.

»Die Hütte steht auf der rechten Seite des Ufers«, überlegte Nathalie. »Dort vorne ist die steinerne Brücke. Wenn wir dem Uferstreifen folgen, müssen wir auf sie stoßen.«

Lagarde blickte in die Richtung. »Es führt ein Trampelpfad am Fluss entlang.«

Sie kamen gut vorwärts, vorbei an Schilfgräsern und Buschwerk. Dabei scheuchten sie zwei Blesshühner auf, die aufgeregt davonflatterten. Als sie einer sanften

Biegung folgten, stießen sie plötzlich auf einen Angler, der auf einer Halterung drei Angeln ausgelegt hatte, deren Schwimmer ruhig im Wasser lagen. Der Mann saß in einem Klappstuhl, den Hut in die Stirn gezogen, die Beine mit den Gummistiefeln weit von sich gestreckt. In einer Tasche, die in die Lehne eingelassen war, steckte eine Flasche Bier. Neben ihm auf der Erde stand ein Plastikeimer. Als er das Gras rascheln hörte, schob er den Hut zurück und richtete den Blick auf sie.

»Bonjour! Spaziergänger trifft man hier selten. Meistens bin ich alleine am Fluss.«

»Wir wollen Sie nicht stören, Monsieur«, versicherte Lagarde. »Sie stören nicht.«

»Haben Sie schon etwas gefangen?«

»Sehen Sie in den Eimer. Sie werden staunen.«

Lagarde warf neugierig einen Blick hinein. »Zwei Karpfen, eine Rotfeder, ein Zander und eine Forelle. Chapeau, Monsieur.«

»Sie kennen sich gut aus.«

»Ich bin auch Angler.«

Nathalie mischte sich ein. »Wir suchen nach einer Hütte, die sich hier irgendwo am rechten Flussufer befinden soll. Wissen Sie etwas darüber?«

Der Mann überlegte. »Stimmt, ein paar hundert Meter flussaufwärts steht die Hütte vom alten Auguste. Da war bestimmt schon ewig keiner mehr. Er ist krank, und seine Kinder haben kein Interesse an einer

Anglerhütte.« Er trank einen kräftigen Schluck Bier. »Meine jedenfalls nicht. Die haben nur Partys und ihr Smartphone im Kopf.«

»Merci, Monsieur.«

»Weshalb suchen Sie diese Hütte?«

»Aus keinem besonderen Grund, wir haben davon gehört. Wir suchen ein ruhiges Plätzchen auf dem Land, vielleicht kaufen wir sie.«

»Vergessen Sie es, der alte Auguste wird nicht verkaufen.«

»Mal sehen. Au revoir, Monsieur.«

Lagarde hob die Hand zum Gruß.

Sie gingen weiter auf dem Pfad, bis eine Brombeerhecke ihnen den Weg versperrte. Bald entdeckten sie einen Durchschlupf und kämpften sich durch verschlungene Zweige, klebrige Spinnweben und spitze Dornen. Als sie endlich die andere Seite erreicht hatten, merkte Nathalie, dass sie sich den Handrücken aufgerissen hatte. Blut tropfte auf die Erde. Lagarde sah es.

»Ist es schlimm? Brauchen Sie ein Taschentuch?«

»Nein, nicht nötig, das ist nur ein Kratzer.«

Nach der nächsten Flussbiegung konnten sie die Hütte sehen. Die Fensterläden waren grün und hatten ein Herz in der Mitte, wie auf der Fotografie. Sie lag einige Meter vom Ufer entfernt im Halbschatten einer Baumgruppe. Daneben der gemauerte Kamin mit dem Hahn darauf. Auf der Veranda saßen ein Mann und eine Frau und tranken Kaffee. Es waren dieselben Personen wie auf dem Foto.

Ein Zweig knackte, die beiden sahen in die Richtung, aus der das Geräusch kam, und entdeckten Nathalie und Lagarde, die nur noch wenige Meter von der Hütte entfernt waren. Die Frau sah verängstigt aus, der Mann ging eilig von der Terrasse herunter und baute sich vor den Kommissaren auf.

»Das ist Privateigentum, verlassen Sie unverzüglich mein Grundstück.« Seine Stimme war laut und scharf. Er wies auf einen Tunnel aus Zweigen. »Wenn Sie dort weitergehen, stoßen Sie wieder auf den Flusspfad.«

Lagarde zückte seinen Dienstausweis. »Lagarde, *police judiciaire* Cherbourg. Das ist meine Kollegin Beaufort. Wir suchen Sophie Mery.« Er wies auf die Frau auf der Veranda. »Sind Sie das?«

Plötzlich rannte der Mann auf ihn zu und versuchte, ihn umzustoßen. Kurz verlor Lagarde das Gleichgewicht und rempelte Nathalie an, die darauf nicht vorbereitet war und zu Boden ging.

»Hau ab, Sophie!«, brüllte der Mann. »Ich halte die Bullen auf.«

Blitzschnell kletterte die Frau über die Brüstung und rannte in den Wald. Der Mann stürzte sich erneut auf Lagarde und holte zum Fausthieb aus.

»Nathalie, holen Sie die Frau zurück!«, rief Lagarde und wehrte gleichzeitig den Schlag ab.

Nathalie reagierte sofort und sprintete los. Zwischen

den Bäumen konnte sie das rote T-Shirt der flüchtigen Frau gut erkennen. Der Abstand wurde schnell kürzer, und als sie sie beinahe eingeholt hatte, stürzte sie sich auf sie. Sie krachten auf den Waldboden, die Kommissarin zwang sie auf den Bauch, drückte ein Knie unsanft in ihren Rücken und legte ihr Handschellen an. Dann zog sie sie auf die Füße.

»Los jetzt! Wir gehen zurück.«

»Ich kann alles erklären«, jammerte die Frau. »Es ist nicht so, wie es aussieht.«

»Kommen Sie.«

Sie gingen zurück zur Anglerhütte, die Frau leistete keinen Widerstand. Sie hatte die Lippen zusammengepresst, auf ihrer Stirn standen Schweißtropfen. Leise keuchte sie.

Lagarde hatte den Mann mit Handschellen an die Bank auf der Veranda gefesselt. Jetzt lehnte er an der Brüstung und wartete auf das Eintreffen der Frauen.

Nachdem sie den Außensitz betreten hatten, sagte er: »Wir werden uns jetzt um den Tisch setzen und miteinander reden. Die Handschellen nehmen wir Ihnen ab. Wenn Sie noch einmal Widerstand leisten, lasse ich Sie von der örtlichen Gendarmerie abholen und in eine Zelle sperren, bis Sie sich beruhigt haben. Haben wir uns verstanden?«

Der Mann nickte, von der Frau war ein gehauchtes »Ja« zu hören. Sie sah eingeschüchtert aus, er dagegen versuchte, seine Wut zu unterdrücken und einen ruhigen Eindruck zu machen, als wäre er Herr der Lage.

»Gut.« Lagarde wandte sich an die Frau. »Sind Sie Sophie Mery?«

»Ja.«

»Und wer sind Sie?«, fragte er den Mann.

»Maurice Gué.«

»Gehört Ihnen die Hütte?«

»Nein, meinem Vater Auguste Gué.«

»Sind Sie und Madame Mery ein Paar?«

»Ja, wir sind verlobt und planen, bald zu heiraten.«

»Wir wollen mit Ihnen reden, weil wir in dem Mordfall Charles Deray ermitteln. Haben Sie davon gehört?«

Die Frau nickte. »Wir haben es in der Zeitung gelesen.«

»Er hat Sie wegen Betruges angezeigt, weil Sie vorgaben, die Enkelin von Jean Cocteau zu sein und Geld von ihm forderten.«

»Ja, das ist richtig.«

»Wie sind Sie auf diese Idee gekommen?«

»Maurice und ich haben eine Lesung von ihm besucht. Sie fand in einer Buchhandlung in Honfleur statt. Wir interessieren uns beide für Kunst und Geschichte. Charles Deray stellte sein neues Buch vor. Dabei erwähnte er, dass von dem Werk bereits vierhunderttausend Exemplare verkauft worden seien. Das brachte mich auf die Idee, mich als seine Enkelin auszugeben.«

»Wie sind Sie auf den Betrag von zweihunderttausend Euro gekommen?«

»Ich habe mir gedacht, dass er an einem Buch mindestens einen Euro verdient. Von der Summe wollte ich die Hälfte.«

»Was hatten Sie mit dem Geld vor?«, wollte Beaufort wissen.

»Maurice und ich wollen ein neues Leben anfangen, auf Guadeloupe.« Für einen Moment vergaß sie ihre missliche Lage und lächelte versonnen. »Dort ist es wunderschön, der perfekte Ort für eine Hochzeit. An ihrem großen Tag stecken sich die Bräute für die Zeremonie weiße Hibiskusblüten ins Haar. Maurice und ich wollen ein kleines Restaurant eröffnen oder ein Café.«

»Wer hatte die Idee mit dem Betrug?«

»Ich. Maurice hat damit nichts zu tun.«

Nathalie glaubte ihr nicht, ließ die Aussage jedoch so stehen.

»Sie konnten doch nicht erwarten, dass Charles Deray Ihnen so ohne weiteres das Geld gibt, eine so hohe Summe?«

»Ich dachte, er meldet sich bei mir, und wir können verhandeln. Bis zu einem Treffen hätte ich entsprechende Unterlagen besorgen können. Ich konnte doch nicht ahnen, dass er mich gleich anzeigt.«

»Meinen Sie mit Unterlagen Fälschungen?«

Sie zuckte mit den Schultern und gab ihr keine Antwort.

Lagarde ergriff das Wort. »Als Sie die Vorladung zu einer Befragung bei der Polizei bekommen haben, haben Sie sich hier versteckt?«

»Ja, wir wussten nicht, wo wir sonst hin sollten.«

»Wir brauchten eine Pause«, ergänzte Maurice Gué. »Wir mussten überlegen, wie es weitergehen sollte.«

»Sind Sie dabei zu dem Schluss gekommen, dass Sie ihn erschießen werden, weil er Ihren Traum zerstört hatte?«

»Nein, natürlich nicht!«

»Sie, Madame Mery?«

»Aber nein. Uns war nur klar, dass wir mit dem Plan gescheitert waren, deshalb haben wir nach Alternativen gesucht.«

»Welche beispielsweise?«

»Wir haben überlegt, in Portugal unterzutauchen, dort soll es auch sehr schön sein. Aber ohne Geld ist das nicht so einfach.«

»Sie haben sich auf dem Schwarzmarkt eine Pistole besorgt und ihn aus Rache getötet.«

Entsetzt sah sie Lagarde an. »Ich bin keine Mörderin!«

»Dann war es Ihr Lebensgefährte.«

Der Mann fuhr hoch. »Eine kleine Trickbetrügerei ist etwas ganz anderes als ein Mord. Ich war das nicht.«

»Wo waren Sie am Morgen vor vier Tagen, gegen zehn Uhr?«, fragte die Kommissarin.

»Hier, wir waren hier.«

»Ja, ganz bestimmt«, versicherte Sophie Mery.

»Kann das außer Ihnen beiden jemand bezeugen? Hatten Sie vielleicht Besuch?«

»Nein«, antwortete er. »Niemand weiß, dass wir hier sind, nicht einmal mein Vater.«

Lagarde hatte noch eine Frage. »Kennen Sie einen George Morin?«

Das Paar sah sich ratlos an.

»Nein«, sagte Sophie Mery. »Wer ist das?«

»Der Name sagt mir nichts«, bestätigte ihr Freund.

»Er ist ebenfalls erschossen worden, in einer Mühle im Saire-Tal.«

»Wollen Sie uns diesen Mord auch noch anhängen?«

»Ich will Ihnen gar nichts anhängen. Wir führen polizeiliche Ermittlungen durch. Wo waren Sie beide vorgestern gegen elf Uhr?«

»Ebenfalls hier.«

Lagarde erhob sich. »Das war es von unserer Seite, zumindest vorläufig. Wir werden die zuständige Dienststelle über Ihren Aufenthaltsort informieren. Ich rate Ihnen dringend, sich freiwillig dort zu melden, das wird sich positiv auf das Strafmaß auswirken. Wenn Sie untertauchen, werde ich eine Großfahndung nach Ihnen einleiten. Bei einem Tötungsdelikt müssen Sie sich zur Verfügung halten.«

»Wir werden uns melden«, versprach sie.

»Wo sollen wir hin ohne Geld?«, fragte er, inzwischen doch etwas kleinlaut.

»Wir brauchen noch Ihre Handynummern, falls es weitere Fragen gibt.«

»Ich schreibe sie Ihnen auf«, bot sich Gué an. Er ging in die Hütte und kam kurz darauf mit einem Notizzettel zurück, den er Lagarde reichte. »Bitte.«

»Danke. Eine Frage noch. Haben Sie einen festen Arbeitsplatz?«

»Nein, wir sind schon seit über einem Jahr arbeitslos. In der heutigen Zeit ist es schwer, eine gute Stelle zu finden.«

»Wo waren Sie beschäftigt?«

»Wir haben beide in der Reha-Klinik Stella Maris in Houlgate gearbeitet.«

»Okay. Gibt es noch einen anderen Rückweg als am Fluss entlang?«

Der Mann nickte. »Wenn Sie um die Hütte herumgehen, stoßen Sie auf einen Schotterweg, der zur Landstraße führt.«

»Wenn wir weitere Fragen haben, melden wir uns. «

Die Kommissare umrundeten das Blockhaus. Davor parkte ein blauer Peugeot mit einem hiesigen Kennzeichen. Es war sauber. Die beiden wechselten einen kurzen Blick und gingen schließlich auf dem Weg Richtung Straße.

»Wollen wir das Fahrzeug polizeitechnisch untersuchen lassen?«, fragte Nathalie.

»Ich glaube nicht, dass das Sinn macht. Das Opfer befand sich zu keiner Zeit im Wagen.«

»Vielleicht stimmen Proben von der Erde an den Reifen mit denjenigen im Wald von Fontainebleau überein.«

»Der Peugeot war kürzlich in der Waschanlage. Da wird es keine Spuren mehr geben.«

»Schade.«

Nathalies Magen knurrte.

»Haben Sie Hunger?«, erkundigte sich Lagarde.

»Ja, ich habe seit dem Frühstück nichts mehr gegessen.«

»Darf ich Sie zum Dîner einladen?«

Sie fuhren zurück nach Honfleur und beschlossen, dort am alten Hafen zu essen. Die mittelalterliche Bebauung war malerisch. Die rechteckig anlegten Quais wurden von pittoresken schiefergedeckten Häusern gesäumt. Zweimal am Tag konnten die Boote das Becken verlassen, wenn bei Flut die Hebebrücke zum Vorhafen geöffnet wurde. Am Schleusenausgang stand das eindrucksvolle Gebäude der Lieutenance, in dem früher der königliche Stadthalter residiert hatte.

Neben der Église Sainte-Catherine gab es einige Restaurants. Sie entschieden sich für die »Auberge de la Lieutenance«, die für ihre klassische Fischküche bekannt war. Ein Kellner führte sie zu einem Tisch auf der Terrasse, die von Platanen umgeben war und von der aus man einen schönen Blick auf den Hafen hatte.

Sie setzten sich und beobachteten ein eindrucksvolles Schleusenmanöver. Am Horizont stand die Sonne als roter Feuerball. Der Kellner brachte die Speisekarten und nahm die Getränkebestellung auf. Außerdem verwies er auf das Tagesgericht, das mit Kreide auf einer Schiefertafel geschrieben stand, die an der Hauswand zwischen Stockrosen lehnte. Neben den Fischgerichten gab es zusätzlich saisonale Menüs. Sie tauschten sich aus und entschieden sich schließlich für das Tagesmenü:

Spargelcremesuppe

*

Spargel mit Sauce Hollandaise,
Schweinefilet und Kartoffelgratin

*

Erdbeer-Tiramisu

*

Weinempfehlung:
ein Rosé aus dem Lubéron

*

Bon appétit!

Nathalie und Philippe stießen an.

»Auf eine gute Zusammenarbeit«, sagte Lagarde. »Wie fanden Sie unseren ersten gemeinsamen Einsatz?«

»Gut, wir haben Sophie Mery gefunden.«

»Und als die beiden Probleme machten, haben wir uns schnell aufeinander eingestellt, das ist nicht selbstverständlich.« Er konnte sich ein Grinsen nicht verkneifen. »Sie können verdammt schnell rennen.«

Sie lachte. »Und Sie haben eine Nahkampfausbildung.«

Während sie das Menü genossen, redeten sie über die vorausgegangene Befragung.

»Das Alibi taugt nicht viel«, meinte Lagarde. »Das ist bei Partnern oder Familienangehörigen immer ein Problem.«

»Das stimmt, im Grunde ist es wertlos.«

»Was halten Sie von dem Rache-Motiv?«

»Ich weiß nicht recht, es überzeugt mich nicht. Sophie Mery versucht einen Betrug an Charles Deray. Als das Vorhaben misslingt, erschießt sie ihn? Damit macht sie alles noch schlimmer.«

»Sie war wütend und enttäuscht, weil ihr Lebenstraum geplatzt ist.«

»Ich weiß nicht.«

»Was mich wundert, ist die Naivität der Vorgehensweise.«

»Vermutlich dachte sie, sie hätte mehr Zeit, um die Urkunden fälschen zu lassen.«

»Schlechtes Timing.«

»Das kann man wohl sagen.« Nathalie probierte den Spargel. »Köstlich!« Dann trank sie einen Schluck Wein und überlegte weiter.

»Falls doch einer der beiden Charles Deray erschossen hat, traue ich es eher ihm zu.«

»Ich auch. Sie könnten die Pistole nach der Tat auf dem Schwarzmarkt verkauft haben, und der Mörder von George Morin hat sie gekauft.«

»Das hört sich konstruiert an.«

Lagarde schmunzelte. Sie scheute sich nicht, seine Hypothesen infrage zu stellen. Das gefiel ihm.

»Unmöglich ist es nicht. Wie schätzen Sie die Reaktion ein, als wir sie nach George Morin fragten?«

Nathalie dachte kurz nach.

»Es könnte stimmen, dass sie ihn tatsächlich nicht kannten, aber das ist wirklich schwer zu sagen. Mir ist aufgefallen, dass sie auf die Nachricht einer weiteren getöteten Person völlig kalt und emotionslos reagiert haben, ohne jegliches Interesse.«

»Da haben Sie recht.«

Nachdem sie einen Mokka getrunken und Lagarde bezahlt hatte, fuhr er sie zu ihrem Dienstwagen in die Rue Haute. »Danke für die Einladung«, sagte Nathalie.

»*De rien*. Es war mir eine Freude. Kommen Sie gut nach Hause.«

»Sie auch. Wir telefonieren.«

Als Lagarde sich zurück auf den Weg nach Barfleur machte, war es bereits dunkel, und die Autobahn war wenig befahren. Er dachte über den ersten gemeinsamen Einsatz mit der Kollegin aus Fontainebleau nach. Sie war klug und effektiv, außerdem sehr hübsch, musste er feststellen, aber das tat nichts zur Sache. Er fragte sich, ob Mery und Gué George Morin tatsächlich nicht gekannt hatten. Wenn doch, würden sie es herausfinden.

Er hielt an einer Raststätte, um zu tanken und sich einen Milchkaffee zu kaufen. Auf der Weiterfahrt fiel ihm Ludovic ein. Sein Freund hatte sich noch nicht bei ihm gemeldet. Kurz entschlossen schaltete er die Freisprechanlage ein und rief ihn auf seinem Handy an. Nach dem fünften Klingelton meldete er sich mit verschlafener Stimme.

»Bonsoir, Philippe.«

»Habe ich dich geweckt?«

»Kein Problem.« Hatte seine Stimme einen sarkastischen Unterton? »Suzette und ich haben uns zusammengesetzt, um uns auszusprechen. Stattdessen sind wir in Streit geraten und haben uns angeschrien. Ich übernachte auf dem Sofa.«

»Oh weh, das hört sich nicht gut an.«

»Nein. Wie läuft es mit dem Fall?«

Lagarde erzählte ihm, was er herausgefunden hatte.

»Die Schüsse kamen aus derselben Waffe?«

»In der Tat.«

»Das klingt spannend, und ich zanke mich hier mit meiner Frau. Ich vermute, du suchst nach einer Verbindung zwischen den Taten?«

»Ja, ich habe aber bisher noch keine gefunden.«

»Du arbeitest mit der Kollegin aus Fontainebleau zusammen?«

»Ja, das halte ich für zielführend.«

»Auf jeden Fall. Ich komme morgen zurück und unterstütze dich. Hier kann ich offenbar nichts ausrichten. Ihre Eltern mischen sich in alles ein und beeinflussen sie, das nervt mich total.«

»Du kannst Suzette und die Kinder in dieser Situation nicht allein lassen. Dann wird sie noch wütender. Das kenne ich auch von Odette. Versuch doch, etwas einfühlsamer zu sein und auf sie zuzugehen.«

»Pah! So könnte sie mal zu mir sein. Die Situation ist total verfahren.« Gequält stöhnte er.

»So kommt ihr nicht weiter. Ich habe eine Idee. Ihr lasst die Zwillinge bei ihren Großeltern und verbringt zu zweit ein paar schöne ruhige Tage an einem zauberhaften Ort. Dort könnt ihr in Ruhe reden.«

Sein Freund brummte etwas.

»Ludovic?«

»Warum müssen Frauen immer so kompliziert sein?«

»Komm, gibt deinem Herzen einen Stoß.«

»Wo soll ich denn hin mit ihr?«

»Odette und ich waren mal in einem wunderschönen Hotel in Étretat, ich glaube, es heißt Saint-Claire. Das wäre doch etwas.«

»Also gut. Ich versuche es. Aber du sagst mir Bescheid, wenn es etwas Neues gibt?«

»Selbstverständlich. Bonne Nuit.«

»Bonne Nuit.«

Nathalie Beaufort betrat ihre Wohnung und gähnte. Es war ein langer Tag gewesen, und sie war hundemüde. Sie wollte noch ein Glas Wein auf dem Balkon trinken, bevor sie ins Bett ging. Die lange Fahrt war anstrengend gewesen, und auf dem Boulevard périphérique hatte man den Eindruck gehabt, alle Pariser wären gerade zur selben Zeit dabei, sich ins Nachtleben zu stürzen. Zu allem Überfluss war es in dem dichten Verkehr zu einem Auffahrunfall gekommen, der sie zwanzig Minuten gekostet hatte.

Sie zog die Schuhe aus, schenkte sich ein Glas Rotwein ein, und machte es sich in dem grünen Ledersessel bequem, der das Prunkstück ihres Balkons war.

Sie ließ den Tag Revue passieren und fand, dass er zufriedenstellend verlaufen wäre. Einen Mörder fing man nun mal nicht immer gleich in den ersten Tagen. Die Tatumstände der Doppelmorde waren komplex. Lagarde fand sie sympathisch und unkompliziert. Trotz seiner langjährigen Berufserfahrung und seinen Ermittlungserfolgen behandelte er sie nicht von oben herab.

Sie trank einen Schluck Wein und betrachtete versonnen den Nachthimmel. Er war übersät mit funkelnden Sternen, der Mond war rund und weiß. Die Vögel in den Bäumen waren verstummt. Es war ganz still.

Ein Gefühl der Traurigkeit machte sich in ihr breit. Erneut griff sie nach ihrem Smartphone und klappte es auf. Wieder keine Nachricht von René, genau wie gestern. Sie hatte ihn mehrfach angeschrieben, aber keine Antwort erhalten. Dabei war ihr gemeinsames Essen im Restaurant Le Cygne so vielversprechend gewesen, richtig romantisch. René hatte sich so aufmerksam und charmant verhalten, und sie schienen denselben Humor zu haben.

Sie dachte an ihre letzte Beziehung, die nach einem guten Jahr gescheitert war. War sie beziehungsunfähig? Zog sie die falschen Männer an? Energisch schüttelte sie den Kopf. Blödsinn, René war eben beschäftigt. Das war sie auch.

Sie beschloss, ins Bett zu gehen, statt sich dem Liebeskummer hinzugeben wie ein alberner Teenager. Es war wichtig, für die weitere Ermittlungsarbeit fit zu sein.

Im Bett war sie nach wenigen Minuten eingeschlafen und träumte von dornigen Ranken, die um ihren Körper krochen und sie nicht mehr loslassen wollten.

Caroline und Michel unternahmen einen Nachtspaziergang. Auf ihrem idyllischen Campingplatz hatte eine Horde Jugendlicher am frühen Abend ihre Zelte aufgeschlagen und feierte seitdem lautstark. Der Krach war nicht auszuhalten gewesen. Sie hofften, dass bei ihrer Rückkehr Ruhe eingekehrt sein würde.

Es war dunkel im Wald, von den Bäumen waren nur noch Schemen zu erkennen. Es roch nach Fichtennadeln und Holz. Sie gingen Hand in Hand auf dem

Pfad, der zu der Skulptur führte. Schon von Weitem war das leuchtende Auge des Zyklopen zu erkennen, der Rest der Skulptur ragte schwarz in den Nachthimmel. Plötzlich packte Caroline Michel am Arm.

»Sieh doch, was ist das?« Aufgeregt zeigte sie auf das Kunstwerk. Im Inneren irrlichterte ein heller Schein, verschwand und tauchte hier und dort wieder auf.

Michel drückte beruhigend ihre Hand. »Vielleicht eine Nachtinstallation?«

»Das glaube ich nicht. Irgendetwas geht da vor sich. Etwas ganz Sonderbares.«

»Wollen wir nachsehen?«

»Auf keinen Fall! Da gehe ich nicht mehr rein. Beim letzten Mal haben wir eine Leiche gefunden.«

»Weißt du, was? Wir verstecken uns hinter den Bäumen und schauen, ob jemand die Skulptur verlässt. Vielleicht können wir der Kommissarin eine Beschreibung geben.«

Geduldig warteten sie. Nach etwa fünf Minuten verschwand der Lichtschein. Als sich nach weiteren zehn Minuten nichts mehr tat, gaben sie ihren Posten auf und machten sich auf den Rückweg zum Zeltplatz.

»Das war richtig gruselig«, meinte Caroline.

»Fand ich auch«, gab Michel zu.

Auf dem Campingplatz herrschte Ruhe. Die Zelte der Jugendlichen waren verschwunden. Ein Pärchen saß vor seinem Zelt und unterhielt sich leise.

Caroline und Michel grüßten sie.

»Wo sind die Jugendlichen?«, fragte Michel.

»Der Campingplatzbesitzer wusste sich nicht mehr anders zu helfen und hat die Gendarmerie gerufen. Die Polizisten haben den Platz geräumt«, erzählte die junge Frau. »Wo kommt ihr her?«

»Wir haben einen Rundgang gemacht«, antwortete Caroline.

»Dabei haben wir ein Licht im Zyklopen gesehen, das sich bewegt hat.«

»Wie unheimlich! Hoffentlich gibt es keinen weiteren Toten.«

SECHSTER TAG

DIE FRAU AM FLUSS

Nach dem Frühstück setzte sich Lagarde mit einer Bol *café au lait* an seinen Schreibtisch und schaltete den Laptop ein. Es gab eine Mail mit dem Bericht der Spurensicherung, den er ausdruckte. Sie hatten die Mühle, ihre Nebengebäude und die nähere Umgebung gründlich abgesucht und bis auf einen Fußabdruck keinerlei Spuren gefunden. Den Fußabdruck hatten sie neben dem Brunnen der Mühle an einer feuchten schlammigen Stelle entdeckt. Es war Größe neununddreißig. Die Techniker hatten den Abdruck fotografiert. Die Sohle verfügte über Quer- und Längsrillen. Es handelte sich um einen Sportschuh der Marke adidas, den man in jedem Sportfachgeschäft und im Internet kaufen konnte. Den Besitzer festzustellen, war unmöglich.

Lagarde war klar, dass diese Spur nicht unbedingt vom Täter stammen musste. Der Abdruck konnte beispielsweise auch von einem Spaziergänger oder einem Wanderer stammen. Wenn er tatsächlich vom Täter hinterlassen worden war, hatte dieser relativ kleine Füße, oder aber der Schütze war eine Frau. Eine heiße Spur war das noch nicht.

Er trank einen Schluck Kaffee und suchte im Internet nach einer Verbindung zwischen Charles Deray und George Morin. Er gab als Suchbegriffe ihre Namen, das Geburtsdatum, die Adresse und die Berufsbezeichnungen ein und erzielte keinen einzigen Treffer, weder bei allgemein zugänglichen Quellen noch in Polizeidateien. Es war wie verhext. Lagarde hielt es für wahrscheinlicher, dass es eine Verknüpfung zwischen den beiden Männern gäbe, als dass sich zwei Personen innerhalb dieser kurzen Zeitspanne dieselbe Waffe auf dem Schwarzmarkt gekauft hätten.

Nachdenklich ließ er den Blick über seine Notizen wandern, dabei spukte ein Gedanke durch seinen Kopf, und er versuchte, ihn zu fassen.

Natürlich!

Die Reha-Klinik. Madame Morin hatte ausgesagt, dass ihr Mann nach dem Vorfall in der Schule monatelang krankgeschrieben war und eine Reha gemacht hatte.

Lagarde griff zum Telefon und wählte ihre Nummer. »Madame Morin, ich habe eine Frage.«

»Ja, bitte?«

»In welcher Reha-Klinik war Ihr Mann nach dem Streit mit dem Rektor?«

»Er war in Houlgate, die Klinik heißt Stella Maris.«

»Wann war das?«

»Vor über einem Jahr. Die genauen Daten müsste ich nachsehen.«

»Das ist nicht nötig. Ich möchte gerne noch einmal mit Ihnen sprechen. Haben Sie heute Zeit?«

»Ich wollte gerade zur Chorprobe, aber danach bin ich zu Hause, so ab dreizehn Uhr.«

»Gut, dann komme ich später vorbei.«

»Ich habe Ihnen doch schon alles gesagt.«

»Es geht nur um ein paar Details, das dauert nicht lange.«

»In Ordnung.«

»Danke, Madame Morin. Bis später.«

Er beendete das Gespräch und schüttelte den Kopf. Morin war in der Reha-Klinik in Houlgate gewesen, sieh einer an.

Lagarde schnappte sich die Autoschlüssel, setzte sich in seinen Wagen und machte sich auf den Weg nach Houlgate. Nach einer guten Stunde hatte er sein Ziel erreicht. Der Badeort lag in der Nähe der Dives-Mündung. Seinen Charme machten die Seebäder-Villen mit ihren Fachwerkkonstruktionen, den Holzbalkonen und Balustraden aus.

Vor dem Casino und der Strandpromenade breitete sich der weite feine Sandstrand aus. Das Meer zog sich bei Ebbe einen Kilometer zurück. Nicht weit vom Casino entfernt befand sich die Reha-Klinik Stella Maris. Die würfelförmigen Häuser lagen verstreut in einem Park, in dem sich Seekiefern und Zedern erhoben. Weiß lackierte Sitzgruppen luden zum Verweilen ein.

In den gepflegten Rasen war ein begehbares Schachbrett eingelassen, auf dem zwei Männer in Freizeitklei-
dung standen und eine Partie spielten. Der Mann mit
der Baskenmütze schlug gerade mit seinem Läufer die
Dame des Gegenspielers.

Blumeninseln setzten farbliche Akzente. In einem
Flachbau waren ein kleiner Supermarkt, ein Friseursa-
lon und ein Café untergebracht. Der Empfang befand
sich in Haus Nummer eins.

Lagarde ging die Treppe hinauf, die zweiflüglige
Glastür öffnete sich automatisch. Im Foyer saßen
einige Patienten um einen Tisch und beschäftigten
sich mit einem Brettspiel. Hinter dem Tresen stand
eine junge Frau, die gerade telefonierte. Als sie ihr Gespräch beendet hatte, wandte sie sich ihm mit einem
höflichen Lächeln zu.

»Bonjour, Monsieur. Was kann ich für Sie tun?«

Er zeigte seinen Dienstausweis. »Ich möchte mit der
Klinikleitung sprechen.«

»Das geht jetzt leider nicht, Madame Leclerc ist in
einer wichtigen Besprechung.«

»Sagen Sie ihr bitte Bescheid, ich muss sie sofort
sprechen.«

»Sie müssen sich schon ein wenig gedulden.«

»Nein, ich gedulde mich nicht. Ich ermittle in einem
Mordfall, das Gespräch ist wichtig.«

Ihr blieb der Mund offen stehen. »Ein Mordfall? In
Ordnung. Ich rufe sie an, einen Moment bitte.«

Nachdem sie das Telefonat beendet hatte, richtete sich ihre Aufmerksamkeit wieder auf ihn.

»Madame Leclerc wartet in ihrem Büro auf Sie. Den Gang entlang, die zweite Tür auf der linken Seite.«

»Merci, Madame.«

Als die Tür auf sein Klopfen hin geöffnet wurde, stand eine Frau mittleren Alters mit einem strengen Haarknoten und in einem beigen Twinset vor ihm. Sie trug schimmernden Perlenschmuck. Die Augen hinter den Brillengläsern musterten ihn aufmerksam.

»Kommen Sie bitte herein, Monsieur le Commissaire.« Sie wies auf einen Besprechungstisch. »Setzen wir uns dorthin. Darf ich Ihnen einen Kaffee anbieten?«

»Nein, danke.«

Nachdem sie Platz genommen hatten, sah sie ihn fragend an. »Es geht um einen Mordfall?«

»Ja, entschuldigen Sie bitte, dass ich Sie aus Ihrer Besprechung geholt habe, aber ich muss dringend mit Ihnen reden.«

»Kein Problem.«

»Ein gewisser George Morin ist vor drei Tagen in einer Mühle im Saire-Tal erschossen worden. Die *police judiciaire* Cherbourg hat die Ermittlungen aufgenommen.

»George Morin, der Schullehrer aus Le Vast?«

»Genau der. Sie erinnern sich an ihn?«

»Sehr gut sogar.«

»Das erstaunt mich. Sie beherbergen doch bestimmt jedes Jahr Hunderte von Patienten.«

»Das ist richtig, aber einen Georg Morin vergisst man nicht.«

»Wie meinen Sie das?«

Lächelnd schüttelte sie den Kopf. »Er war der schwierigste Patient, den wir hier jemals hatten.«

»Können Sie das näher erläutern?«

»Er hat sich über alles beschwert, er hat alles hinterfragt, uns allen gesagt, wie wir unsere Arbeit zu machen haben, und so weiter und so fort. Er hat sogar eine offizielle Beschwerde bei seiner Krankenkasse eingereicht, die daraufhin eine Prüfung bei uns veranlasst hat. Kurz gesagt, wir hatten nur Ärger mit ihm. Da er nicht zufrieden war, hofften wir tatsächlich, dass er die Reha abbrechen würde, aber er blieb bis zum Schluss. Sechs Wochen lang. Seine Gruppentherapeutin hat er in die Verzweiflung getrieben, er hat jede Stunde gesprengt. Die Mitglieder seiner Gruppe haben ihn gemieden, so gut es ging.«

»Das klingt anstrengend.«

»Das war es auch. Jeder Patient soll vor seiner Entlassung einen Beurteilungsbogen ausfüllen. Seine Bewertung war katastrophal, man könnte auch sagen rufschädigend.«

»Aber war das seiner Genesung nicht abträglich, wenn er sich ständig so aufgeregt hat?«

Sie musste lachen. »Nein, er ist hier richtig aufgeblüht.«

Lagarde wunderte sich. »Aha. Das muss eine schwierige Zeit für Sie gewesen sein.«

»Das war für alle Angestellten eine schwierige Zeit. Wissen Sie, wir sind Profis und haben es gelernt, mit anstrengenden Patienten umzugehen. Aber er hat uns an unsere Grenzen gebracht. Wir waren wirklich froh, als er abgereist war.«

»Da Sie die Angestellten erwähnen … Haben Sophie Mery und Maurice Gué während seines Aufenthaltes hier gearbeitet?«

»Ja.«

»In welcher Funktion?«

»Sie war als Beiköchin und in der Essensausgabe beschäftigt, er hat als Hausmeisterhelfer gearbeitet.«

»Hatten sie Probleme mit George Morin?«

»Allerdings. Auf die beiden hatte er es besonders abgesehen. Sie konnten ihm nichts recht machen. Ständig hat er sich über sie beschwert.«

»Weshalb?«

Sie seufzte. »Sophie hat ihm einmal statt der Schonkost das normale Essen ausgegeben. Darüber hat er sich furchtbar aufgeregt. Man schade hier seiner Gesundheit, behauptete er. Maurice hat in seinem Zimmer die Nachttischlampe repariert, daraufhin gab es einen Kurzschluss, als Morin sie einschalten wollte. Solche Dinge eben. Ständig gab es Probleme.«

»Hat er sich auch über andere Angestellte beschwert?«

»Nicht in diesem Maße.«

»Wie hat die Klinikleitung reagiert?«

»Ich habe mit Morin geredet und ihm die Umstände erklärt. Doch er ließ sich nicht beschwichtigen. Er verlangte die sofortige Entlassung der beiden.«

»Wie ging es weiter?«

»Ich habe abgelehnt. Dieses harte Vorgehen fand ich unangemessen. Selbst eine Abmahnung hielt ich für übertrieben. Jeder macht Fehler.«

»Und dann?«

»Dann hat er sich an das Krankenhauskonsortium gewandt, und damit gedroht, an die Öffentlichkeit zu gehen. Seine Kontakte zur Presse seien hervorragend. Er hat gesagt, dass er den Ruf der Klinik ruinieren würde.«

»Die beiden wurden entlassen?«

»Ja, fristlos. Ich konnte nichts dagegen tun. Es hat mir sehr leid getan, Sophie und Maurice waren gute, zuverlässige Mitarbeiter. Sie waren angelernte Beschäftigte ohne richtige Berufsausbildung. Bestimmt haben sie sich schwergetan, eine neue Arbeit zu finden.«

»Sie haben bis jetzt keine neue Anstellung gefunden.«

»Das ist schlimm. Die zwei haben doch nichts mit dem Mord zu tun?«

»Sie werden als Zeugen befragt.«

»Ach so. Haben Sie schon eine heiße Spur?«

»Über laufende Ermittlungen darf ich Ihnen keine Auskunft geben.«

»Ich verstehe.«

»Wie haben Mery und Gué auf die Entlassung reagiert?«

»Das weiß ich nicht. Sie haben in der Personalabteilung ihre Papiere bekommen und sind gegangen. Von mir haben sie sich nicht verabschiedet.«

»Gab es noch andere Probleme, als George Morin hier war? Streit mit Patienten? Konflikte mit dem Pflegepersonal?«

»Über das hinaus, was ich Ihnen bereits erzählt habe, nicht.«

»Okay, ich habe keine Fragen mehr. Danke für Ihre Auskünfte.«

»Gern. Sie finden allein hinaus? Ich muss in die Besprechung zurück.«

»Ja, sicher. Au revoir, Madame Leclerc.«

»Au revoir, Monsieur le Commissaire.«

Lagarde verließ Haus Nummer eins und schlenderte über einen Kiesweg am Schachbrett vorbei. Der Mann mit der Baskenmütze hatte gewonnen. Der andere gratulierte ihm und forderte Revanche.

Lagarde folgte der Landstraße, die neben dem Fluss Risle verlief, und bog in den Schotterweg ein, der zu der Anglerhütte führte. Daraufhin stellte er sein Fahrzeug ab, stieg aus und sah sich um. Der blaue Peugeot stand nicht mehr auf seinem Stellplatz. Aus dem Schornstein stieg weißer Rauch auf.

Er umrundete die Hütte und stellte fest, dass sich niemand auf der Veranda aufhielt. Auf einer Wäscheleine unter dem Vordach hingen Handtücher. Er ging die Stufen hinauf und klopfte an die Tür. Als niemand öffnete, hämmerte er mit der Faust dagegen.

»Lagarde von der *police judiciaire*! Ich war gestern schon einmal hier. Machen Sie bitte die Tür auf.«

Niemand reagierte. Entschlossen drückte er die Klinke nach unten. Die Tür war offen.

Er trat ein und sah sich aufmerksam im Raum um. Er war einfach eingerichtet. Es gab einen Gasherd, einen Holzofen, in dem ein Feuer loderte, ein breites Bett, einen Schrank und eine Sitzecke, auf deren Tisch ein Glas mit Schlüsselblumen stand. Daneben zwei benutzte Bols. Auf einem Regal waren Geschirr, Töpfe, eine Gaslampe, Kerzen und Kaminhölzer untergebracht. Auf dem Holzboden lag ein bunter Flickenteppich. Alles war ordentlich und sauber.

Die Bewohner waren nicht zu Hause. Waren sie etwa doch noch geflüchtet? Nach Portugal? Die Grenze Frankreich-Spanien und Spanien-Portugal konnten sie problemlos ohne Passkontrolle überqueren. Hätten sie ein Feuer in einer Holzhütte sich selbst überlassen? Warum nicht, die Scheite würden einfach herunterbrennen.

Er warf einen Blick in den Schrank. Darin wurden einige Kleidungsstücke und Schuhe aufbewahrt.

Lagarde verließ die Behausung und ging die wenigen Schritte zum Fluss. Es war kühl geworden und hatte angefangen zu nieseln. Regenfäden zogen sich durch die aufsteigenden Nebelschleier. Es roch nach Erde und feuchtem Gras. Kräftige Böen fegten von Westen her über die Auenlandschaft. Schnatternde Gänse waren zu hören, aber nicht zu sehen. Auf einem Steg einige Meter flussabwärts entdeckte er einen roten Fleck, der langsam Gestalt annahm und zu einem Körper wurde. Er ging durch klebrige Schilfgräser darauf zu und sah Madame Mery in einem roten Kleid auf einem Steg sitzen, die Arme um die angezogenen Knie geschlungen, und auf das graublaue Wasser starren.

Als er ihren Namen rief, erschrak sie und fuhr herum. Ihr Gesicht war kreidebleich, nasse Haarsträhnen klebten an ihren Wangen, die Augen waren aufgerissen. In diesem Moment sah sie aus wie ein verängstigtes Kind. Als sie ihn erkannte, entspannte sie sich ein wenig.

»Monsieur le Commissaire! Mit Ihnen hatte ich nicht gerechnet.«

»Bonjour, Madame Mery. Ich möchte noch einmal mit Ihnen sprechen.«

Sie stand auf und ging auf ihn zu. »Wie Sie wollen.« Sie warf einen Blick auf die sich auftürmenden Wolken. »Ein Unwetter zieht auf. Gehen wir in die Hütte, hier werden wir tropfnass.«

Zurück in dem angenehm warmen Raum legte sie Holz nach, erhitzte Wasser in einem Topf und brühte Tee auf, dann stellte sie zwei dampfende Tassen und eine Zuckerdose auf den Tisch und setzte sich zu ihm.

»Haben Sie noch Fragen, Monsieur le Commissaire?«

»Wo ist Ihr Lebensgefährte?«

»Er ist ins Dorf gefahren, um Lebensmittel zu kaufen. Wir haben kaum noch Vorräte.« Sie rührte mit dem Löffel in ihrer Tasse. »Wahrscheinlich geht er anschließend in die Bar-Tabac, um etwas mit seinen Freunden zu trinken. Wenn Sie ihn sprechen wollen, rufe ich ihn an.«

»Nein, das ist nicht nötig. Ich will mit Ihnen reden. Gehört ihm der blaue Peugeot?«

»Ja.« Bedrückt sah sie ihn an. »Wir haben uns gestritten, weil ich bei der Polizei angerufen und mich gemeldet habe. Morgen habe ich einen Termin zur Befragung. Er wollte, dass wir nach Portugal verschwinden, aber ich will reinen Tisch machen. Die aktuelle Situation ist für mich unerträglich. Das hat er nicht verstanden.«

»Sie haben das Richtige getan, Madame Mery. Bei dem versuchten Betrug ist niemand zu Schaden gekommen, deshalb wird das Strafmaß nicht so hoch ausfallen.«

»Hoffentlich.«

Er trank einen Schluck von dem Kräutertee, der stark und würzig war, und musterte sie. »Ich bin wegen einer anderen Sache hier. Sie und Ihr Lebensgefährte haben mich angelogen. Ich war in Houlgate, Sie kannten George Morin.«

Sie biss sich auf die Unterlippe. »Ja, das stimmt.«

»Warum haben Sie nicht die Wahrheit gesagt?«

»Es spielt für Ihre Mordermittlungen keine Rolle, dass wir ihn kannten. Es hat damit nichts zu tun.« Ihre Stimme war auf einmal fest und energisch. »Ein Zufall.«

»Das sehe ich anders, selbstverständlich spielt es eine Rolle. Sie hatten ein Motiv. Wegen seiner Beschwerden haben Sie und Monsieur Gué Ihre Arbeit in der Reha-Klinik Houlgate verloren.«

»Ja, das ist richtig. Morin hat uns dort das Leben zur Hölle gemacht. Er war ein cholerischer böser Mann. Aber deswegen bringt man doch niemanden um.«

»Doch! Deshalb bringen manche Menschen durchaus jemanden um. Haben Sie ihn erschossen? Sie machten ihn dafür verantwortlich, dass Sie arbeitslos geworden und sozial abgestiegen sind. Praktischerweise war die Pistole bereits in Ihrem Besitz.«

»Nein, das stimmt nicht!«

»Wer hat geschossen? Sie oder Ihr Freund?«

»Weder Maurice noch ich haben ihn getötet, das müssen Sie mir glauben!«

»Wo ist die Pistole?«

»Wir haben sie nicht.«

»Haben Sie sie in den Fluss geworfen oder ins Meer, wo sie niemand mehr finden kann?«

Er sah sie eindringlich an.

»Madame Mery, meine Kollegin und ich werden keine Ruhe geben, bis wir Ihnen die Taten nachweisen können.«

»Wir sind unschuldig! Sie werden keine Beweise finden. Und warum hätten wir so lange warten sollen? Der Ärger mit Morin liegt schon über ein Jahr zurück.«

Diese Frage hatte er sich auch schon gestellt. »Weil Sie jetzt im Besitz einer Schusswaffe waren.«

»Nein.«

»In Ordnung, Madame Mery, so kommen wir nicht weiter. Im Moment habe ich keine weiteren Fragen.« Er stand auf. »Bitte denken Sie daran, sich weiter zu unserer Verfügung zu halten. Danke für den Tee.«

Er verließ die Hütte.

Sophie Mery starrte auf die zugezogene Tür. Vielleicht sollten sie doch abhauen. Heute Nacht.

Auf das rote Backsteinhaus in Milly-la-Forêt prasselten dicke Regentropfen. Aus dem Dachrinnenabfluss rauschte das Wasser. Der aufkommende Wind rüttelte an den Ästen der alten Eibe.

Nathalie Beaufort parkte vor dem Jägerzaun und blickte auf das Anwesen, das auf sie verlassen und düster wirkte. Hier wohnte jetzt eine Witwe, deren Mann einem Verbrechen zum Opfer gefallen war. Tragische Ereignisse hatten immer Konsequenzen, nichts blieb so, wie es war, das wusste sie aus eigener Erfahrung.

Entschlossen stieg sie aus und lief mit eiligen Schritten über den gepflasterten Weg zur Eingangstür. Das Vordach bot ein wenig Schutz vor den Wassermassen. Sie klingelte, und bald darauf öffnete sich die Tür. Madame Deray erkannte sie sofort wieder.

»Bonjour, Madame le Commissaire.«

Die Kommissarin hatte sie ein wenig anders in Erinnerung und stellte fest, dass sie nicht so elegant gekleidet war, wie beim letzten Mal, sondern Jeans, Leinenschuhe und ein kariertes Männerhemd aus Flanell trug. Auch die Haare waren nicht perfekt frisiert. Ihr Teint war blass, und die Falten schienen noch tiefer geworden zu sein. Lag es daran, dass sie diesmal nicht geschminkt war? In ihren Augen konnte Nathalie keine Trauer entdecken, sondern etwas anderes. War es Resignation? Hilflosigkeit? Überforderung? Es war schwer zu sagen.

»Bonjour, Madame Deray. Ich habe noch ein paar Fragen. Darf ich hereinkommen?«

»Selbstverständlich, kommen Sie, gehen wir in den Salon. Dort habe ich den Kamin angeschürt, es ist richtig kalt heute.«

Im Flur kam ihnen die Bulldogge Filicia entgegen

und wedelte mit dem Schwanz. Dann verschwand sie in der Küche.

Der Salon war geschmackvoll eingerichtet. Zwei taubenblaue Sofas und ein massiver Holztisch bildeten die Sitzecke. Ein quadratisches Panoramafenster gab den Blick frei auf die Bäume und Büsche im Garten, die sich im Wind bogen und von deren Zweigen Wasser tropfte. Im Hintergrund sah man einen Turm des Schlosses Bonde mit seinen roten Zacken.

»Setzen Sie sich bitte. Möchten Sie einen Kaffee und ein Stück Kuchen?«

»Sehr gerne.«

»Ich bin gleich wieder da. Machen Sie es sich bequem.«

Nathalie sah sich um. Im Kamin loderte ein schwefelgelbes Feuer. In einem Sideboard standen aufgereiht Schallplatten und CDs neben einer hochwertigen Stereoanlage. Daneben war hinter einer Glastür eine Bar eingerichtet. Im unteren Fach standen Bücher und Bildbände. Daneben bemerkte Nathalie einen gerahmten Schnappschuss. Er zeigte Mireille Deray, die gehüllt in eine dicke Jacke und einen Schal an der Reling eines Schiffes lehnte und in die Kamera lächelte. Im Hintergrund war die Ruine der Bogenbrücke von Avignon zu sehen, unter der sich die Rhône wild und strudelnd ihren Weg zum Mittelmeer bahnte. Der Papstpalast erhob sich imposant auf einem Hügel. Über dem Sideboard, genau in der Mitte, hing eine prächtige handgemalte Königsscheibe aus Buchenholz, auf der sich Eichenlaub um eine goldene Krone rankte. Darunter waren zwei sich überkreuzende goldverzierte antike Pistolen mit edlen Holzgriffen abgebildet.

Madame Deray kam mit einem Tablett zurück und stellte es auf den Tisch. Filicia folgte ihr und rollte sich in einem Körbchen zusammen, das am Fenster stand. Die Gastgeberin schenkte Kaffee ein und verteilte Kuchenstücke auf die Teller. Dann setzte sie sich.

»Greifen Sie zu. Den Erdbeerkuchen habe ich selbst gemacht.« Sie lächelte verhalten. »Nehmen Sie sich von der Sahne, dann schmeckt er noch besser.«

»Merci bien.« Nathalie wies auf die Scheibe. »Sind Sie Jägerin?«

»Ich? Nein. Mein Mann war Mitglied im Schützenverein, letztes Jahr wurde er Schützenkönig. Darauf war er sehr stolz. Er richtete im Vereinsheim eine große Feier aus.«

»Folglich konnte er gut schießen?«

»Sehr gut sogar.«

»Können Sie schießen?«

»Nein. Das interessiert mich nicht. Meine Leidenschaft ist der Garten. Die Arbeit dort hilft mir, über den Verlust hinwegzukommen.«

Unstet schweifte ihr Blick durch den Raum und verlor sich in der Ferne.

»Wie geht es Ihnen, Madame Deray?«

»Ich weiß nicht genau. Irgendwie fühle ich mich wie

gelähmt. Handlungsunfähig. Es ist schwer, diesen Zustand zu beschreiben. Mein ganzes Leben ist auf den Kopf gestellt und überschattet worden. Ich habe leider keine Kinder und Enkel, die mir Trost schenken könnten.«

»Das tut mir leid. Wissen Sie schon, wann die Beerdigung stattfindet?«

»In drei Tagen. Ich muss noch einige Vorbereitungen treffen, das lenkt mich ein wenig ab. Charles wird eingeäschert, das hat er so gewollt. Anschließend findet eine Trauerfeier in kleinem Rahmen statt.« Als sie nach der Tasse griff, zitterte ihre Hand.

»Ich möchte Sie gern etwas fragen.«

»Bitte.«

»Bei der rechtsmedizinischen Untersuchung hat sich herausgestellt, dass Ihr Mann zeugungsunfähig war, wussten Sie das?«

Die Frau zuckte zusammen, die Tasse fiel ihr aus der Hand, krachte auf das Parkett und zerbarst in Scherben. Filicia fuhr erschrocken hoch und bellte. Madame Deray starrte die Kommissarin an, ihr Gesicht war weiß wie die Wand.

»Das ist nicht wahr.«

»Doch.«

Die Witwe rang um Fassung. »Nein, das wusste ich nicht«, flüsterte sie tonlos.

»Er hat es Ihnen nicht gesagt?«

»Nein.«

»Sie haben immer auf Kinder gehofft und hatten keine Ahnung, warum es nicht funktionierte?«

Sie nickte. »Sie haben es treffend ausgedrückt. Genau so war es. Über Jahre hinweg habe ich mich verschiedenen Untersuchungen unterzogen, doch es stellte sich heraus, dass es nicht an mir lag.«

»Und Ihr Mann?«

»Er hat sich geweigert, sich untersuchen zu lassen, weil er die Ansicht vertrat, er sei ein gesunder potenter Mann, der selbstverständlich Kinder zeugen könne.«

Nathalie wusste für einen Moment nicht, was sie sagen sollte. Dieses Verhalten war in einer Beziehung ein fundamentaler Vertrauensbruch.

»Es tut mir leid, dass Sie es auf diese Weise erfahren mussten.«

»Es ist schon in Ordnung, das werde ich auch noch verkraften.«

»Ich wünsche es Ihnen.«

Nathalie stellte ihren Teller ab und wollte aufstehen. »Ich helfe Ihnen, die Scherben aufzusammeln.«

»Lassen Sie nur, das erledige ich später. Würden Sie mich jetzt bitte alleine lassen? Ich möchte für mich sein.«

»Nur noch ein, zwei Fragen, dann bin ich weg.«

»Bitte.«

»Ich habe im Café Fontainebleau mit der Bedienung Claudie gesprochen, die Ihr Alibi bestätigt hat. Während des Gespräches erwähnte sie, dass sie einige Sätze aufgeschnappt habe, die Sie mit Ihrer Freundin Mariette Dupont gewechselt haben.«

»Wir haben uns über dies und das unterhalten, eine Plauderei beim Frühstück. Ich kann mich nicht mehr erinnern.«

»Es ging um das Thema Scheidung. Sie sprachen darüber, dass Sie sich von Ihrem Mann scheiden lassen wollen. Ist das korrekt?«

Madame Derays Körper versteifte sich. »Nein, das ist nicht korrekt. Claudie muss etwas falsch verstanden haben. Ich wollte mich nicht scheiden lassen. Es kann sein, dass wir über die bevorstehende Scheidung einer Bekannten geredet haben.«

»In Ordnung. Eine letzte Frage. Wissen Sie, ob Ihr Mann einen gewissen George Morin kannte?«

Sie überlegte und schüttelte entschieden den Kopf. »Das glaube ich nicht. Den Namen habe ich noch nie gehört.«

»Das heißt, Sie kennen ihn auch nicht?«

»Nein.«

»Und seine Frau Cécile Morin?«

»Ich kenne die Frau nicht.«

»Sicher?«

»Ganz sicher.«

»Das war es vorläufig von meiner Seite. Danke, Madame Deray, auch für die freundliche Bewirtung. Ihr Kuchen schmeckt großartig.«

»*De rien*.«

Sie begleitete die Kommissarin zur Haustür. Filicia schlüpfte hinaus und rannte kläffend in den Garten.

Nathalie ging zu ihrem Auto und wurde dabei von einem Nachbarn angesprochen, der hinter seinem Gartenzaun stand und zornig dreinblickte.

»Dieser verdammte Hund macht Tag und Nacht Radau! Es ist nicht auszuhalten.«

Nathalie sah ihn tadelnd an und zeigte ihm ihren Dienstausweis.

»Madame Deray hat mir erzählt, dass sie einen Giftköder im Garten gefunden hat. Wenn Sie das noch einmal tun, kriegen Sie richtig Ärger mit mir.«

»Einen Giftköder? Ich?«

»Ja, Sie.«

»Was geht das die *police judiciaire* an? Habt ihr nichts anderes zu tun? Findet besser den Mörder von Charles!«

Nathalies Augen funkelten wütend. »Mich geht es etwas an. Denken Sie an meine Worte, ich meine es ernst.«

Sie stieg in ihr Auto, knallte die Tür zu und fuhr davon.

Der Nachbar sah ihr verdutzt hinterher. Woher wusste sie das mit dem Giftköder bloß? Er überlegte, ob es besser wäre, sich nicht mit dieser streitbaren Kommissarin anzulegen und den Hund in Zukunft in Ruhe zu lassen. Nachdenklich strich er sich über die Glatze und ging in sein Haus zurück.

Nathalie fuhr zurück nach Fontainebleau und beschloss, Mittagessen zu gehen. Sie stellte den Dienstwagen auf dem Polizeiparkplatz ab und ging zu Fuß durch die Gassen der Altstadt. Zu ihrem Lieblingsbistro »Chez Simone« war es nicht weit. Dort gab es die frischesten und besten Austern weit und breit.

Auf ihrem Weg kam sie am »Café Fontainebleau« vorbei und warf zufällig einen Blick durch die Glasscheibe. Dort, an einem Tisch an der Wand, saß René. Schick gekleidet, die dunklen Haare aus der Stirn gekämmt, gut aussehend. Sein unverhoffter Anblick zauberte ein Lächeln auf ihr Gesicht.

Als sie gerade beschlossen hatte, hineinzugehen und mit ihm die Mittagspause zu verbringen, begann er zu reden, gestikulierte lebhaft und lachte. Nathalie trat an die Fensterscheibe und sah genauer hin. Er war nicht allein. Dicht neben ihm saß eine junge attraktive Frau mit kurzen schwarzen Locken, die ihm ihre ganze Aufmerksamkeit schenkte und seinen Worten lauschte. Renés Hand lag auf der ihren, er schien sie zu streicheln. Dann beugte er sich zu ihr und küsste sie auf den Mund.

Nathalie erstarrte. Ihr Herz pochte, und die Enttäuschung, die sie fühlte, tat richtig weh. Sie kämpfte den Impuls nieder, in das Bistro zu stürzen und ihn zur Rede zu stellen. Unter keinen Umständen wollte sie eine Szene in der Öffentlichkeit. Kurz entschlossen machte sie kehrt und ging zur Wache zurück. Der Appetit war ihr gründlich vergangen.

Auf der Rückfahrt nach Barfleur beschloss Lagarde, in Saint-Vaast-la-Hougue einen Zwischenstopp einzulegen und mit Paul Duvert zu sprechen. Das war der Rektor der Schule, an der George Morin unterrichtet hatte. Laut Aussage von Madame Morin hatten die beiden einen fürchterlichen Streit gehabt, bei dem es um eine Schülerin ging, die der Lehrer angegriffen und verletzt haben sollte. Den Namen des Rektors und seine Adresse hatte er von Madame Morin erfahren. Paul Duvert wohnte in der Nähe der Verteidigungsanlagen, die der Festungsbaumeister Vauban im Auftrag von Louis XIV während der Barockzeit errichtet hatte, um den Hafen und das Dorf vor den verfeindeten Engländern zu schützen. Der Fischerort war für seine Austernzucht und die Muschelbänke bekannt, die sich über mehrere Kilometer hinweg erstreckten.

Das Granitsteinhaus mit den türkisenen Fensterläden stand in einem kleinen gepflegten Garten. An der Fassade reihten sich Hortensienbüsche, dahinter kletterten Rosen die Mauer hinauf.

Die Pforte stand offen, und Lagarde ging durch einen schmiedeeisernen Bogen, um den sich Efeu rankte, und weiter auf einem Kiesweg, auf dem man zur Haustür gelangte. Links neben der Treppe gab es eine Rampe, die zu einem Podest führte. Er klingelte, und kurz darauf öffnete eine junge Frau in Jeans und Sweatshirt, die langen rötlichen Haare zu einem Zopf geflochten, die Tür. Neugierig sah sie ihn an.

»Bonjour Monsieur?«

Lagarde zückte seinen Dienstausweis. »Ich möchte mit Paul Duvert sprechen.«

»Ich bin Sandrine Duvert. Mein Großvater ist im Wintergarten. Wir trinken gerade Tee. Kommen Sie bitte mit.«

Im Wintergarten saß ein Mann im Rollstuhl an einem Tisch, der für zwei Personen gedeckt war. In der Mitte stand eine Platte mit Rosinen-Madeleines.

»Großvater, wir haben Besuch. Monsieur le Commissaire Lagarde will mit dir sprechen.«

Der große hagere Mann hob den Kopf und sah den Besucher irritiert an. Seine Augen wirkten müde, eine Hakennase ragte aus dem schmalen eingefallenen Gesicht. Lagarde fiel auf, dass sein Äußeres sehr gepflegt war. Unter einem Pullunder trug er ein weißes Hemd und eine burgunderrote Krawatte, auf seinen Beinen lag eine Decke.

»Die Polizei?«, fragte er mit heiserer Stimme.

»Ja, Großvater«, erklärte Sandrine noch einmal. »Er möchte dir einige Fragen stellen.«

Sie wandte sich lächelnd an Lagarde. »Nehmen Sie bitte Platz. Möchten Sie Tee?«

»Nein, danke.« Er setzte sich dem Mann gegenüber.

»Monsieur Duvert, danke, dass Sie sich Zeit für mich nehmen. Es wird nicht lange dauern.«

»Worum geht es?«

»Ein ehemaliger Lehrer Ihrer Schule, George Morin, ist einem Verbrechen zum Opfer gefallen. Vielleicht haben Sie davon gehört?«

»Ja, Sandrine hat mir die Zeitungsberichte vorgelesen. Sie ist ein wunderbares Mädchen. Sie kümmert sich um mich, obwohl sie an der Universität von Cherbourg studiert. Chemie und Biologie, das sind schwierige Fächer. Ich bin sehr stolz auf sie. Schon als sie klein war, habe ich ihr das Reiten und Schießen beigebracht, ebenso das Segeln. Sie verfügt über viele Talente, das hat sie von mir.«

Lagarde versuchte, ihn wieder zum Thema zurückzuführen.

»Ich habe gehört, dass Sie vor seiner Pensionierung einen heftigen Streit mit ihm hatten. Ist das richtig?«

Der Blick des Mannes schweifte ab. Sandrine ergriff das Wort.

»Großvater, erinnerst du dich? Die Geschichte mit der Schülerin? Morin hat sie verletzt, davon erzählst du doch immer.«

»Ja, natürlich erinnere ich mich. Ich bin doch nicht dement.«

»Nein, selbstverständlich nicht. Sagst du dem Kommissar, was damals passiert ist?«

»Ja! Morin und Fanny, eine seiner Schülerinnen,

hatten eine Auseinandersetzung. Ich weiß gar nicht mehr, worum es dabei ging. Sie hatte des Öfteren ihre Hausaufgaben nicht gemacht, war einige Male zu spät zum Unterricht gekommen, hatte geschwänzt. Irgendetwas in der Art, worum es an einer Schule üblicherweise geht. Es waren Disziplinprobleme.«

»Was ist damals passiert?«

»Nach einer hitzigen Diskussion wollte Morin gehen und Fanny einfach stehenlassen.« Er fuhr sich zerstreut über die Stirn. »Wie ging es dann weiter? Ach ja, sie stellte sich ihm in den Weg, weil sie noch etwas sagen wollte. Morin stieß sie wütend zur Seite, sie stolperte über einen Turnbeutel, stürzte und stieß sich den Kopf an einer Tischkante. Nach diesem Vorfall brachte eine Lehrerin sie in das Krankenhaus, und die Wunde musste genäht werden.«

»Waren Sie dabei, als der Unfall geschah?«

»Nein, Fanny hat es so dargestellt. Ihre Mitschüler haben ihre Schilderung bestätigt.«

»Sie haben sicher auch mit George Morin geredet?«

»Selbstverständlich. Ich habe mich in meiner Funktion als Schulleiter immer korrekt verhalten.« Er griff mit zittriger Hand nach seiner Tasse und trank einen Schluck. »Er hat gesagt, sie habe ihn provoziert, dennoch habe er sie nur sanft zur Seite geschoben, weil er die Diskussion beenden wollte. Er habe das hysterische Geschrei nicht mehr ertragen können.«

»Wie haben Sie reagiert?«

»Ich habe ihn abgemahnt. Daraufhin hat er sich krankschreiben lassen und die Schule nie mehr betreten.«

»Haben Sie jemals wieder von ihm gehört?«

Der alte Mann sah ihn mit ernstem Gesichtsausdruck an. Seine Lippen bebten.

»Allerdings. Er hat mich wegen Verleumdung angezeigt und mir böse Briefe geschrieben. Er hat meine Fähigkeit als Führungskraft in Zweifel gezogen. Kurz gesagt, er hat mich terrorisiert.«

»Hatte er mit seiner Anzeige Erfolg?«

»Nein, das nicht. Aber seine Attacken haben mich aufgewühlt. Er hat aus mir ein nervliches Wrack gemacht. Es war unerträglich.«

»Wie lange ging das?«

»Viele Wochen lang. Aufgehört hat der Terror vor vier Monaten, da war ich bereits nur noch ein Schatten meiner selbst.«

»Haben Sie eine Erklärung, warum er damit aufgehört hat?«

Duvert seufzte. »Sandrine, kannst du die Geschichte erzählen? Mir fehlt die Kraft dazu.«

»Das möchte ich nicht, Großvater. Es regt dich zu sehr auf. Denk bitte an dein Herz!«

»Es ist aber wichtig. Der Kommissar muss wissen, was geschehen ist.«

»Wenn du unbedingt willst.« Sie wandte sich Lagarde zu. »Nachdem Großvater die Briefe der Polizei

gezeigt und diese aufgrund von Morins unangekün-
digten aggressiven Besuchen ein Kontaktverbot aus-
gesprochen hatte, begann er mit Anrufen, bei denen er
meinen Großvater heftig beschimpfte. Es war übelster
Telefonterror. Vor etwa vier Monaten hat mein Großvater einen Spaziergang auf den Klippen bei Cap Lévy
gemacht. Dabei hat Morin ihn auf seinem Handy angerufen und ihn angeschrien und beleidigt. Großvater
hat das Gespräch abgebrochen. Er war jedoch so
aufgeregt und abgelenkt, dass er einen Gesteinsbrocken übersehen hat. Er stolperte, stürzte drei Meter in
die Tiefe und landete auf einem Felsplateau. Das war
Glück im Unglück. Wäre er dreißig Meter tief auf den
Geröllstrand gefallen, wäre er tot gewesen. Eine Spa-
ziergängerin hat seine Hilferufe gehört und die Polizei
alarmiert. Ansonsten wäre er erfroren, es war Januar
und bitterkalt.« Es fiel ihr schwer, den Zorn in ihrer
Stimme zu unterdrücken. »Die Bergwacht hat ihn
gerettet. Bei dem Sturz hat er sich drei Rückenwirbel
gebrochen und kann seine Beine nicht mehr bewegen.
Seitdem sitzt er im Rollstuhl.«

»Das ist eine schlimme Geschichte. Hatte dieser
Vorfall Konsequenzen für Morin?«

»Nein, er war ja nicht vor Ort. Die Polizei konnte
keinen direkten Zusammenhang zwischen dem Telefonat und dem Sturz herstellen.«

»Ich muss Sie das jetzt fragen. Wo waren Sie vor drei
Tagen am Vormittag?«

Sie sah ihn verblüfft an. »Sie verdächtigen mich?«

»Das ist eine reine Routinefrage.«

»Ich war hier bei Großvater.«

»Das stimmt«, betätigte Duvert.

»Okay. Ich habe noch eine Frage an Sie. Kennen Sie einen gewissen Charles Deray? Er ist Schriftsteller und hat eine Biographie über Jean Cocteau geschrieben.«

Die beiden tauschten einen Blick.

»Nein«, behauptete Sandrine. Die Antwort war schnell gekommen. Duvert dachte nach und schüttelte schließlich den Kopf.

»Der Name sagt mir nichts.«

»Danke für Ihre Auskünfte. Eins noch, wissen Sie, was aus der Schülerin Fanny geworden ist?«

»Sie wohnt zwei Häuser weiter«, informierte ihn der alte Mann.

Lagarde ging die Straße entlang, bis er vor dem Haus stand, in dem Fanny wohnte. Der fliederfarbene Putz wirkte ein wenig grell. Auf dem ungemähten Rasen standen kreuz und quer verteilt Steinskulpturen: Löwenköpfe, Butten, Nymphen und die Nachbildung der Venus von Milo. Vor einem unvollendeten Kunstwerk, das ein Raubtier im Sprung darstellte, lagen verschiedene Werkzeuge. Vielleicht war der Künstler vom Regen überrascht worden. Soweit Lagarde das beurteilen konnte, verfügte er durchaus über Talent. Plötzlich kam eine junge Frau mit einem Riesenschnauzer an der Leine aus dem Haus, der sich schnaufend auf der obersten Treppenstufe niederließ.

»Komm schon, Doudou«, sagte sie und zerrte an der Leine. »Wir gehen jetzt spazieren.«

Widerwillig erhob sich der Hund, und die beiden gingen auf die Gartenpforte zu. Die junge Frau war groß und trug völlig schwarze Kleidung. Sie warf ihr dunkles Haar mit den neongrünen Strähnchen über die Schulter. Dadurch sah man, dass die Ohren gepierct waren. Auf ihrem Unterarm war ein rotes Herz tätowiert, das einen Namen umrahmte, den Lagarde nicht lesen konnte.

»Bonjour«, rief Lagarde. »Sind Sie Fanny?«

Neugierig sah sie ihn an. »Ja, und wer sind Sie?«

Er stellte sich vor und zeigte seinen Dienstausweis. »Darf ich Sie kurz sprechen?«

»Weshalb?«

»Die *police judiciaire* von Cherbourg ermittelt in einem Mordfall. Ihr ehemaliger Lehrer George Morin ist erschossen worden.«

Ihr hübsches, stark geschminktes Gesicht blieb ausdruckslos. »Ich weiß, mein Vater hat es mir erzählt.« Sie schüttelte den Kopf. »Der alte George, nicht zu fassen. Er war voll die Nervensäge, aber dieses Schicksal hat er nicht verdient.«

»Er hatte vor längerer Zeit in der Schule einen Streit mit Ihnen?«

»Sagen Sie doch Du zu mir.«

»In Ordnung.« Fragend sah Lagarde sie an.

»Das ist schon ewig her. Aber Sie glauben doch nicht, dass diese kleine Meinungsverschiedenheit etwas mit dem Mord zu tun hat?«

»Bei einer Mordermittlung kann jedes Detail wichtig sein. Jede Information kann uns weiterhelfen. Würdest du mir erzählen, was damals passiert ist?«

»Klar. Morin und ich hatten eine Auseinandersetzung, weil ich am Vortag den Nachmittagsunterricht geschwänzt hatte. Das war eine Bagatelle, aber er hat ein Riesentheater veranstaltet. Also diskutierten wir hin und her. Ich war nicht bereit zu akzeptieren, dass ich nachsitzen sollte. Mein Freund und ich wollten nach Cap Lévy zum Surfen. Schließlich war Morin so genervt, dass er unseren Disput beenden wollte. Sein Gesicht war inzwischen puterrot, und seine Stimme war immer lauter geworden. Ich stand vor ihm, und er hat mich zur Seite geschoben. Da habe ich mich fallen lassen, um ihn zu erschrecken. Dummerweise bin ich dabei mit dem Hinterkopf auf eine Tischkante geknallt.«

»Soll das heißen, er hat dich gar nicht geschubst oder gestoßen?«

»Genau.«

»Dem Rektor hast du eine andere Version erzählt.«

»Richtig«, räumte sie kleinlaut ein.

»Warum?«

»Ich wollte Morin eins auswischen, er war immer so mega uncool.«

»Duvert hat ihn deshalb abgemahnt, und Morin hat sich krankschreiben lassen und ist nicht mehr in die Schule zurückgekehrt?«

»Ja, so war das. Monsieur Duvert hat mir geglaubt. Das war ganz einfach zu bewerkstelligen, ich hatte ihm die ganze Zeit schöne Augen gemacht, damit ich in der Schule keine Probleme bekam. Er hat mich gerne angeschaut.«

»Hat er dich belästigt?«

»Aber nein, ich habe nur meine Vorteile aus seinem Wohlwollen mir gegenüber gezogen.«

Sie lächelte ihn an, als könnte sie kein Wässerchen trüben.

»Schöne Menschen haben es immer leichter im Leben«, belehrte sie ihn altklug. »Werden Sie mich jetzt wegen Falschaussage verhaften?«

Doudou knurrte ihn bedrohlich an.

Lagarde grinste. »Ich denke gerade darüber nach. Aber sag mal im Ernst, Fanny, wenn du deinen Eltern dieselbe Version erzählt hast wie Monsieur Duvert, warum haben sie Morin nicht wegen Körperverletzung angezeigt? Immerhin musste deine Wunde im Krankenhaus genäht werden.«

Lässig winkte sie ab. »Es waren nur drei Stiche, keine große Sache. Sie kennen meine Eltern nicht. Maman und Papa leben in einer anderen Welt, sie sind Künstler. Meine Mutter ist Sängerin und mein Vater Bildhauer. Alles andere interessiert sie nicht. Klar haben sie mich vom Krankenhaus abgeholt, ins Bett gesteckt und mir einen Tee gekocht. Danach haben sie sich wieder ihrem künstlerischen Schaffen gewidmet. Auf die Idee, den alten George anzuzeigen, sind sie gar nicht gekommen. Ich hätte das auch nicht gewollt.«

»Weißt du, ob er Feinde hatte?«

»Davon weiß ich nichts. Manche meiner Mitschüler fanden ihn super, andere ätzend, wie das so ist. Außerdem ging in der Schule das Gerücht um, dass er und unsere Sportlehrerin eine Affäre hatten.«

»Sagt dir der Name Charles Deray etwas?«

»Nein.«

»Er ist Schriftsteller.«

»Ich lese keine Bücher, wozu habe ich mein Smartphone?«

Lagarde nickte. »Ich verstehe. Bist du eigentlich noch an dieser Schule?«

»Nein, letztes Jahr bin ich abgegangen. Ich bin nicht so der eifrige Schultyp.«

»Was machst du jetzt, wenn ich fragen darf?«

»Ich jobbe seit einem Jahr auf einem Pferdehof und spare das Geld. Mein Freund und ich wollen im Juni für ein halbes Jahr die griechischen Inseln bereisen. Als Backpacker, wir freuen uns schon sehr darauf. Wissen Sie, wir sind mega verliebt. Doudou kommt natürlich auch mit. Danach werde ich wahrscheinlich eine Ausbildung als Pferdepflegerin machen. Mal sehen.«

»Ich wünsche euch eine tolle Reise.«

Sie schenkte ihm ihr schönstes Lächeln. »Merci bien, Monsieur le Commissaire.«

Lagardes letztes Ziel an diesem Tag war der Weiler Le Vast. Er wollte noch einmal mit Madame Morin sprechen. Auf sein Klingeln hin öffnete sie kurz darauf die Tür. Sie sah müde und blass aus. Die dunklen Haare waren nachlässig frisiert, die Augen wie von einem Schleier überzogen.

»Bonjour, Monsieur le Commissaire, ich habe Sie schon erwartet.«

»Entschuldigen Sie bitte, es ist doch später geworden.«

»Das ist kein Problem. Ich habe heute nichts mehr vor. Kommen Sie bitte herein.«

In der Küche duftete es nach Apfelkuchen. Sie setzten sich an den Tisch.

»Darf ich Ihnen etwas anbieten? Ich habe gerade Kaffee aufgesetzt.«

»Nein, danke. Wie geht es Ihnen, Madame Morin?«

Sie faltete die Hände und starrte die Tischplatte an. »Nicht so gut. Ich schlafe schlecht. Mein Mann fehlt mir sehr.«

»Das kann ich gut verstehen.«

»Haben Sie schon eine Spur?«

»Wir verfolgen mehrere Ansätze, Genaueres darf ich Ihnen nicht sagen.«

»In Ordnung.«

»Es wird nicht lange dauern, ich habe nur noch ein paar Fragen.«

»Fragen Sie nur. Vielleicht kann ich zur Aufklärung etwas beitragen.«

»Ich habe mit dem Abbé von Notre-Dame du Vast gesprochen.«

»Mit Père Marie-Patrice?«

»Ja.«

»Er ist ein wunderbarer, gütiger Mensch. Wenn ich ihn brauche, steht er mir zur Seite und spendet mir Trost.«

Lagarde nickte. »Ich bin auf einen Widerspruch gestoßen. Bei unserem ersten Gespräch sagten Sie mir, dass Sie und Ihr Mann gut miteinander ausgekommen seien.«

»Das sind wir auch. Wir haben eine harmonische Ehe geführt.«

»Der Abbé hat mir jedoch erzählt, dass die Beziehung zwischen Ihnen und Ihrem Mann sehr angespannt war. Sie waren unglücklich.«

Gedankenverloren griff sie nach einer Haarsträhne und wickelte sie um ihren Finger.

»Ich habe einige Male mit ihm über meine Ehe gesprochen, das ist richtig. Immer dann, wenn ich mich durch das Verhalten meines Mannes verletzt gefühlt habe. Père Marie-Patrice muss das überinterpretiert haben. Wenn man lange verheiratet ist, wird vieles alltäglich. Das Interesse aneinander ist nicht mehr so groß. Man lebt nebeneinanderher. Ich glaube, das ist in vielen Ehen der Fall.« Sie sah ihn nachdenklich an. »Vielleicht waren meine Erwartungen zu hoch?«

»Sie bestreiten also, dass Ihre Ehe zerrüttet war?«

»Das war sie nicht.«

»Gut. Noch etwas anderes. Sagt Ihnen der Name Charles Deray etwas, oder Mireille Deray? Es handelt sich um ein Ehepaar aus Milly-la-Forêt.«

Sie überlegte. »Nein, Monsieur le Commissaire.«

»Sind Sie sich sicher?«

»Ja.«

»Hatte Ihr Mann ein Arbeitszimmer? Darf ich es mir ansehen?«

»Selbstverständlich, es befindet sich im ersten Stock. Das zweite Zimmer auf der linken Seite. Soll ich Sie begleiten?«

»Das ist nicht nötig.«

Lagarde verließ die Küche und ging über die Holztreppe in den ersten Stock. Im Flur hingen Jagdtrophäen an der zartgelb gestrichenen Wand. Er öffnete die Tür zum Arbeitszimmer, trat ein und sah sich um.

Auf dem Schreibtisch stand der neueste Computer von Apple. Er zog die Schubladen heraus, in denen Schreibutensilien, Umschläge und Briefmarken sowie Taschenuhren aufbewahrt wurden. Auf einem Regal, das bis zur Decke reichte, reihten sich Fachbücher über Fotografie, Bildbände und Geschichtsbücher. Davor standen hochwertige Kameras: zwei Leicas, eine Olympus und eine Canon. Morin hatte sich offenbar sehr für Fotografie interessiert.

Lagarde suchte weiter und konnte nichts Auffälliges finden. Dann fiel sein Blick in einen Spalt zwischen dem Regal und der Wand. Dort lehnte eine Schrotflinte. Es war eine Gladius, eine Selbstladeflinte Mach 3. Er nahm sie heraus und prüfte sie. Sie war geladen. Kopfschüttelnd stellte er sie zurück. Noch einmal ließ er den Blick durch den Raum schweifen, und ihm fiel auf, dass die Stelle, an der sich das Mousepad auf der Schreibtischunterlage befand, höher war, als hätte jemand etwas darunter geschoben. Er hob die Ecke hoch und fand eine dünne blaue Mappe aus Karton. Neugierig schlug er sie auf und betrachtete den Inhalt. Es handelte sich um ein Testament, das mit der Hand auf weißes Büttenpapier geschrieben und auf den dritten März datiert war. Folgender Text war zu lesen:

Testament

In diesem aktuellen Testament enterbe ich meinen Sohn Laurent Morin, geboren am 10. September 1989 in Cherbourg.
Vorherige Testamente sind unwirksam.

Le Vast, 03. März 2020
George Morin

Lagarde verglich die Unterschrift mit der auf einem Stromvertrag, den er in einem Fach fand. Sie waren identisch. George Morin hatte seinen Sohn enterbt. Er fragte sich, was den Mann zu diesem harten Schritt veranlasst hatte?

Schließlich ging er zurück in die Küche, die Mappe nahm er mit. Madame Morin holte gerade den Kuchen aus dem Backofen.

»Wollen Sie nicht doch ein Stück und einen Kaffee?«

»Das ist sehr freundlich von Ihnen, aber ich möchte jetzt nichts. Würden Sie sich bitte zu mir an den Tisch setzten, ich möchte Ihnen etwas zeigen.«

Erstaunt sah sie ihn an. »Haben Sie etwas Interessantes gefunden?«

»Sehen Sie.«

Er schlug die Mappe auf und wies auf das Schriftstück. Madame Morin las den Text. Dann hob sie den Kopf und sah ihn entgeistert an.

»Das gibt es doch nicht! George hat Laurent enterbt?«

»Haben Sie noch mehr Kinder?«

»Nein, nur Laurent.«

»Wussten Sie von dem Testament?«

»Nein. Mein Mann hat diese gravierende Änderung nicht mit mir abgesprochen. Er kann doch nicht unser einziges Kind enterben! Laurent ist ein wunderbarer junger Mann. Ich fasse es nicht. Warum tut er ihm das an?«

»Weiß Ihr Sohn von dem geänderten Testament?«

»Ich glaube nicht. Wir haben gestern erst telefoniert, und er hat nichts davon gesagt. Er war wie immer.«

»Über welche Größenordnung an Werten sprechen wir?«

»Nun, das Haus.«

»Gehört es Ihnen beiden?«

»Nein, es gehörte George.«

»Gibt es weiteres Vermögen?«

»George hat einen Teil seines Geldes in Aktien angelegt. Ich kann Ihnen aber nicht sagen, um welche Summe es sich handelt. Er hat mit mir nicht über Geld geredet.« Sie dachte nach. »Seine Kameras sind wertvoll, vor allem die Leicas.«

»Wo wohnt Ihr Sohn?«

»In Giverny.«

»Ich brauche die Anschrift.«

Sie griff nach einem Zettel und schrieb die Adresse auf. »Bitte!«

»Merci, Madame Morin. Das Testament muss ich mitnehmen, es ist beschlagnahmt. Sie bekommen dafür eine Bescheinigung von mir.«

»Selbstverständlich.«

»Eins noch, im Arbeitszimmer Ihres Mannes steht eine Schrotflinte neben dem Regal. Es ist nicht erlaubt, Waffen einfach in einem Zimmer aufzubewahren. Sie müssen in einem dafür vorgesehenen Schrank untergebracht werden, der verschlossen werden muss.«

»Davon wusste ich nichts. George mochte es nicht, wenn ich mich in seinem Arbeitszimmer aufhielt. Der Waffenschrank ist im Keller. Ich kümmere mich darum. Hoffentlich finde ich die Schlüssel.«

»Hatte Ihr Mann einen Waffenschein?«

»Davon gehe ich aus.«

»Danke, das war es im Moment von meiner Seite. Ich wünsche Ihnen einen schönen Abend.«

»Das wünsche ich Ihnen auch, Monsieur le Commissaire.«

Als Lagarde nach Hause kam, fütterte er Alexandre, machte sich einen *café au lait* und schaltete den Computer ein. Nathalie und er hatten sich zu einer Videokonferenz verabredet. Schon erschien die Kommissarin auf dem Bildschirm. Er fand, dass sie ein wenig blass aussah. Die Haare hatte sie zu einem Knoten gebunden, so dass ihr schönes Gesicht noch mehr zur Geltung kam.

»Bonsoir, Nathalie. Wie geht es Ihnen?«

»Mir geht es gut. Gibt es Neuigkeiten?«

»Ich habe herausgefunden, dass Sophie Mery und ihr Freund Maurice Gué George Morin doch gekannt haben. Sie haben in der Rehaklinik in Houlgate gearbeitet, als Morin sich dort aufhielt. Aufgrund seiner massiven Beschwerden über sie haben die beiden ihren Arbeitsplatz verloren.«

»Das ist hochinteressant. Ein Arbeitsplatzverlust

ist eine schwere existentielle Bedrohung. Ich sehe da durchaus ein Mordmotiv. Außerdem kannte das Pärchen auch Charles Deray. Wir könnten sie vorläufig festnehmen und auf der Wache vernehmen.«

»Wir haben aber keinerlei Beweise gegen sie in der Hand, und wie Sie wissen, reicht ein bloßer Verdacht nicht aus. Es existieren auch keine Zeugen.«

»Das Paar ist untergetaucht, und es besteht Fluchtgefahr.«

»Ich weiß, aber uns sind die Hände gebunden. Zumindest im Moment.«

»Schicken wir ein Team der Spurensicherung los. Sie sollen in der Wohnung von Mery und in der Anglerhütte nach der Pistole suchen. Dann hätten wir einen Beweis.«

»Das kann ich veranlassen, Nathalie. Aber ich glaube nicht, dass sie so dumm sind und die Waffe dort verstecken.«

Nachdenklich spielte sie mit ihrem Ohrring. »Da haben Sie recht, aber einen Versuch ist es wert.«

»Okay, wir sollten nichts unversucht lassen.« Er machte sich eine Notiz, dann fuhr er fort.

»Ich habe im Internet recherchiert und keine Verbindung zwischen Charles Deray und George Morin gefunden.«

»Uns fehlt nach wie vor das Bindeglied.«

»Das glaube ich auch.« Er trank einen Schluck Kaffee. »Hat sich bei Ihnen etwas Neues ergeben?«

»Ich habe noch einmal mit Mireille Deray gesprochen. Sie hat ausgesagt, dass sie von der Sterilisation
ihres Mannes nichts wusste.«

»Glauben Sie ihr?«

Die Kommissarin überlegte kurz. »Ihre Überraschung schien echt zu sein.«

»Hat sie etwas dazu gesagt, dass sie sich scheiden
lassen wollte?«

»Das hat sie abgestritten und betont, dass ihre Ehe
gut und harmonisch gewesen sei.«

»Cécile Morin behauptet ebenfalls, ihre Ehe sei
nicht zerrüttet gewesen. Der Abbé von Notre-Dame
du Vast hat die Beziehung des Ehepaars ganz anders
dargestellt, völlig konträr.«

Nathalie schüttelte verwundert den Kopf. »Das finde
ich merkwürdig. Beide Frauen haben ein wasserdichtes
Alibi, sie müssen ihre Ehen doch nicht schönreden.«

»Ja, das erstaunt mich auch, und ich frage mich, warum sie das tun?« Er warf einen Blick auf seine Notizen.

»Der ehemalige Rektor der Schule, in der Morin unterrichtet hat, hat ein starkes Motiv. Morin hat Paul
Duvert gestalkt. Nach einem aufwühlenden Telefonat
mit ihm war Duvert verwirrt, ist von einer Klippe gestürzt und hat sich an der Wirbelsäule verletzt. Jetzt
kann er nicht mehr laufen und sitzt im Rollstuhl.«

»Dann kann er ihn nicht erschossen haben. Wie
sollte er mit dem Rollstuhl in die Mühle gekommen
sein?«

»Das konnte er nicht. Aber seine Enkelin Sandrine war sehr wütend auf Morin. Sie gibt ihm die Schuld, dass ihr Großvater gehbehindert ist. Duvert hat in unserem Gespräch erwähnt, dass sie sehr gut schießen kann.«

»Hat sie ein Alibi?«

»Sie und ihr Großvater sagten aus, dass sie bei ihm gewesen sei.«

»Das taugt nicht viel.«

»Nein. Beide behaupten, dass sie Charles Deray nicht kannten.«

»Wir stolpern immer wieder über diese fehlende Verbindung, es ist wie verhext.«

»Da kann ich Ihnen nur zustimmen, Nathalie. Darum dreht sich alles.«

»Das sehe ich genauso.« Sie legte den Kopf schief. »Ich habe keine weiteren Informationen.«

»Eine Sache noch. Im Arbeitszimmer von Morin habe ich ein Testament gefunden. Er hat seinen Sohn Laurent enterbt. Cécile Morin hat ausgesagt, davon nichts gewusst zu haben. Was denken Sie darüber, Nathalie?«

»Wir sollten so schnell wie möglich mit dem Sohn reden.«

»Er wohnt in Giverny. Wollen wir uns morgen früh dort treffen?«

»Auf jeden Fall. Zehn Uhr?«

»Abgemacht.« Er gab ihr die Adresse durch. »Bis

Morgen, Nathalie. Ich wünsche Ihnen einen schönen Abend.«

»Das wünsche ich Ihnen auch. Au revoir, Philippe.«

Nach der Besprechung sah Lagarde auf seine Uhr. Es war an der Zeit, zu duschen und sich umzuziehen. Odettes Restaurant Mirabelle hatte heute Ruhetag, und er hatte versprochen, sie abzuholen.

Er parkte seinen Wagen und lief über den Kiesweg zur Haustür. Dort klingelte er und wartete. Kurz darauf stand Odette vor ihm und lächelte ihn an.

»Schön, dass du da bist, Philippe.«

Sie trug eine schwarze Hose und eine passende Seidenbluse. Die Haare fielen ihr über die Schultern, und der Mund glänzte brombeerrot.

»Bonsoir, Odette. Du siehst hinreißend aus.«

»Merci.«

Sie küssten sich zärtlich.

»Ich freue mich sehr auf den Abend, wir waren schon länger nicht mehr aus.«

»Ich freue mich auch sehr, chérie.«

Sie fuhren nach Barfleur und fanden in der Nähe des kleinen Kinos einen Parkplatz. Die Schlange der Besucher reichte bereits bis auf die Straße. Als sie an der Reihe waren, bezahlte Lagarde die bestellten Karten. Es lief ein Film von François Truffaut: *Die letzte Metro* mit Catherine Deneuve und Gérard Depardieu.

Bevor sie den Saal betraten, kauften sie eine Tüte Popcorn sowie zwei Dosen Cola, und gerade, als sie ihre Plätze einnahmen, begann der Film, der sie sofort in seinen Bann zog.

Anschließend beschlossen sie in Gastons Bistro Au Vent des Îles eine Kleinigkeit zu essen.

Erfreut begrüßte sie der Wirt.

»Bonsoir, ihr beiden. Wollt ihr an der Bar Platz nehmen oder lieber an einem Tisch?«

»An einem Tisch«, bat Lagarde. »Wir waren im Kino und haben jetzt Hunger.«

»Welcher Film lief?«

»*Die letzte Metro.*«

»Ah, ein genialer Film! Der Tisch vor dem Panoramafenster wird gleich frei, von dort aus habt ihr einen schönen Blick auf den Hafen.«

»Danke, Gaston.«

Kurz darauf verabschiedeten sich die anderen Gäste, und sie nahmen Platz. Gaston servierte Pastis und eine Karaffe Wasser.

»Der geht aufs Haus. Zum Wohl!«

Odette lächelte ihn an. »Merci bien.«

»Was wollt ihr essen? Als Tagesmenü gibt es mit Crevetten gefüllte Avocado, Miesmuscheln auf normannische Art und Schokoladentarte.« Fragend sah er sie an.

Odette und Philippe waren sich rasch einig und entschieden sich für das Menü. Dazu bestellten sie einen weißen Bordeaux. Während sie auf die Vorspeise warteten, blickten sie auf den Hafen von Barfleur, der unter einer grauschwarzen Wolkendecke lag. Der gelbe Schein der Laternen auf der Promenade spiegelte sich im unruhigen lackschwarzen Wasser, von dem Nebelschwaden aufstiegen. Ein Fischerboot mit grünen und roten Lämpchen, die sich an der Reling reihten, ankerte an der Mole. Gegenüber blinkte das Leuchtfeuer von Aval. Sie genossen die Vorspeise.

»Wie hast du deinen freien Tag verbracht, chérie?«, erkundigte Lagarde sich.

»Erst habe ich die Buchhaltung erledigt, anschließend ein paar Einkäufe gemacht. Am Nachmittag hatte ich Lust auf einen Strandspaziergang, das war sehr erholsam. Dabei habe ich Wellhornschnecken gesammelt.«

Er nahm ihre Hand und küsste sie. »Es war bestimmt schön am Meer.«

»Ja, feucht, neblig und still. Herrlich!« Sie trank einen Schluck Wein. »Hast du etwas von Ludovic gehört?«

»Ja, ich habe ihn gestern Abend angerufen.«

»Gibt es Neuigkeiten?«

»Suzanne und er haben sich gestritten, und seine Schwiegereltern mischen sich in alles ein. Er war völlig genervt.«

»Oje, das hört sich nicht gut an.«

»Ich habe ihm geraten, sich mit seiner Frau in ein Hotel zurückzuziehen und in Ruhe zu reden.«

»Das ist eine gute Idee, hat es geholfen?«

»Ich habe nichts mehr von ihm gehört.«

»Ist das ein gutes oder ein schlechtes Zeichen?«

»Schwer zu sagen. Er wird sich schon melden.«

»Bestimmt. Er will sicherlich wissen, wie du mit deinen Ermittlungen vorankommst.«

»Ja.«

»Und wie kommst du voran?« Odette lächelte ihn an.

»Schleppend, ich bin nicht zufrieden.«

»Wie ist die Zusammenarbeit mit der neuen Kollegin?«

»Konstruktiv.«

»Ist sie hübsch?«

»Ja, schon.«

Sie runzelte gespielt empört die Stirn.

»Nicht so schön, wie du, mein Schatz.«

Im Salon von Lagardes Haus tranken sie noch ein Glas Wein. Sie saßen eng nebeneinander auf dem Sofa und blickten in das lodernde Kaminfeuer. Lagarde nahm ihren Duft war. Zärtlich legte er den Arm um sie und küsste ihre Halsbeuge. Dann begann er ihre Bluse aufzuknöpfen.

SIEBTER TAG

DIE SEEROSEN VON GIVERNY

Der kleine, dreihundert Seelen zählende Ort Giverny lag am rechten Seineufer zwischen Paris und dem Ärmelkanal. Claude Monet, der bedeutendste Vertreter des Impressionismus, verlegte seinen Wohnsitz 1883 von Paris nach Giverny, lebte dort mit seiner zweiten Frau und den Kindern und malte trotz einer Augenerkrankung bis zu seinem Tod im Jahre 1926. In seinem Atelier und im Garten schuf er die berühmten Seerosenbilder.

Kurz vor zehn Uhr fuhr Lagarde durch das kleine Dorf, vorbei an der Kirche und am Marktplatz, auf dem an den Ständen Meeresfrüchte und Artischocken verkauft wurden, und gelangte schließlich auf einen Schotterweg, der durch Wiesen und Felder verlief. Das Bauernhaus, in dem Laurent Morin lebte, lag in einem großen verwilderten Garten mit altem Baumbestand, nicht weit entfernt von der Seine, die als mächtiges blaues Band dem Ozean zustrebte. Die Sonne stand über einem Pappelwäldchen und schickte die ersten wärmenden Strahlen.

Lagarde parkte vor dem Tor und wartete auf Nathalie. Wenige Minuten später näherte sie sich mit ihrem

Dienstwagen und hielt hinter ihm an. Sie stiegen aus und begrüßten sich. Die Kommissarin trug Jeans, eine Lederjacke über einem T-Shirt und Sportschuhe und lächelte ihn an.

»Sind Sie gut durchgekommen?«, erkundigte er sich.

»Ja, nur in Paris herrschte Chaos.«

Er grinste. »Wie immer.«

Sie wies auf das Haus. »Dort wohnt er?«

»Ja.«

»Sprechen wir mit ihm.«

Gemeinsam gingen sie durch das offen stehende Tor und über einen Weg zum Eingang. Vor dem Gebäude parkte ein weißer Kleinwagen der Marke Citroën neben einer Schaukel und einem Sandkasten, in dem verstreut bunte Förmchen lagen.

Nathalie betätigte einen Türklopfer aus Messing, der eine Seerose darstellte. Das Klopfen tönte durch das ganze Haus. Als sich nichts regte, klopfte sie erneut. Jetzt waren Schritte zu hören, und die Tür wurde geöffnet. Vor ihnen stand ein mittelgroßer Mann mit einem Bauchansatz, der die spärlichen Haare raspelkurz rasiert trug. Die Hose und das Hemd waren übersät mit Farbflecken. Braune Knopfaugen fixierten sie. Seine Stimme klang barsch.

»Sie stören, ich befinde mich gerade in einer intensiven Schaffensphase. Machen Sie es kurz.«

Die Kommissare zückten ihre Dienstausweise.

»Wir wollen mit Laurent Morin sprechen«, erklärte Lagarde. Der Mann warf einen uninteressierten kurzen Blick auf die Dokumente.

»Die *police judiciaire*«, stellte er fest. »Sie kommen wegen meines Vaters. Es war mir klar, dass Sie irgendwann hier auftauchen würden.« Er stöhnte genervt. »Also gut, kommen Sie rein.«

Er führte sie in eine geräumige, altmodisch ausgestattete Küche. Er gab sogar einen alten Holzherd mit einem Schiffchen, auf dem eine Kaffeekanne stand. Auf der hellgelb gestrichenen Wand verlief eine farbenfrohe Blumenborte unterhalb der Decke. Auf dem Fenstersims standen Tontöpfe mit verschiedenen Kräutern.

Sie setzten sich um einen massiven Holztisch. Morin erinnerte sich an seine Gastgeberpflichten.

»Möchten Sie einen Kaffee?«

Sie lehnten dankend ab. Lagarde begann unverfänglich mit der Befragung.

»Danke, dass Sie sich Zeit für uns nehmen. Wir haben im Mordfall Ihres Vaters die Ermittlungen aufgenommen und führen Befragungen durch. Deshalb sind wir hier.«

Er nickte. »Schon klar, Sie machen nur Ihre Arbeit.«

»Sie haben ein schönes Haus«, stellte Lagarde fest. »Gehört es Ihnen?«

Bitter lachte er auf. »Mir! Als ob ich mir ein Haus leisten könnte. Ich habe es für fünfhundert Euro im

Monat gemietet. Das erscheint günstig für dieses Anwesen, aber es gibt hier keine Heizung, keinen Kanalanschluss, und die Wände im Keller sind feucht wegen des eindringenden Flusswassers. Im Winter ist das Haus nicht warm zu kriegen.«

»Welcher Berufstätigkeit gehen Sie nach, Monsieur Morin?«

Er sah an sich hinunter. »Ist das nicht offensichtlich? Ich bin Maler, ein Künstler. Auf dem Dachboden habe ich mir ein Atelier eingerichtet. In der kalten Jahreszeit heize ich es mit Strom, das kostet ein Vermögen.«

»Was malen Sie?«

»Wie Sie sicher wissen, hat Claude Monet in Giverny gelebt und seine großartigen Werke geschaffen. Ich bin Impressionist wie er und versuche, meinen eigenen Stil zu finden, ich meine damit eine Art Weiterentwicklung seiner Technik. Ich experimentiere mit Farben. Mir schwebt etwas Erhöhtes vor, etwas Einzigartiges. Deshalb male ich nicht ausschließlich Seerosen, sondern zum Beispiel auch Kathedralen mit vielen kleinen feinen Strichen, um die Schattierungen und das Licht- und Schattenspiel perfekt herauszuarbeiten.«

Nathalie sah ihn freundlich an. »Können Sie davon leben?«

Er reagierte verärgert. »Noch nicht ganz. Rom ist auch nicht an einem Tag erbaut worden.«

»Wie kommen Sie über die Runden?«

»Ich jobbe hin und wieder als Paketausfahrer.«

Lagarde fuhr mit der Befragung fort. »Leben Sie alleine hier?«

»Nein, ich wohne zusammen mit meiner Freundin Alice und unserer gemeinsamen Tochter Maryline hier. Alice arbeitet als Altenpflegerin und beteiligt sich an den Kosten.«

»Wie war das Verhältnis zu Ihrem Vater?«

Laurent Morin sah ihn an. Sein Blick war ausdruckslos. »Gut.«

»Warum hat er Sie dann enterbt?«

Seine Gesichtszüge entgleisten, die Wangen färbten sich rot. »Was reden Sie da? Er hat mich nicht enterbt, das ist doch völliger Unsinn!«

»Ich habe gestern in seinem Arbeitszimmer ein aktuelles Testament gefunden, darin hat er Sie enterbt. Ob es rechtsgültig ist, kann ich nicht beurteilen.«

Hektisch rieb er sich das Kinn. »Wenn das stimmt, werde ich es anfechten. Das lasse ich mir nicht gefallen! Ich bin sein rechtmäßiger Erbe.«

»Und Ihre Mutter.«

»Ja, okay.«

»Haben Sie von der Testamentsänderung gewusst?«

»Nein.«

»Ihr Vater hat Sie nicht darüber informiert?«

»Nein.« Seine Stimme klang gereizt.

Sie hörten, wie jemand das Haustürschloss aufsperrte und durch den Flur ging. Eine attraktive junge Frau mit langen hellen Haaren und schräg stehenden grünen Augen, die einen blauen Schwesternkittel und eine weiße Hose trug, kam in die Küche und sah erstaunt auf den Besuch. Auf dem Arm trug sie ein etwa drei Jahre altes Mädchen, das ihrer Mutter wie aus dem Gesicht geschnitten war. Ein Lächeln machte sich auf ihrem pausbäckigen Gesicht breit, und ihre Augen strahlten.

»Papa, Papa! Maryline ist wieder da.«

Morin lächelte sie an. »Hallo mein Engelchen, das ist schön. Papa freut sich sehr.«

Er wandte sich an seine Freundin. »Die Herrschaften sind von der Polizei, sie sind wegen George gekommen.«

»Ich verstehe. Ich bringe rasch Maryline ins Bett. Die Kinderkrippe hat angerufen, dass sie leichtes Fieber hat, deshalb habe ich sie früher abgeholt. Ich bin gleich wieder da.«

Er stand auf und streichelte seiner Tochter über das Haar. »Schlaf schön, mein Mäuschen, damit du wieder gesund wirst. Papa schaut später nach dir und liest dir etwas vor.«

Die Kleine strahlte ihn an. »Ist gut.«

Die beiden verließen die Küche.

»Hatten Sie Streit mit Ihrem Vater?«, beharrte Lagarde.

»Nein, ich sagte doch bereits, dass wir uns gut verstanden haben.«

»Haben Sie eine Vermutung, weshalb er das getan

hat? Ein Testament ändert man nicht aus einer Laune heraus.«

»Ich kann mir keinen Grund vorstellen.«

Er ging zum Herd und schenkte sich einen Kaffee ein. »Möchten Sie nicht doch einen?«, fragte er.

Nathalie schüttelte den Kopf.

»Nein, danke«, antwortete Lagarde.

Der Künstler setzte sich wieder.

»Wo waren Sie vor vier Tagen am Vormittag?«, wollte Nathalie wissen.

Er reagierte empört. »Sie glauben doch nicht im Ernst, dass ich meinen Vater erschossen habe?«

»Das ist eine reine Routinefrage. Beantworten Sie sie bitte.«

Er dachte nach. »Der Paketdienst hat zurzeit keine Aufträge für mich. Ich war zu Hause und habe gemalt. Ich arbeite im Moment an einem Gemälde der Kathedrale von Rouen, so wie Monet. Es wird genial, ein Werk, das den Meister vielleicht sogar übertreffen wird. Einen interessierten Käufer gibt es auch schon. Er hat einen guten Preis geboten.«

»Wenn er nicht wieder abspringt, wie vorher schon viele«, fauchte Alice, die plötzlich im Türrahmen stand und ihn zornig anfunkelte.

Er starrte wütend zurück und antwortete mit beschwörender Stimme: »Diesmal wird es klappen. Er will fünftausend Euro dafür bezahlen, Alice, das wird uns weiterhelfen.«

Höhnisch lachte sie auf. »Du bist und bleibst ein Träumer. Ein Phantast.«

Laurent Morin schien es die Sprache verschlagen zu haben.

Sie holte sich einen Kaffee und setzte sich mit an den Tisch.

Nathalie musterte sie. »Monsieur Morin hat soeben ausgesagt, dass er zur Tatzeit hier war. Können Sie das bezeugen?«

»Das war vor vier Tagen, nicht wahr?«

»Ja, am Vormittag.«

»Da hatte ich Frühschicht im Altenheim. Wo Laurent war, weiß ich nicht.«

Lagarde ergriff das Wort. »Wir haben gerade darüber gesprochen, dass ein Testament von George Morin existiert, in dem er seinen Sohn enterbt hat.«

»Das weiß ich.«

»Sie wissen das?«

»Ja.« Sie sah ihren Freund an. »Hast du nichts von dem Gespräch mit deinem Vater erzählt?«

Der Maler erbleichte. Mühsam beherrscht wandte sie sich Lagarde und Nathalie zu.

»George war vor etwa drei Wochen hier und hat mit Laurent gesprochen. Er hat ihm mitgeteilt, dass er ihn enterbt hat.«

Der Künstler sprang auf und warf die Kaffeetasse gegen die Wand. »Du blöde Kuh! Kannst du nicht einmal deinen Mund halten?«

Er griff nach dem Autoschlüssel auf der Anrichte und stürzte aus dem Haus. Durch das Küchenfenster sahen sie verdutzt, wie er in den Citroën sprang, den Wagen wendete und davonraste. Dann verschwand er in einer Staubwolke.

Die Kommissare sprangen auf, rannten zum Wagen und nahmen die Verfolgung auf.

Alice blickte ihnen hinterher und schüttelte den Kopf. Sie fragte sich, warum sie Laurent nicht schon lange verlassen hatte. Er war in jeder Hinsicht ein Versager. Doch sie kannte die Antwort. Maryline. Sie trank ihren Kaffee aus und erhob sich. In ihrem Gesicht stand plötzlich Entschlossenheit. Sie würde ihren Koffer packen und mit ihrer Tochter zu ihren Eltern fahren. Sie hatte endgültig genug von Laurent und seinen Illusionen. Kurz dachte sie darüber nach, ob sie ihm auch einen Mord zutrauen würde. Nach dem Gespräch mit seinem Vater war er völlig ausgerastet und hatte Gegenstände durch das Zimmer geschleudert. Dann war er weggegangen. Vermutlich in die Dorfkneipe. Erst am frühen Morgen war er total betrunken heimgekommen. Dennoch traute sie es ihm nicht zu. Dafür war er zu feige.

Nathalie saß am Steuer und verfolgte den flüchtigen Sohn von George Morin. Auf dem schmalen Schotterweg lagen Gesteinsbrocken, die sie geschickt umfuhr, ebenso wie die Schlaglöcher. Trotz der Hindernisse kamen sie schnell vorwärts, und der Abstand zwischen den Autos verringerte sich stetig.

Lagarde setzte das Blaulicht auf das Dach und schaltete die Sirene ein. Als sie das Dorf Giverny erreichten, hatten sie ihn beinahe eingeholt. Morin überfuhr eine Ampel bei gelb. Nathalie war gezwungen abzubremsen, da eine Frau mit einem Kinderwagen unbeeindruckt von dem Sirengengeheul die Straße überquerte. Ungeduldig trommelte die Kommissarin mit den Fingern auf das Lenkrad.

»Jetzt mach schon!«, schimpfte sie. »Wie lange dauert das denn noch?«

Als sie wieder freie Fahrt hatte, fuhr sie bei Rot über die Ampel und raste weiter die Dorfstraße entlang. Langsam holte sie auf. Dann setzte eine alte Dame mit einem Rollator und einer Einkaufstasche, die ein jadegrünes Kostüm und ein keckes Hütchen trug, einen Fuß auf die Straße und machte Anstalten loszugehen.

Nathalie hupte, die Frau fuhr erschrocken zurück, und sie setzten die Verfolgungsjagd fort. Lagarde sah im Rückspiegel, dass sie drohend die Faust erhob und etwas rief.

Morin schlitterte durch einen Kreisverkehr und nahm die Landstraße nach Vernon. Als die Straße schnurgerade verlief, gab sie Gas, bis unvermittelt ein Traktor aus einem Feldweg einbog und ihr die Vorfahrt nahm. Sie bremste abrupt, die Reifen quietschten, und Lagarde wurde in den Gurt gedrückt. Sie setzte zum Überholen an, als sich aus der Gegenrichtung ein Betonmischer mit überhöhter Geschwindigkeit näherte. Erneut wurde sie zum Abbremsen gezwungen und scherte hinter dem landwirtschaftlichen Fahrzeug wieder ein. Dabei rammte sie beinahe ein Auto, das zu dicht aufgefahren war. Ein Hupkonzert ertönte.

»Vollidiot!«, rief sie.

Als die Gegenfahrbahn frei war, raste sie an dem Traktor vorbei und beschleunigte. Morin bog in eine kleine enge Gasse ab und kam dabei ins Schleudern. Kurz darauf hatte er seinen Wagen wieder im Griff. Lagarde fragte sich, wohin er wollte. Sie näherten sich mit überhöhter Geschwindigkeit der alten Mühle von Vernon, einer mittelalterlichen Seine-Brücke mit zwei steinernen, moosüberwachsenen Bögen, auf die eine Fachwerkmühle aufgesetzt war.

Nathalie riss das Lenkrad herum und setzte zum Überholen an. Das Gaspedal drückte sie durch. Der Renault rumpelte über den brüchigen Asphalt. Buschwerk kratzte an den Fensterscheiben. Meter für Meter kämpfte sie sich am Citroën vorbei. Als sie ihn hinter sich gelassen hatte, riss sie das Steuer erneut herum, fuhr vor das Auto und bremste ihn aus. Damit zwang sie Morin zu einer Vollbremsung. Wenige Zentimeter vor ihrem Dienstwagen blieb er abrupt stehen und wirbelte Staub auf.

»Chapeau, Kollegin«, sagte Lagarde und zwängte sich durch den Spalt der Beifahrertür. Dann lief er zur

Fahrertür des gestoppten Wagens, riss sie auf, zog den Mann unsanft heraus und drängte ihn gegen die Karosserie.

»Was soll das, Morin?«, rief er aufgebracht. »Das hat doch keinen Sinn.«

Der Künstler war weiß im Gesicht und brachte keinen Ton heraus. Nathalie stellte sich neben ihren Kollegen und wischte sich mit dem Handrücken den Schweiß von der Stirn.

»Warum sind Sie weggefahren?«, wollte sie wissen.

Er stotterte: »Ich habe mich in Enge gedrängt gefühlt. Ich wollte nur noch weg. Es war eine Kurzschlussreaktion. Ich dachte, Sie halten mich für den Mörder, aber ich war es nicht! Ich habe meinen Vater gehasst, das gebe ich zu, aber ich habe ihn nicht erschossen. Ich kann gar nicht schießen. Ich bin ein sensibler Künstler.«

»Was ist bei dem Gespräch mit Ihrem Vater passiert?«

»Wir haben gestritten wie immer. Dann hat er mir eröffnet, dass er mich enterbt hat. Ich sei ein Taugenichts, ein Wichtigtuer ohne jeden Erfolg. Schon als Kind sei ich ein Schulversager gewesen. Er wisse, dass mich meine Mutter heimlich finanziell unterstützt. Damit sei jetzt Schluss. Er habe immer gehofft, dass ich ihn wenigstens pflegen würde, wenn er alt sei. Aber selbst das würde ich aufgrund meiner Ichbezogenheit nicht schaffen. Dann hat er mich einfach stehenlassen und ist gegangen.« Hoffnungslos starrte er auf die staubige Straße. »Ich habe ihn dennoch lange Zeit geliebt und bewundert. Er hat meine Liebe nie erwidert.«

Lagarde sah ihn einen Moment lang schweigend an. »Sie haben ein starkes Motiv.«

»Ja, aber ich bin unschuldig.«

»Eine Frage noch. Kennen Sie den Schriftsteller Charles Deray? Er lebt in Milly-la-Forêt.«

»Den Namen habe ich noch nie gehört.«

»Okay, Sie können fahren.«

Der Künstler war überrascht. »Echt jetzt?«

»Echt jetzt. Halten Sie sich bitte zu unserer Verfügung.«

»Selbstverständlich.« Er stieg ein, wendete und fuhr davon.

Nathalie sah ihm hinterher und konnte es nicht fassen. »Sie lassen ihn gehen?«

»Wir haben keinen einzigen Beweis gegen ihn in der Hand. Der Haftrichter wird da nicht mitspielen.«

»Und jetzt?«

»Lassen Sie uns einen Kaffee trinken gehen.«

Sie lächelte. »Das ist eine gute Idee, Philippe.«

Sie fanden ein Café am Marktplatz und setzten sich an einen Bistrotisch auf der Terrasse. Beim Kellner bestellten sie Mokka und Wasser.

Die Fischhändler und die Gemüsebauern packten gerade zusammen und stapelten leere Kisten in den

Transportern. Einige von ihnen standen beieinander, tranken ein Glas Wein und unterhielten sich lebhaft gestikulierend. Als der Kellner die Bestellung servierte und als Gruß des Hauses einen Teller mit Madeleines auf den Tisch stellte, klingelte Lagardes Handy. Es war die Gendarmerie von Honfleur. Er stellte es auf laut. »Was gibt es, Kollege?«

»Sophie Mery hatte heute Morgen eine Verneh-mung wegen versuchten Betruges auf der zuständigen Polizeiwache und ist nicht erschienen. Sie ging auch nicht an ihr Handy, es war ausgeschaltet. Die Kollegen haben uns um Amtshilfe gebeten. Wir sollten sie in ihrer Wohnung und in der Anglerhütte suchen, aber da war sie nicht.«

»Stand ein blauer Peugeot vor der Hütte?«

»Nein, Monsieur le Commissaire.«

»Deutete etwas darauf hin, dass sie sich aus dem Staub gemacht hat?«

»Ja, der Kleiderschrank in der Hütte war leer.«

Lagarde und Beaufort wechselten einen Blick. »Sie sind also doch abgehauen«, sagte er. Dann setzte er das Telefonat fort. »Geben Sie eine Großfahndung heraus, vielleicht kann man ihr Handy orten.«

»Wird gemacht. Da ist noch etwas.«

»Ja?«

»Die Spurensicherung hat weder in der Wohnung von Mery noch in der Anglerhütte und der näheren Umgebung eine Pistole gefunden.«

»Alles klar.«

»Au revoir, Monsieur le Commissaire.«

Lagarde probierte den Mokka, der stark und heiß war. »Sie haben es gehört, die Techniker von der Spurensicherung haben die Waffe nicht gefunden.«

»Einen Versuch war es wert.« Nathalie knabberte an einem Keks. »Ich habe nicht damit gerechnet, dass Mery untertaucht.«

»Ich auch nicht. Als ich das letzte Mal mit ihr geredet habe, hatte ich den Eindruck, dass sie den Termin wahrnehmen will.«

»Womöglich hat ihr Freund sie überredet?«

»Das könnte sein.«

»Wenn sie ihr Handy nicht wieder einschaltet, kann es nicht geortet werden.«

»Ich hoffe auf die Berichterstattungen in der Presse. Irgendjemand wird sie wiedererkennen und sich melden.«

»Werten Sie dieses Verschwinden als indirektes Geständnis?«

»Ich weiß nicht, Nathalie. So wie sie sich mir gegenüber verhalten hat, traue ich ihr einen Mord eher nicht zu. Aber man kann in niemanden hineinsehen.«

»Was halten Sie von Laurent Morin?«

»Er ist labil, egozentrisch, ohne Bodenhaftung und nicht in der Lage, Verantwortung zu übernehmen.«

»Den Eindruck hatte ich auch.« Sie griff nach dem nächsten Keks. »Er ist niemand, dem man auf den ersten Blick ein Verbrechen zutraut. Aber er war außer sich vor Zorn über das Verhalten seines Vaters.«

»Meiner Ansicht nach ist das Testament nicht rechtswirksam. Er muss zumindest einen Pflichtteil bekommen. Außer er ist der Täter.«

»Das wäre nicht so viel, wie er erwartet hat. Es hat mein Misstrauen geweckt, dass er überhaupt keinen traurigen Eindruck machte, schließlich war das Opfer sein Vater. Er wirkte desinteressiert, als ginge ihn die ganze Sache nichts an.«

»Die Schilderung trifft es genau. Aber wo ist die Verbindung zu Charles Deray? Wir drehen uns im Kreis, lassen Sie uns nach weiteren Ansatzpunkten suchen. Was haben die beiden Opfer noch gemacht? Hatten sie gemeinsame Interessen oder Hobbys? Wodurch könnte eine Verbindung entstanden sein?«

Nathalie blätterte konzentriert ihr Notizbuch durch. »Deray hatte einen Hund, Morin nicht. Deray war sterilisiert, Morin nicht.« Sie stutzte, als ihr eine kleine Randbemerkung auffiel. »Deray war Jäger, im Salon hing eine Königsscheibe. Seine Frau hat erzählt, er sei Mitglied im Schützenverein gewesen.«

Lagarde sah sie erstaunt an. »Morin war auch Jäger. Im Flur seines Hauses hängen Jagdtrophäen, in seinem Arbeitszimmer steht eine Schrotflinte. Ob er im Schützenverein war, habe ich nicht gefragt.«

»Ist das die Verbindung?«

»Wir brauchen mehr Hintergrundinformationen.«

Sie holte ihr Tablet aus der Tasche und klappte es auf. »War Morin Mitglied des Schützenvereins?« Eifrig begann sie zu recherchieren. »Ich bin jetzt auf der Homepage des Schützenvereins Le Vast. Er nennt sich Silberne Büchse. Dort gibt es eine Liste mit den Mitgliedern«, informierte sie Lagarde. Sie scrollte. »Da haben wir ihn. Ich gehe jetzt auf die Startseite des Schützenvereins von Milly-la-Forêt. Er heißt Winnetou. Auch dort sind die Mitglieder verzeichnet. Bingo! Charles Deray ist darunter.«

»Was könnte die Verbindung sein?«, überlegte Lagarde. »Ein Treffen der Vereine, um gemeinsam auf die Jagd zu gehen?«

»Hier gibt es so eine Art Vereinszeitung, in der von den Highlights berichtet wird. Mal sehen.« Ihre Zungenspitze tauchte zwischen den Lippen auf. »Da habe ich etwas. Eine Einladung der Königlichen Jagdgesellschaft von Cheverny an der Loire. Es wird berichtet, dass diese Jägervereinigung jedes Jahr fünf Schützenvereine einlädt. Das diesjährige Treffen fand vor zwei Monaten statt. Die Vereine sind aufgelistet: Le Lavandou, Milly-la-Forêt, Biscarrosse, Trégastel und Le Vast. Diese Einladung gilt als besondere Ehre und ist sehr begehrt. Anscheinend wollen alle Schützenvereine Frankreichs unbedingt dorthin, um mit Schützenbrüdern und Schwestern aus anderen Vereinigungen zu jagen.«

»War Deray bei dem Treffen dabei?«

Sie suchte weiter. »Ja.«

»Und Morin?«

»Einen Moment.« Sie wechselte die Startseite und suchte nach der Information. »Morin war auch in Cheverny dabei.«

»Wir müssen wissen, ob dort etwas vorgefallen ist.«

»Ich gehe zurück auf die Vereinszeitung.« Konzentriert überflog sie Einträge und sah ihn kurz darauf triumphierend an. »Es ist etwas passiert. Am dritten Tag der Jagd ist eine junge Frau erschossen worden, eine Jungjägerin. Sie war als Treiberin mit dabei. Zwei Männer auf der Pirsch nahmen im Unterholz eine Bewegung wahr und nahmen an, es wäre ein Wildschwein. Beide schossen fast gleichzeitig. Die Treiberin starb an ihren Verletzungen. Das Ganze wurde als Unfall deklariert, die Jagd wurde abgebrochen.«

»Das ist der Grund, warum ich bei meinen Recherchen über eine Verbindung keine Ergebnisse erzielte! Die Namen der beiden wurden damals in den Zeitungen nicht genannt, weil man von einem Unfall ausging. Es gab keine weiteren Ermittlungen. Es wurde ein Bericht von der örtlichen Gendarmerie verfasst und in einer Akte abgelegt. Fertig. Deshalb habe ich in den Polizeidateien nichts finden können.«

»Das ist eine Erklärung.«

»Wird erwähnt, wer die Jäger waren?«

»Es gibt nur die Namenskürzel, vermutlich um ihre Identität zu schützen.«

»Welche Kürzel?«

»C.D. und G.M.«

»Das sind sie! Super Recherche, Nathalie.«

Sie freute sich über das Lob.

»Wir müssen mit dem Vorsitzenden der Königlichen Jagdgesellschaft sprechen«, entschied Lagarde.

»Wie gehen wir vor?«

»Was schlagen Sie vor?«

»Ich denke, wir sollten morgen zeitig losfahren, dann haben wir den ganzen Tag Zeit für unsere Ermittlungen. Wenn es spät wird, übernachten wir in einem Hotel. Ich werde vorsichtshalber zwei Zimmer für uns buchen und mit dem Vorsitzenden der Jäger einen Termin vereinbaren.«

»Hervorragend, so machen wir das.« Er sah auf seine Uhr. »Wollen wir zusammen Mittag essen, bevor wir zurückfahren?«

»Gerne. Ich bin gespannt, was morgen auf uns zukommen wird.«

»Ich auch.«

»Vielleicht wird das der Durchbruch.«

Er lächelte sie an. »Das könnte durchaus sein.«

Als Nathalie Beaufort Fontainebleau erreichte, war es später Nachmittag. Sie war wieder auf der Périphérique steckengeblieben. Angestrengt von der langen Fahrt beschloss sie im Wald von Fontainebleau eine Runde zu joggen. Dabei konnte sie sich in Ruhe eine Strategie für den morgigen Tag zurechtlegen, der entscheidend für ihre Ermittlungen sein könnte.

Sie stellte den Dienstwagen auf dem Wanderparkplatz in der Nähe der Skulptur ab und holte ihre Sporttasche, die sie immer dabei hatte, aus dem Kofferraum. Auf dem Rücksitz zog sie sich rasch um. Die Absperrbänder waren inzwischen entfernt worden, der Zyklop konnte wieder besichtigt werden. Still und gewaltig erhob er sich vor ihr. Sie schien alleine zu sein.

Sorgfältig absolvierte sie einige Dehnübungen, dann lief sie los und folgte einem Waldweg, der sich zwischen Eichen und Fichten hindurch schlängelte. Sie atmete ruhig die frische Luft ein und fühlte sich mit jedem Schritt entspannter. Nach einer knappen Stunde kam sie an ihren Ausgangspunkt zurück, setzte sich auf einen Baumstumpf und trank durstig ihre Wasserflasche leer. Einer Eingebung folgend zog sie ihr Smartphone aus der Jackentasche und drückte auf die Nummer von René. Sofort nahm er das Gespräch an.

»Bonjour, Nathalie! Schön, dass du dich meldest.«

»Ich habe schon mehrfach angerufen, aber du hast nicht reagiert.«

»Entschuldige bitte, ich hatte sehr viel zu tun. Wollen wir uns heute Abend treffen? Ich lade dich zum Essen ein.«

»Nein.«

Am anderen Ende herrschte einen Moment lang verblüfftes Schweigen. »So barsch, Chérie? Was ist los?«

»Ich habe dich im Café Fontainebleau mit einer anderen Frau gesehen, ihr habt euch geküsst.«

Er ließ sich Zeit mit der Antwort.

»Das kann ich erklären, das war eine völlig harmlose Sache.«

»Wer war die Frau?«

»Nadine.«

»Wer ist das?«

»Meine Ehefrau.«

»Was? Du bist verheiratet?«

»Nein! Also ja, aber wir leben in Scheidung.«

»Das glaube ich dir nicht.« Wütend beendete sie das Gespräch.

Zu Hause holte sie sich eine eiskalte Orangina aus dem Kühlschrank, setzte sich auf den Balkon und legte die Füße auf das Geländer, als es an der Tür Sturm klingelte. Davor stand René mit einem Blumenstrauß in der Hand und einer Aktenmappe, die er unter den Arm geklemmt hatte.

»Ich muss mit dir reden, Nathalie.« Er drängte sich an ihr vorbei und ging in den Salon. Dort begann er Dokumente auf dem Tisch auszubreiten.

Erstaunt sah Nathalie zu. »Was machst du da?«

Er lächelte sie an. »Das sind die Scheidungsunterlagen, der Beweis, dass ich dich nicht angelogen habe. Sieh sie dir an. Bitte!«

Prüfend wanderte ihr Blick über die Papiere. Das

Ehepaar hatte tatsächlich die Scheidung eingereicht. René nahm sie zärtlich in den Arm.

»Bist du jetzt zufrieden?«

»Mit so einer Wendung habe ich nicht gerechnet, das muss ich erst verarbeiten. Aber so wie es aussieht, willst du dich tatsächlich von deiner Frau trennen.«

»Wir haben uns schon lange auseinander gelebt. Und dann habe ich mich in dich verliebt.« Er küsste sie und sah ihr in die Augen. »Darf ich heute Nacht bei dir schlafen? Ich hatte solche Sehnsucht nach dir.«

Sie konnte sich seinem Charme schwer entziehen. »Einverstanden.«

»Schön. Möchtest du essen gehen?«

»Bleiben wir lieber hier.«

»Wie du willst. Dann koche ich etwas Feines für uns.« Zielstrebig ging er in die Küche und öffnete den Kühlschrank. »Da ist fast nichts drin.«

»Ich weiß.«

»Das macht nichts, ich gehe einkaufen. Was hältst du von Entrecôte, Pommes frites, dazu einen gemischten Salat?«

Nathalie merkte, wie hungrig sie war. »Das hört sich großartig an.«

»Hast du Wein im Haus?«

»Nein.«

»Ein Rosé würde gut dazu passen. Mal sehen, was im Supermarkt angeboten wird. Bis gleich, meine Liebste.«

Schon war er aus der Tür.

Nathalie betrachtete sich im Spiegel. Mon Dieu! Verschwitzte Joggingklamotten, zerzauste Haare, kein Make-up. Entschlossen ging sie ins Badezimmer.

ACHTER TAG

PIRSCH IN CHEVERNY

Lagarde hatte sich in aller Frühe auf den Weg gemacht und erreichte Fontainebleau gegen zehn Uhr. Nathalie wartete bereits vor ihrem Haus. Neben ihr auf dem Boden stand eine kleine Reisetasche. Als sie ihn sah, winkte sie.

Lagarde nahm die Autobahn nach Orléans und weiter nach Blois. Dort fuhr er ab, bezahlte die Mautgebühr und folgte der Landstraße nach Cheverny, einem kleinen Dorf südlich der Loire, dessen elegantes ehemaliges Jagdschloss direkt am Dorfrand in einem großen Park lag. Um das Vereinsheim der Königlichen Jagdgesellschaft von Cheverny zu erreichen, musste er den Ort in westlicher Richtung verlassen und etwa zwei Kilometer durch einen Wald fahren. Das langgezogene Gebäude, gebaut aus Stein und Holzelementen, lag auf einem kleinen Hügel inmitten eines Birkenhains.

Er parkte neben einem schwarzen Audi, und sie stiegen aus. Über dem Eingangsportal prangte in roten und goldenen Lettern der Name des Vereins: *Königliche Jagdgesellschaft von Cheverny*. Darüber röhrte ein Hirsch mit einem gewaltigen Geweih.

Vor der Tür stand ein großer weißhaariger Mann, der Jagdkleidung sowie einen Hut mit Feder trug und eine Zigarette rauchte. Er drückte sie in einem Aschenbecher aus und kam auf sie zu.

»Bonjour, die *police judiciaire*, nehme ich an. Ich hoffe, Sie hatten eine gute Fahrt.«

Lagarde schüttelte ihm die Hand.

»Wir haben einen Termin beim Vereinsvorsitzenden Yves Auteuil. Das sind Sie, nehme ich an?«

»So ist es. Ich dachte, ich nehme Sie gleich draußen in Empfang.« Er wies auf das Haus. »Ist es nicht wunderschön geworden? Unser neues Vereinsheim ist erst zwei Jahre alt, wir sind sehr stolz darauf. Es ist überaus zweckmäßig gestaltet. In dem langgezogenen Anbau sind die Schießstände untergebracht, hier vorne befindet sich die Vereinsgaststätte. Dort bieten wir regionale Hausmannskost auch für Gäste an. Im Untergeschoss gibt es eine Kegelbahn und Sanitärräume.«

Er lächelte sie freundlich an. »Gehen wir in mein Büro, dort können wir in Ruhe reden.«

Er führte sie durch einen großzügigen Eingangsbereich, an dessen linker Wand sich Hirschgeweihe reihten. Sein Büro erwies sich als kleiner, zweckmäßig eingerichteter Raum. Auteuil bat sie, an einem Besprechungstisch Platz zu nehmen. Dabei sammelte er verstreute Unterlagen ein, die auf dem Tisch ausgebreitet waren, und stapelte sie, ehe er sie auf seinen Schreibtisch legte.

»Entschuldigen Sie die Unordnung. Heute Abend ist Schützenversammlung, da gibt es noch einiges vorzubereiten.«

»Kein Problem«, meinte Lagarde.

»Darf ich Ihnen einen Kaffee anbieten? Sie können nach der Anreise sicherlich eine kleine Stärkung vertragen.«

»Sehr gerne«, sagte Nathalie dankbar.

»Ich bin gleich wieder da.«

Die Kommissare bewunderten in der Zwischenzeit die kunstvoll gestalteten Schützenscheiben, die an der getäfelten Holzwand hingen.

Kurz darauf kam Auteuil mit einem Tablett zurück und versorgte sie mit Kaffee und Mineralwasser. Nachdem er sich zu ihnen an den Tisch gesetzt hatte, sah er Lagarde forschend an.

»Ihr Name kommt mir bekannt vor. Waren Sie nicht derjenige, der hier vor einiger Zeit die mysteriösen Bogenschützenmorde aufgeklärt hat?«

»Ja, das stimmt. Mit einer Kollegin des Kommissariats in Blois.«

»Respekt, das war eine fürchterliche Sache. Keiner hat sich mehr in einen Schlosspark getraut.« Er rieb sich die Hände und sein Gesicht wurde ernst. »Was führt Sie zu mir? Meine Sekretärin hat eine Mordermittlung erwähnt. Ich helfe gerne, wenn ich kann.«

Lagarde ergriff das Wort. »Wir ermitteln in den Mordfällen Charles Deray und George Morin. Sie sind vor einigen Tagen erschossen worden. Deray im Wald von Fontainebleau, Morin in einer Mühle im Saire-Tal.«

Erschrocken sah Auteuil sie an.

»Meine Frau hat das erwähnt, sie liest jeden Tag die Zeitung. Ich war in letzter Zeit sehr beschäftigt. Aber die Namen hat sie nicht genannt. Jetzt ist mir klar, warum Sie hier sind. Denken Sie, dass es einen Zusammenhang zwischen dem Unfall und den Morden gibt?«

»Es ist durchaus möglich.«

»Mon Dieu, das ist ja schrecklich.«

»Was für ein Treffen hat hier stattgefunden?«

»Die Königliche Jagdgesellschaft von Cheverny lädt jedes Jahr fünf Schützenvereine aus ganz Frankreich ein. Jeder Verein kann sich bewerben, fünf bekommen den Zuschlag. Dafür gibt es verschiedene Auswahlkriterien, die durchaus anspruchsvoll sind. Der jeweilige Verein wählt vier erfahrene Jäger aus, die an dem Treffen teilnehmen. Anfänger dürfen nicht mitmachen. Und so hatten wir auch dieses Jahr Anfang März zwanzig Gäste aus verschiedenen Regionen, die in einem Hotel im Dorf Cheverny untergebracht waren.«

»Nehmen aus Ihrem Verein auch Jäger teil?«

»Selbstverständlich. Jeder, der will und ausreichend qualifiziert ist, kann mitmachen.« Er lächelte bedauernd. »Bisher waren die Treffen immer ein großer Erfolg. Erst wurde gejagt, am Abend wurden die Ehrungen vorgenommen, dann wurde gefeiert.«

»Wie lange dauert so eine Veranstaltung normalerweise?«

»Vier Tage.«

»Können Sie bitte aus Ihrer Sicht schildern, was
diesmal passiert ist?«

Angespannt fuhr Auteuil sich durch die Haare. »Es
war der dritte Tag der Jagd. Bisher hatten wir dreizehn
Wildschweine geschossen. Das war nicht schlecht. Es
sind kluge Tiere, die sofort flüchten, wenn sie etwas irritiert. Als wir uns aufmachten, war es noch dämmrig.
Im Forst war es neblig, die Sicht war schlecht. Wir
wollten im Wald von Cheverny wieder Wildschweine
schießen, so wie früher die Königliche Jagdgesellschaft.
Die Tiere sind hier eine Plage, sie vermehren sich ra-
sant, der Bestand ist viel zu groß. Deshalb können sie
geschossen werden. Wir haben eine Treibjagd veranstaltet.«

Er nahm einen Schluck Wasser.

»Deray und Morin gingen zusammen, sie hatten sich
angefreundet. Als sie durch das Unterholz pirschten,
nahmen sie eine Bewegung wahr. Sie gingen davon
aus, es wäre ein Wildschwein, legten an und schossen.
Die Schüsse wurden kurz hintereinander abgefeuert.
Sofort ertönte ein fürchterlicher Schrei, der durch den
ganzen Forst hallte und einem das Blut in den Adern
gefrieren ließ. Es war die Stimme einer Frau. Dann
war es wieder still. Alle rannten zu der Stelle, aus der
der Schrei gekommen war.«

Als die Erinnerung ihn übermannte, wurde er blass.

»Dort lag sie, unsere Marianne, blutüberströmt, das Gesicht aschfahl, die Augen weit aufgerissen. Sie bewegte sich nicht mehr, aber sie lebte noch. Ich habe ihren Puls gefühlt. Jemand rief die Rettung. Doch als sie endlich eintraf, war es zu spät. Marianne war tot.«

»Wo trafen sie die Schüsse?«

»Einer drang in die Brust ein, der andere in den Unterleib. Beide waren tödlich. Das haben wir später nach der Untersuchung erfahren.«

»Wie haben Deray und Morin reagiert?«

»Sie waren völlig entsetzt. Wie gelähmt standen sie neben der toten Frau. Sie versicherten, dass sie ein Wildschwein im Gebüsch vermutet hätten.«

»Wer war Marianne?«, wollte Nathalie wissen.

»Eine Jungjägerin, die als Treiberin eingesetzt war.«

»Wie konnte sie in die Schusslinie geraten?«

»Das ist es ja gerade, wir wissen es nicht. Sie hätte dort gar nicht sein dürfen. Die Treiber tragen eine fluoreszierende Weste und müssen auf dem Weg in der Nähe des Wagens bleiben, auf den die verendeten Tiere geladen werden. Oder wenigstens weit genug weg von dort, wo geschossen wird. Sie wissen das. Dafür gibt es einen Plan. Es ist uns allen ein Rätsel, was Marianne dort wollte. Vielleicht hat sie im Nebel die Orientierung verloren. Dagegen spricht allerdings, dass sie den Wald wie ihre Westentasche kannte.«

»Wie alt war sie?«

»Neunzehn, eine wunderbare junge Frau, eine großartige Schützin, sehr talentiert.« Sein Gesichtsausdruck zeigte Verzweiflung. »Sie war schwanger, das Baby konnte nicht gerettet werden.« Er schüttelte den Kopf. »Es war eine Tragödie.«

Nathalie schwieg, trotz ihrer Professionalität war sie erschüttert. Lagarde spürte das und setzte die Befragung fort. »Sie hatte einen Freund?«

»Ja, Serge. Er ist einer von uns, ein guter Jäger. Seit dem Tod von Marianne steht er völlig neben sich. Er bewegt sich wie ein Roboter, oder man könnte auch sagen, wie ein wandelndes Pulverfass.«

Die Kommissare tauschten einen kurzen Blick.

»Gibt es eine Familie?«

»Ja, sie wohnt in Bracieux.«

»Welche Konsequenzen hatte dieses Unglück für Deray und Morin?«

»Die Gendarmerie hat die Untersuchungen durchgeführt und ist zu dem Schluss gekommen, dass es sich um einen Unfall handelte. Marianne hätte dort nicht sein dürfen. Die Jagd wurde abgeblasen, und alle Gäste sind abgereist.«

»Kam es davor zu irgendwelchen Zwischenfällen?«

»Serge hat die beiden mit einem Jagdgewehr bedroht. Einige von uns sind dazwischen gegangen. Er ist der Meinung, es wäre fahrlässige Tötung gewesen. Er wollte sie vor Gericht sehen.«

»Merci, Monsieur Auteuil. Das war es vorerst von unserer Seite. Können Sie uns beschreiben, wo der Unfall geschehen ist? Wir möchten uns die Stelle gerne ansehen.«

»Ich kann sie Ihnen zeigen.«

»Das ist nicht nötig.«

»Wie Sie wollen. Fahren Sie etwa drei Kilometer auf dem Forstweg weiter in nördlicher Richtung, bei einem steinernen Brunnen halten Sie sich links, und nach zweihundert Metern stoppen Sie bei einer Futterkrippe. Von dort aus folgen Sie zu Fuß einem Pfad. Am Unglücksort steht ein Kreuz, Sie können ihn nicht verfehlen.«

»Alles klar. Au revoir, Monsieur Auteuil.«

Er begleitete die Kommissare zu ihrem Auto und winkte ihnen nach. Als sie um eine Kurve bogen und nicht mehr zu sehen waren, zündete er sich eine Zigarette an und hing seinen Gedanken nach. Er hatte nicht die ganze Wahrheit erzählt. Serge war zwar Mariannes Freund gewesen, aber er war nicht der Vater des Kindes. Er selbst war das, aber das durfte niemand wissen. Sie hatten einige Monate lang heimlich eine leidenschaftliche Affäre gehabt. Es musste passiert sein, als Serge an einer vierwöchigen Schulung für Jäger im Massif des Maures teilnahm. Würde Auteuils Frau davon erfahren, würde sie sich auf der Stelle scheiden lassen. Er seufzte. Sie war es, die das Geld hatte. Sorgfältig drückte er die Zigarette aus und ging in sein Büro zurück. Marianne war die große Liebe seines Lebens gewesen. Ihren Tod würde er niemals verwinden.

Lagarde und Nathalie folgten dem Forstweg durch den lichten Mischwald, durch dessen Laubkronen goldene Lichtreflexe tanzten. Im Auto war es warm und stickig geworden. Deshalb hatte Nathalie das Beifahrerfenster geöffnet und genoss den frischen Wind, der ihr ins Gesicht blies.

Plötzlich knallte ein Schuss in der Ferne.

»Was war das?«, fragte sie. »Eine Fehlzündung?«

»Nein, jemand hat geschossen«, stellte Lagarde be-unruhigt fest.

»Hier findet doch keine Jagd statt, oder?«

»Das kann ich mir nicht vorstellen. Auteuil hätte uns gewarnt.«

Nathalie ließ ihren Blick über Baumstämme, Lich-tungen und Mehlbeersträucher wandern, konnte aber niemanden entdecken. Als sie beim steinernen Brun-nen links abbogen, knallte es erneut. Sie wechselten einen kurzen Blick.

»Mir schien dieser Schuss lauter als der erste«, sagte Lagarde. »Es sieht so aus, als ob wir uns dem Schützen nähern.«

Sie konnte noch immer niemanden sehen.

»Merkwürdig« meinte sie. »Man kann doch nicht einfach im Wald herumballern.«

Als sie schließlich die Futterkrippe erreichten, stellten sie den Wagen ab und stiegen aus. Sie entdeckten einen Pfad voller schlammiger Pfützen, der leicht anstieg und von Brombeergestrüpp gesäumt wurde.

Kaum hatten sie einige Schritte gemacht, ertönte der dritte Schuss. Nathalie fuhr erschrocken zusammen. Sie hatte den Eindruck, als wäre er direkt neben ihrem Ohr abgefeuert worden. Beide zogen ihre Waffen und entsicherten sie. Langsam und geräuschlos folgten sie dem Weg, umrundeten Schlammstellen und mieden trockene Zweige. Sie hatten keine Ahnung, was sie erwartete, und waren auf der Hut.

Der Weg öffnete sich zu einer kleinen Lichtung, auf der junge Fichten, Farne und Pfaffenhütchen wuchsen. Neben einem Holunderstrauch stand ein Holzkreuz, das jemand in den Waldboden gesteckt hatte. Daran lehnte eine goldgerahmte Porträtfotografie, die eine junge Frau im Halbprofil zeigte. Ihr unbeschwertes Lachen strahlte Lebensfreude aus. Sie hatte eine feine Nase und ein rundliches Kinn. Auf den dunklen Haaren saß ein Jägerhut, den sie keck aus der Stirn geschoben hatte. Auf der Schulter konnte man den Riemen ihres Gewehres sehen. Hunderte von Teelichtern und roten Stumpenkerzen waren entzündet. Die Flammen flackerten gelb im Wind. Stofftiere, Blumen und Plüschherzen bildeten einen bunten Teppich. Irgendwo sang eine Lerche.

Neben der traurigen Szenerie saß ein stämmiger

junger Mann auf einem umgestürzten Baumstamm. Er trug eine Jägerhose und ein kariertes Hemd, und seine blonden Haare standen in alle Richtungen vom Kopf ab. Er starrte vor sich hin und nahm die Kommissare überhaupt nicht wahr. In einem Mundwinkel hing eine Zigarette, von der Rauch aufstieg. Das Jagdgewehr lehnte am Baum. Direkt vor ihm standen ein Kasten Bier und eine Flasche Wodka. Unvermittelt griff er nach einer leeren Flasche, schleuderte sie kraftvoll hoch in die Luft, nahm das Gewehr in die linke Hand und zerschoss sie. Tausend Glassplitter wirbelten durcheinander. Nach der Aktion warf er die Waffe achtlos auf den Boden und trank einen Schluck aus der Schnapsflasche.

Lagarde sprach ihn vorsichtig, aber mit fester Stimme an. »Sind Sie Serge?«

Der Mann hob den Kopf und musterte ihn misstrauisch. »Wer will das wissen?«

»Wir sind von der *police judiciaire* und wollen mit Ihnen reden.« Er hielt seinen Ausweis hoch.

»Fassen Sie die Waffe nicht an und heben Sie die Hände hoch, damit ich sie sehen kann.«

Verblüfft kam der Mann der Aufforderung nach. »Ich bin Jäger, ich schieße nicht auf Menschen.«

»Okay. Das war jedenfalls ein toller Schuss.«

Lagarde näherte sich ihm und nahm ihm das Gewehr weg. Dann steckten er und Nathalie ihre Waffen in die Holster zurück.

»Sie können die Hände herunternehmen. Sie sind Serge, nicht wahr?«

»Woher wissen Sie das?«

Lagarde überging die Frage. »Der Freund von Marianne?«

»Ja.«

»Mein herzliches Beileid.«

»Danke. Was wollen Sie hier? Ich will alleine sein und um Marianne trauern.«

»Ich verspreche, dass wir Sie nicht lange stören werden. Wir haben nur ein paar Fragen. Wie lange waren Sie mit ihr zusammen?«

»Über zwei Jahre. Sie war meine erste Freundin. Wir haben uns sehr geliebt.«

Lagarde wies auf das Kreuz. »Hier ist es passiert?«

»Ja, an der Stelle haben wir sie gefunden. Alles war voller Blut. Es war entsetzlich. Die Notärztin hat alles versucht, aber sie konnte ihr nicht mehr helfen.«

»Wussten Sie, dass sie schwanger war?«

»Nein, sie hatte es mir noch nicht gesagt. Aber ich hätte mich sehr darüber gefreut. Ich liebe Kinder. Wir wären eine glückliche Familie geworden.« Traurig sah er ihn an. »Warum sind Sie hier?«

»Charles Deray und George Morin sind erschossen worden.«

»Was?«

»Haben Sie das nicht gewusst?«

»Nein, ich kann nur an Marianne denken, seit es pas-

siert ist. Alles andere hat mich nicht mehr interessiert.«
Hektisch fuhr er sich durch die zerzausten Haare. »Sie
sind tot?«

»Ja. Meine Kollegin und ich haben die Ermittlungen
aufgenommen.«

»Sie haben es nicht besser verdient. Die Gendarmerie ging von einem Unfall aus. Stellen Sie sich das
vor! Es war fahrlässige Tötung, zweifellos. Sie hätten
ins Gefängnis gehört.« Voller Zorn trat er nach einem
Ast.

»Das kann man so sehen. Haben Sie eine Erklärung
dafür, warum Marianne sich hier aufhielt, mitten im
Jagdgeschehen?«

»Ich habe keine Ahnung. Sie war eine erfahrene Jägerin. Vielleicht ist sie im Nebel in die falsche Richtung
gelaufen. Trotzdem hätte dieses Unglück nie passieren
dürfen. Als Jäger schießt man nicht auf irgendetwas.
Man wartet, bis man das Zielobjekt vor dem Sucher
hat, und verschafft sich Gewissheit. Was glauben Sie,
wie viele Jagdunfälle es sonst geben würde? Die beiden
Männer haben völlig verantwortungslos gehandelt. Sie
wollten unbedingt ein Wildschwein erlegen und haben
stattdessen Marianne getötet.«

»Sie hatten eine große Wut auf die Männer.«

»Natürlich, die habe ich immer noch. Können Sie
das nicht verstehen?«

»Sind Sie deshalb in den Wald von Fontainebleau
und in das Tal der Saire gefahren, um sie zu töten?«

Der junge Mann sah ihn entsetzt an. »Nein, selbstverständlich nicht! Ich habe einen Rechtsanwalt engagiert und ihn beauftragt, dafür zu sorgen, dass der Fall neu aufgerollt wird. Den besten, den es hier in der Gegend gibt. Egal, was es kostet.« Er strich sich eine Strähne aus der Stirn. »Das hat sich jetzt erledigt.«

»Wo waren Sie vor fünf und vor sieben Tagen am Vormittag?«

Er überlegte kurz. »Wir hatten Schießtraining.«

»Im Vereinsheim?«

»Ja.«

»Kann das jemand bezeugen?«

»Sicher, alle Schützenbrüder und -schwestern.«

»Das werden wir überprüfen.«

»Tun Sie das, ich sage die Wahrheit.«

»Gut, Serge, das war es zumindest vorläufig. Ich bitte Sie, sich zu unserer Verfügung zu halten.«

»Das mache ich. Ich will hier sowieso nicht weg.«

»Umso besser.«

»Kann ich mein Gewehr wiederhaben?«

Lagarde reichte es ihm. »Hören Sie auf zu schießen.«

»Klar doch.«

»Au revoir.«

Lagarde und Nathalie machten sich zurück auf den Weg zum Auto. Als sie einstiegen, hallte der vierte Schuss durch den Wald. Sie sahen sich an und hielten inne.

»Wollen wir zurückgehen?«, fragte Nathalie.

Lagarde winkte ab. »Es ist seine Art, damit umzugehen. Er wirkt so, als könnte er mit der Waffe umgehen. Lassen wir ihn.«

»Vielleicht hat er Deray und Morin erschossen.«

Eindringlich sah Lagarde sie an. »Er hat ein starkes Motiv.«

»Das kann man wohl sagen.«

»Warum haben Sie mich die Befragung alleine durchführen lassen?«

»Sie haben es gut gemacht, ich wollte Sie nicht unterbrechen.«

Lagarde grinste. »Jetzt sind Sie dran.«

»Okay.«

Bracieux war ein hübscher kleiner Ort mit Granitsteinhäusern, einer Kirche, einem Friedhof und einer Schokoladenfabrik. Ganz in der Nähe wohnte die Familie von Marianne. Das Haus hatte sonnengelbe Fensterläden, und im Garten stand ein Mast, an dem eine schwarze Fahne flatterte. Daneben saßen drei Personen um einen Tisch, die Kaffee tranken und miteinander sprachen. Die Kommissare gingen durch die Gartenpforte und über einen gepflasterten Weg zu ihnen. Beaufort zeigte ihren Dienstausweis und stellte sie vor.

»Bonjour, wir sind von der *police judiciaire* und möchten mit der Familie von Marianne sprechen.«

Ein älterer Mann, der einen schwarzen Anzug trug und eingefallene Wangen hatte, erhob sich.

»Bonjour, ich bin Frédéric Ardent, der Vater von Marianne.«

Er deutete auf die Frau, die ein schwarzes Kleid anhatte und deren Augen verweint waren.

»Das ist meine Frau Brigitte.« Sie nickte ihnen zu.

»Dieser junge Mann ist mein Sohn André, der jüngere Bruder von Marianne. Er ist siebzehn. Setzen Sie sich doch bitte.«

Die Kommissare nahmen Platz und sprachen der Familie ihr Beileid aus. Brigitte Ardent bot ihnen Kaffee an, den sie dankend ablehnten.

»Worum geht es?«, erkundigte sich Monsieur Ardent.

»Es geht um Marianne«, erklärte Nathalie. »Wie Sie wissen, hießen die Schützen bei dem Jagdunfall Ihrer Tochter Charles Deray und George Morin.«

»Das ist uns bekannt.«

»Die beiden Männer sind einem Verbrechen zum Opfer gefallen.«

»Das wissen wir auch. Es gab darüber eine Reportage im Fernsehen.«

»Nun stellen wir uns die Frage, ob es einen Zusammenhang zwischen dem Unglück und den Morden gibt.«

»Sie meinen, ob einer von uns die beiden erschossen hat?«

»Die Schlussfolgerung ist nicht von der Hand zu weisen.«

Er sah sie empört an. »Meine Frau und ich haben unsere Tochter verloren, André seine Schwester! Wir sind in tiefer Trauer. Marianne war eine wunderbare, lebenslustige junge Frau, die viele Pläne hatte und plötzlich aus dem Leben gerissen wurde. Als ob das noch nicht genug wäre, haben wir auch unser Enkelkind verloren. Es war ein Mädchen. Wir sind untröstlich. Und jetzt kommen Sie daher und verdächtigen uns.«

»Das sind reine Routinefragen, Monsieur Ardent. Wir ermitteln und führen Befragungen durch, um ein Tötungsdelikt aufzuklären.«

Er schnaubte wütend. »Wir sind eine ordentliche Familie und keine Mörder.«

»Das behauptet auch niemand. Haben Sie eine Erklärung, wie es zu diesem Unglück kommen konnte?«

»Selbstverständlich habe ich das. Die beiden Männer waren miserable Jäger. Sie haben gegen die Regeln verstoßen. Man schießt erst, wenn das Ziel verifiziert ist. Wir sind doch nicht im Wilden Westen. Meine Trauer über ihren Tod hält sich in Grenzen«, sagte er mit einem ironischen Unterton.

Seine Frau legte beschwichtigend die Hand auf seinen Arm. »Die Kommissare machen nur ihre Arbeit.«

»Ja, ja.« Mit düsterer Miene trank er einen Schluck Kaffee.

Brigitte sah die Kommissare entschuldigend an. »Das ganze Geschehen ist so sinnlos, meiner Ansicht nach war es eine Verkettung unglücklicher Umstände. Marianne war zur falschen Zeit am falschen Ort.« Sie schlug ein Kreuz. »Der Herr hat sie uns genommen, genauso wie unser Enkelchen. Jeden Tag bete ich und frage ihn, warum er das getan hat.«

André mischte sich ein. »Es war kein Unfall, es war Mord.«

Sein Vater funkelte ihn wütend an. »Rede keinen Unsinn, sie haben Marianne doch nicht absichtlich erschossen.«

Er wandte sich an Lagarde und Nathalie.

»Entschuldigen Sie bitte. Der Junge ist völlig durch den Wind. Er hat seine große Schwester vergöttert. In der Schule kommt er nicht mehr zurecht, und er will sich nicht mit seinen Freunden treffen.«

Nathalie sah den Jungen erstaunt an. »Wie kommst du darauf?«

»Am Abend, bevor Marianne erschossen wurde, habe ich einen Streit zwischen ihr und den beiden Männern mitbekommen. Es war im Vereinsheim, im Vorraum zu den Sanitäranlagen. Sie wollten mit ihr duschen, meine Schwester hat empört abgelehnt. Dann habe ich gehört, wie sie ihr einen Vorschlag gemacht haben. Wenn sie sie in ihrem Hotelzimmer besuchen würde, bekäme sie von jedem hundert Euro.« Er wurde rot.

Sein Vater sah ihn fassungslos an. »Das glaube ich jetzt nicht.«

»Doch, Papa, genau so war es.«

»Warum hast du es mir nicht erzählt?«

»Ich habe mich nicht getraut.«

»Wie hat Marianne reagiert?«, wollte Nathalie wissen.

»Sie hat die beiden angeschrien, sie seien perverse Schweine. Dann ist sie davongelaufen und hätte mich beinahe umgerannt.«

»Du glaubst, dass sie deine Schwester erschossen haben, weil sie ihr Angebot abgelehnt hat, oder weil sie Angst hatten, Marianne könnte jemandem etwas von ihrem Vorschlag erzählen?«

»Das kann doch sein.«

»Danke, André, dass du uns das erzählst hast. Es könnte wirklich wichtig sein.«

»Schon okay.«

Seine Mutter nickte ihm zu. »Das hast du gut gemacht, mein Großer.«

Nathalie zögerte, ehe sie die Eltern anblickte. »Ich muss Sie das jetzt fragen. Wo waren Sie vor fünf und vor sieben Tagen am Vormittag?«

Monsieur Ardent musste nicht lange überlegen. »Ich war im Schießtraining.«

»Madame Ardent?«

»Ich bin kein Mitglied des Schützenvereins, und ich kann auch nicht schießen. Ich war am Grab von Marianne und habe in der Kirche gebetet. Anschließend habe ich Mittagessen gekocht.«

»Wo warst du, André?«

»Ich war mit Papa beim Schießtraining.«

»Du warst nicht in der Schule?«

»Nein, ich habe mich nicht wohlgefühlt.«

»Wir werden die Alibis überprüfen. Danke, dass Sie meine Fragen beantwortet haben. Wenn uns noch etwas einfällt, melden wir uns.«

»Sie können jederzeit wieder vorbeikommen«, versicherte Monsieur Ardent. »Ich wünsche Ihnen viel Erfolg bei Ihren Ermittlungen.«

»Merci.«

Dann fuhren Lagarde und Nathalie in die Kirche und sprachen mit dem Abbé. Er bestätigte das Alibi von Madame Ardent. Lagarde rief Monsieur Auteuil an und teilte ihm mit, dass er und Nathalie an der Vereinssitzung teilnehmen würden. Er war offenbar erstaunt darüber, erklärte sich jedoch damit einverstanden.

Von dem Vereinsvorsitzenden der Königlichen Jagdgesellschaft hatten sie erfahren, dass die Versammlung um einundzwanzig Uhr beginnen würde. Um zwanzig Uhr fünfundvierzig trafen sie ein und fanden einen Parkplatz in dem Wäldchen hinter dem Anbau. Es standen bereits etliche Fahrzeuge auf dem Gelände, darunter einige olivgrüne Jeeps. Im Eingangsbereich des Schützenheimes trafen sie auf Auteuil, der sie herzlich in Empfang nahm.

»Bonsoir, da sind Sie ja. Kommen Sie bitte mit, ich zeige Ihnen, wo Sie sich hinsetzen können.«

Sie folgten ihm in die Gaststätte. Die Tische waren

U-förmig angeordnet, davor standen zwei Tische ne-beneinander. Er deutete auf den ersten Tisch. »Hier sitzen ich und der Protokollant. Sie können an dem zweiten Tisch Platz nehmen.«

»Danke«, sagte Lagarde.

Sie setzen sich zu dem Mann, der einen Notizblock vor sich liegen hatte und mit mürrischer Miene einen Gruß in seinen Bart brummte. Fast alle Stühle waren besetzt. Lagarde zählte dreizehn Vereinsmitglieder, Männer und Frauen unterschiedlichen Alters, die Getränke vor sich stehen hatten und immer wieder verstohlene, neugierige Blicke auf die Kommissare warfen. Dabei unterhielten sie sich lautstark. André und Frédéric Ardent waren auch anwesend, ebenso Serge, der nicht mehr geradeaus schauen konnte.

Nathalie hatte das Gefühl, dass sie nicht willkom-men wären. Sie gehörten nicht dazu. Eine Bedienung servierte zwei Männern das Essen. Dann kam sie zu ihnen herüber.

»Was darf ich Ihnen zu trinken bringen?«

Nathalie bestellte eine Cola, Lagarde bat um einen Milchkaffee.

»Möchten Sie etwas essen? Wir haben heute einen schönen Hirschbraten.«

Sie lehnten dankend ab. Nachdem zwei weitere Mit-glieder eingetroffen waren, eröffnete Auteuil die Ver-sammlung. Dazu erhob er sich. Sein kräftiger Bariton dröhnte durch den Saal.

»Liebe Schützenschwestern und Brüder, ich heiße euch herzlich zu unserer Sitzung willkommen. Wir werden heute den üblichen Ablauf ändern. Wie ihr sicher schon bemerkt habt, haben wir Gäste. Als ersten Punkt beschäftigen wir uns mit ihrem Anliegen. Anschließend fahren wir mit der Tagesordnung fort, die euch allen vorliegt.«

»Hoffentlich dauert es nicht so lange, Yves«, sagte eine korpulente Frau in einem schicken Jägerkostüm mit resoluter Stimme. »Ich habe meine Zeit nicht gestohlen.« Einige klatschten.

Auteuil sah sie tadelnd an. »Bitte, Corinne.«

»Man wird ja mal was sagen dürfen.« Sie trank einen kräftigen Schluck von ihrem Wein.

Der Vorsitzende wandte sich an die Besucher. »Sie können jetzt anfangen.«

Sie hatten vorher abgesprochen, dass Lagarde reden würde, Nathalie sollte die Mitglieder beobachten. Er blickte in die Runde und ergriff das Wort.

»Meine Kollegin und ich sind von der *police judiciaire*. Wir führen Ermittlungen in zwei Mordfällen durch. Wie Sie vermutlich alle wissen, sind Charles Deray und George Morin in der Nähe ihrer Wohnorte erschossen worden.«

»Ein Hoch auf den Schützen!«, rief Corinne. Einige Mitglieder nickten zustimmend. Andere schüttelten peinlich berührt den Kopf. Lagarde sah die Frau an, ignorierte ihre makabre Bemerkung aber.

»Ich möchte Sie dringend bitten, uns zu helfen. Es ist sehr wichtig. Schließlich handelt es sich um ein Kapitaldelikt.«

»Fahrlässige Tötung ist auch ein Kapitaldelikt«, brüllte Serge.

Lagarde runzelte die Stirn. »Wenn Sie sich weigern, mit uns zu kooperieren, lasse ich Sie auf die Wache bestellen. Alle! In diesem Fall brauchen Sie viel Zeit.«

Seine Stimme klang ruhig und sachlich. Nathalie war beeindruckt von der Autorität, die er ausstrahlte. Ein Raunen ging durch den Saal.

»Sie werden jetzt kooperieren«, versicherte Auteuil.

Lagarde fuhr fort. »Deray und Morin haben Marianne Ardent auf der Jagd getötet. Deshalb fragen wir uns, ob die Taten zusammenhängen. Ich habe nur eine Frage an Sie. Es geht darum, Alibis zu überprüfen.«

Die Aufmerksamkeit aller Anwesenden richtete sich auf ihn. Man hätte eine Stecknadel fallen hören können.

»Waren Serge, André und Frédéric Ardent sowie Yves Auteuil vor fünf und vor sieben Tagen am Vormittag beim Schießtraining?«

Der Vorsitzende warf ihm einen entsetzten Blick zu, den Lagarde ignorierte.

»Jeder, der das bestätigen kann, soll bitte die Hand heben.«

Erwartungsvoll sah er in die Runde. Eine Hand nach der anderen wurde gehoben, von den Schützenvereinsmitgliedern, von Auteuil, von dem Protokollanten und von der Bedienung.

»Danke.« Lagarde und Nathalie tauschten einen raschen Blick. Die Hände sanken.

»Würden Sie vor Gericht einen Eid auf diese Aussage ablegen?«

Achtzehn Händen hoben sich erneut. »Merci bien, Mesdames et Messieurs. Meine Kollegin und ich verabschieden uns jetzt. Ich wünsche Ihnen einen schönen Abend.«

Als sie den Saal verließen, folgten ihnen achtzehn Augenpaare. Niemand sagte etwas.

Sie verließen das Schützenheim durch den Haupteingang und liefen auf das Birkenwäldchen zu, wo sie das Auto abgestellt hatten. Inzwischen hatte sich die Dunkelheit über das Loire-Tal herabgesenkt. Nur eine Lampe an der Fassade spendete ein wenig Licht.

»Das ist ein Komplott«, empörte sich Nathalie. »Eine kollektive Lüge. So etwas habe ich noch nie erlebt.«

»Das war eine erstaunliche Veranstaltung«, sagte auch Lagarde.

Als sie auf einem Trampelpfad zwischen den Bäumen hindurch gingen, kam plötzlich ein weißes Licht auf sie zu, das hin und her schwankte. Immer wieder wurde es von Nebelfetzen verschluckt.

Nathalie blieb stehen. »Was ist das?«, wunderte sie sich.

Dann konnten sie im Lichtkegel erkennen, dass ein Mann mit schleppenden Schritten auf sie zukam. Er hatte lange graue Haare, einen wallenden Bart und war in ein dunkles Cape gehüllt. In der Hand hielt er eine Laterne.

Als sie sich schließlich gegenüberstanden, richtete er seine Augen auf sie. Sein Blick war unheimlich, und er wirkte verwirrt. Nathalie starrte ihn überrascht an.

»Ich habe durch das Fenster geschaut«, erzählte er mit heiserer Stimme. »Es war gekippt, ich habe alles gehört. Sie haben mich vom Verein ausgeschlossen. Wegen Wilderei, behaupten sie. Ich habe nachts ein Wildschwein geschossen. Dann habe ich mich in der Dunkelheit verirrt und es nicht mehr gefunden. Es verendete qualvoll. Sie sagen, ich bin verrückt.« Das Zittern seiner Hand übertrug sich auf die Laterne, die heftiger schwankte. »Ich bin nicht verrückt!«

Verschwörerisch sah er sie an.

»Sie lügen alle. Sie trainieren nicht mehr, seit Marianne tot ist.«

»Wie heißen Sie?«, fragte Lagarde.

»Ich bin Émile.«

»Sind Sie sicher, Émile?«

Seine Stimme kippte in ein Krächzen. »Ja, ganz sicher. Ich weiß genau, was hier vorgeht.«

»Wir brauchen Ihre Aussage. Dürfen wir Sie auf die Polizeiwache in Fontainebleau bringen? Wir verfassen ein Protokoll, und Sie unterschreiben es. Das ist keine große Sache.«

Der alte Mann schwieg. Er wirkte verängstigt.

»Wo wohnen Sie, Émile?«

»Ich darf nichts verraten, sie bringen mich sonst ins Irrenhaus.«

Abrupt machte er kehrt und lief, so schnell er konnte, davon. Zweige knackten. Sein Cape flatterte im Wind. Die Haare formten sich zu einem Schweif. Dann war das Licht verschwunden.

»Verfolgen wir ihn?«, fragte Nathalie.

»Nein, wir werden nichts mehr aus ihm herausbekommen. Er hat Angst. Wenn wir ihn brauchen, finden wir ihn schon. Fahren wir ins Hotel zurück.«

Nach dem Gespräch mit dem Abbé hatten sie im Hôtel Bristol eingecheckt. Das dreistöckige Granitsteinhaus lag am Marktplatz gegenüber dem beleuchteten Schloss Cheverny. Sie stiegen über eine Marmortreppe in das hell erleuchtete Foyer und wurden von einem Angestellten in einer roten Livree, der hinter dem Empfangstresen stand, höflich begrüßt. Nathalie erkundigte sich, ob sie noch ein Abendessen bekommen könnten. Er verneinte bedauernd und teilte ihnen mit, dass das Küchenpersonal gerade aufräumte und anschließend Feierabend machen würde.

Nathalie schenkte ihm ein charmantes Lächeln. »Bitte, Monsieur. Kann man da gar nichts machen?

Wir sind mit einem kleinen Imbiss zufrieden. Es war ein langer Tag, und wir sind am Verhungern.«

Er sah sie an und lächelte. Es war ihm unmöglich, einer schönen Frau einen Wunsch abzuschlagen.

»Ich sehe mal, was ich machen kann. Einen Moment, ich bin gleich wieder da.«

Eifrig eilte er davon. Als er zurückkam, verkündete er stolz, dass der Küchenchef für sie eine Ausnahme machen würde.

»Leicht war das nicht. Er hat noch frische Austern, eine Portion Kaninchen in Senfsauce, eine Portion Ente an Sauerkirschen und als Dessert Crème brûlée. Sie können im Speisesaal Platz nehmen.«

Nathalie strahlte. »Merci beaucoup, Monsieur.«

Sie setzten sich an einen Fenstertisch, und kurz darauf kam der Küchenchef und erkundigte sich nach ihren Getränkewünschen.

»Ich empfehle einen schön gekühlten Weißwein aus dem Loire-Tal.«

Sie waren einverstanden und bestellten Wasser dazu. Während sie warteten, genossen sie den Ausblick auf das Schloss und den Park, in dem sich im Mondschein Douglasien und Libanonzedern erhoben. Die Wasserläufe schimmerten. Dann wurden die Getränke, die Austern und ein Körbchen mit aufgeschnittenem Baguette serviert. Der Koch zwinkerte ihnen zu.

»Wir können doch die Polizei nicht verhungern lassen. Bon appétit.«

Während sie die Austern genossen, sprachen sie über die Schützenversammlung.

»Ich bin mir sicher, dass sie gelogen haben, um die verdächtigen Personen zu schützen«, meinte Nathalie.

»Sie könnten recht haben. Die Vorstellung war filmreif. Ein Schützenverein als verschworene Gemeinschaft.«

»Wir bestellen jeden Einzelnen auf die Wache und nehmen ihn in die Mangel«, schlug sie vor.

»Das kann funktionieren. In jeder Gruppe gibt es immer ein schwächstes Glied. Man muss es nur finden und unter Druck setzen.«

Lagarde tröpfelte Zitronensaft auf eine Auster. Sie schmeckte hervorragend und hatte eine nussige Note.

»Ist Ihnen während der Versammlung etwas aufgefallen? Hat sich jemand sonderbar benommen?«

»Sie haben sich alle sonderbar benommen, teilweise richtig feindselig. Manche schienen desinteressiert.«

»Ja, unser Besuch hat ihnen nicht gefallen.«

»Glauben Sie wirklich, dass ein Siebzehnjähriger sich auf den Weg macht und zwei Menschen erschießt?«

»Das kann ich mir schon vorstellen. Er ist Schütze und glaubt, seine Schwester wäre ermordet worden. Auge um Auge, Zahn um Zahn.«

Sie nahm sich eine Brotscheibe. »Ich weiß nicht.«

»Es könnte auch ein anderer Jäger aus dem Verein gewesen sein. Einer, der auf Rache aus war. Aber sie geben sich alle gegenseitig ein Alibi. Das ist ziemlich clever.«

»Dreist ist das.« Sie verspeiste mit Genuss eine Auster. »Auteuil ist erschrocken, als Sie nach seinem Alibi gefragt haben. Wie kommen Sie auf ihn?«

»Er konnte bei unserer Befragung für einen kurzen Augenblick seine Verzweiflung nicht verbergen.«

»Das ist mir nicht aufgefallen. Weshalb sollte er verzweifelt sein?«

»Ich glaube, er hat Marianne geliebt.«

»Sie meinen, Marianne und Auteuil hatten eine Affäre, obwohl sie mit Serge zusammen war?«

»Was sie verband, weiß ich nicht, aber da war etwas.«

»Also haben wir vier Hauptverdächtige.«

Der Koch brachte den Hauptgang. »Wer bekommt die Ente?«

Die Kommissare sahen sich an. »Entscheiden Sie, Nathalie. Ich mag beides.«

»Kann ich die Ente haben? Ich liebe Ente mit Sauerkirschen.«

NEUNTER TAG

DER ROTE RING

Madame und Monsieur Lemaire hatten die spanisch-portugiesische Grenze hinter sich gelassen und fuhren nun auf einer gut ausgebauten Straße parallel zu den Eisenbahngleisen durch das malerische Tal des Rio Douro. Das Rentnerehepaar lebte in Rouen und hatte sich vor zwei Wochen mit dem Wohnmobil auf den Weg gemacht. Zunächst hatten sie Weingüter im Médoc besucht und an Führungen und Degustationen teilgenommen. Ihr nächstes Ziel war Lacanau-Océan gewesen, wo sie mit ihren E-Bikes ausgiebige Touren entlang des Atlantiks unternommen hatten. Die dritte Etappe sollte Porto sein. Es war schon immer ein Traum von ihnen gewesen, die schöne Stadt am Meer mit ihren zahlreichen Kathedralen zu besichtigen.

Mittlerweile stand die Sonne im Zenit und schickte ihre gleißenden Strahlen in das Tal. Im Fahrzeug wurde es immer wärmer. Monsieur Lemaire schaltete die Klimaanlage ein und sah auf die Uhr am Armaturenbrett.

»Wir sollten für das Mittagessen einkaufen gehen und uns danach einen ruhigen Stellplatz suchen.«

Madame Lemaire stimmte ihm zu. »Im nächsten Dorf gehen wir in den Supermarkt. Worauf hast du Appetit?«

»Wir könnten Steaks grillen.«

»Das ist eine gute Idee. Also brauchen wir Fleisch, Salat, Baguette und Wein.«

»Du hast das Dessert vergessen.«

Liebevoll tätschelte sie seinen Bauch. »Es gibt Obst.«

»Ich habe Lust auf Mousse au chocolat.«

»Wie du meinst.«

Nach dem Einkauf beschlossen sie, die Landstraße zu verlassen und bei Torre de Moncorvo einem geschotterten Serpentinenweg zu folgen, der durch hügelige Weinberge führte. Dazwischen breiteten sich Wiesen und Ginsterinseln aus. Schließlich kamen sie an einen Wanderparkplatz, der zum Teil von Kastanien beschattet wurde und von dem aus man einen schönen Blick auf das Flusstal hatte, wo der Douro moosgrün und pfauenblau in Richtung Atlantik strömte. Unter einem der Laubbäume gab es einen Sitzplatz aus Holz. Das war ideal, denn so brauchten sie ihren Campingtisch und die Stühle nicht aufstellen. Monsieur Lemaire parkte das Wohnmobil neben einem blauen Peugeot mit portugiesischem Nummernschild, stieg aus und streckte sich. Er war fünf Stunden am Stück gefahren, und er freute sich auf ein kaltes Bier.

»Lass uns einen kleinen Spaziergang machen«, schlug seine Frau vor und wies auf einen Durchgang zwischen dichtem Buschwerk. »Sieh mal, da führt ein Pfad auf die Anhöhe. Von dort aus kann man womöglich bis Spanien schauen.«

Die beiden machten sich auf den Weg, und nach einer knappen halben Stunde erreichten sie den Kamm und verschnauften. Dann sahen sie sich um. Die Landschaft, die sich zu ihren Füßen erstreckte, war in braune und grüne Rechtecke aufgeteilt. Darüber wölbte sich ein kobaltblauer hoher Himmel. Unterhalb von ihnen, etwa zwanzig Meter entfernt, stand ein Geräteschuppen, in dem die Winzer ihre Arbeitsgeräte aufbewahrten. Davor auf einer Bank saßen ein Mann und eine Frau, die offenbar Brotzeit machten. Neugierig sah Monsieur Lemaire durch sein Fernglas und stellte es scharf. Jetzt konnte er die Gesichter der beiden Personen deutlich erkennen und stutzte. Sie kamen ihm bekannt vor. Er reichte das Fernglas seiner Frau.

»Sieh du mal, kennen wir die beiden?«

Konzentriert nahm sie das Fernglas und blickte hindurch. Kurz darauf ließ sie es sinken.

»Ich habe sie noch nie gesehen.«

Als die Frau auf der Bank bemerkte, dass sie beobachtet wurde, setzte sie rasch ihre Sonnenbrille auf und zog das Tuch, das sie sich um den Kopf gebunden hatte, in die Stirn.

Das Ehepaar wandte sich ab und machte sich an den Abstieg. Dabei grübelte er weiter darüber nach, wo er das Paar schon einmal gesehen hatte. Er kam nicht darauf.

Zurück auf dem Rastplatz baute er den Grill auf und schürte ihn an. Seine Frau bereitete den Salat zu. Sie tranken ein eiskaltes Bier und warteten, bis die Holzkohlen glühten.

Plötzlich sprang Monsieur Lemaire auf, lief zur Fahrertür, öffnete sie und griff nach einer französischen Boulevardzeitung, die er heute Morgen in einer Bar-Tabac in Biarritz gekauft hatte. Hastig ging er zum Tisch zurück, setzte sich und faltete die Zeitung auf. Die Gesichter einer Frau und eines Mannes sprangen ihn förmlich an. Es handelte sich um ein Paar, nach dem die französische Polizei fahndete. Ihre Namen waren Sophie Mery und Maurice Gué. Sie wurden beschuldigt, zwei Männer erschossen zu haben.

Madame Lemaire musterte ihren Mann, dessen Augen vor Staunen immer größer wurden.

»Was ist los, Chéri?«

Er drehte die Zeitung um und wies auf das Foto. Sie sah ihn erschrocken an.

»Das ist das Paar auf der Bank da oben.«

»Bist du dir sicher?«

»Hundertprozentig. Wir müssen die Polizei rufen.«

Er griff nach seinem Smartphone und wählte eine Nummer, die er dem Reiseführer entnahm. Der Polizist sprach zum Glück Englisch und versicherte, nachdem er den Sachverhalt erfasst hatte, dass die örtlichen

Kollegen sich sofort auf den Weg machen würden. Sie sollten einfach an Ort und Stelle bleiben und auf sie warten.

Er informierte seine Frau, die nervös auf den Hügel blickte.

»Was ist, wenn sie herunterkommen und uns auch erschießen?«

»Warum sollten sie uns erschießen? Sie kennen uns doch gar nicht.«

»Aber sie könnten vermuten, dass wir sie erkannt haben und die Polizei rufen.«

»Das glaube ich nicht. Sie halten uns bestimmt für zwei harmlose Wanderer.«

»Hoffentlich hast du recht.« Sie ließ den Kamm nicht aus den Augen.

Aus der Ferne erklang Motorengeräusch, das rasch lauter wurde, dann bogen zwei Polizeifahrzeuge auf den Parkplatz ein. Drei Männer und eine Frau in Uniform stiegen aus. Sie begrüßten sich und stellten sich vor. Das Ehepaar Lemaire musste sich ausweisen. Daraufhin erklommen die Polizisten die Anhöhe und verschwanden auf der anderen Seite. Es herrschte minutenlange Stille, dann kamen sie zurück. Das gesuchte Paar hatten sie in die Mitte genommen. Beide trugen Handschellen.

Als sie das Ehepaar Lemaire passierten, sah der Mann sie böse an. Die Frau war bleich und wirkte apathisch. Es fiel kein Wort. Alle stiegen in die Autos und fuhren davon. Dabei legten die Polizisten die Hand an die Hutkrempe und nickten dem Ehepaar freundlich zu. Bald darauf verschwanden sie hinter einem mannshohen Ginstergestrüpp.

Madame Jacinthe machte mit ihrem Golden Retriever namens Monsieur Tati, benannt nach dem französischen Komiker, einen Spaziergang im Wald. Sie war fünfundsiebzig Jahre alt und noch rüstig und unternehmungslustig. Für den täglichen Rundgang hatte sie bequeme Kleidung und feste Schnürschuhe ausgewählt. Ein himmelblaues Tuch bedeckte die ergrauten Haare. Sie wohnte in Teurthéville-Bocage, und ihr Ziel war häufig die Moulin du Vast. Nach dem grausamen Mord an George Morin hatte sie sie für einige Tage gemieden, doch dann schalt sie sich wegen ihrer Furcht. Schließlich gingen dort keine Gespenster um. Außerdem hatte sie in ihrem Leben schon so viel erlebt, dass sie sich fragte, wovor sie sich noch fürchten sollte.

Sie ging auf einem Waldpfad, der zu der Wiese hinter der Mühle führte, als Monsieur Tati aufgeregt bellte und in einem Gestrüpp verschwand. Sie rief nach ihm, doch er kam nicht. Das war ungewöhnlich, normalerweise hörte er aufs Wort.

Nach zehn Minuten verlor sie die Geduld und zwängte sich durch die dornigen Äste. Dahinter befand sich unter einer Lärche eine bemooste Fläche, auf der ihr Hund stand, und auf etwas blickte, das ihn zu faszinieren schien. Sie trat näher und sah, dass dort ein toter Vogel lag, eine Krähe mit glasigen Augen, die Monsieur Tati jetzt hingebungsvoll beschnupperte. Energisch packte sie ihn am Halsband und zog ihn weg.

»Aus!«, rief sie. Der Hund gehorchte widerwillig, leise knurrte er. Sie richtete den Zeigefinger auf ihn.

»Das habe ich gehört.« Er winselte. »Komm, wir gehen.«

Als sie das widerspenstige Buschwerk hinter sich gelassen hatten, fiel ihr zwischen Sumpfdotterblumen ein roter Fleck auf. Neugierig bückte sie sich und betrachtete ihn. Es war ein Ring, ein roter Ring mit einer seltsamen Form. Im Innenrund war er oval, im Außenkreis verfügte er über eine kleine abgerundete Spitze, unten war er etwas schmäler als oben. Auch Monsieur Tati besah ihn sich neugierig.

Sie wollte das Schmuckstück aufheben, zuckte jedoch plötzlich zurück. In der Mühle war ein Mord geschehen, sie befand sich an einem Tatort. Vielleicht hatte der Ring etwas mit dem Verbrechen zu tun. Es könnte sich um ein Beweismittel handeln. Sie durfte ihn nicht anfassen. Sie liebte Krimiserien im Fernsehen und kannte sich aus. Deshalb holte sie ein Stofftaschentuch aus der Hosentasche, hob ihn damit auf und wickelte ihn ein, ohne ihn zu berühren. Dann machte sie sich zurück auf den Weg nach Teurthéville-Bocage.

Gleich neben ihrem kleinen Granitsteinhaus stand die Behausung ihres Nachbarn Bertrand. Sie war orange gestrichen und hatte lavendelfarbene Fensterläden sowie eine froschgrüne Haustür. Sie fand, dass das Häuschen aussah wie die Villa Kunterbunt.

Ihr Nachbar saß auf einer Gartenbank unter einem Birnbaum und las in einem Buch. Er war so alt wie sie, hatte einen gepflegten grauen Pferdeschwanz und trug am liebsten weite Jeans und farbenfrohe Batikhemden. Früher war er ein Hippie gewesen, hatte sich am liebsten in Indien aufgehalten, und Madame Jacinthe hatte ihn im Verdacht, dass er heimlich kiffte. Er war ihr bester Freund.

»Bonjour, Bertrand«, rief sie. »Comment ça va?«

Er sah auf, und ein Lächeln erschien auf seinem sonnengebräunten Gesicht. »Bonjour, Jacinthe. Mir geht es gut, und dir?«

»Mir auch. Ich habe etwas im Wald gefunden, willst du es sehen?«

»Ja, komm doch rein.«

Sie kam der Aufforderung nach, ging durch die offen stehende Gartenpforte und setzte sich zu ihm auf die Bank. Dann legte sie das kleine Bündel auf den Tisch und wickelte es behutsam aus.

»Ein Ring«, staunte Bertrand.

»Er lag zwischen Blumen hinter der Mühle von Le Vast. Ist dir klar, was das bedeutet?«

»Natürlich, er könnte ein Indiz sein.«

»So ist es. Deshalb fahre ich jetzt mit dem Bus zum Polizeipräsidium von Cherbourg und übergebe ihn dem zuständigen Kommissar.«

»Das ist eine gute Idee. Aber wieso mit dem Bus? Ich kann dich doch fahren.«

Sie wies auf den klapprigen pinkfarbenen Citroën, der in der Hofeinfahrt stand.

»Bei unserem letzten Ausflug hat die Ente bereits nach hundert Metern qualmend gestreikt.«

Er grinste sie unternehmungslustig an. »Ich habe sie repariert, wir sind auf der sicheren Seite. Lass uns losfahren.«

»Gut, ich hole nur noch meine Handtasche. Monsieur Tati bleibt im Haus.«

Fünf Minuten später fuhren sie los. Der Ring lag sicher in ihrem Kosmetiktäschchen. Ihr Weg führte sie über die Landstraße vorbei an Wiesen und Äckern, aus denen Lauchstangen ragten. Hin und wieder passierten sie ein Dorf, das auf einem Hügel thronte und von einem Kirchturm dominiert wurde. Bertrand hatte das Stoffdach aufgeklappt, und die Sonnenstrahlen schienen auf ihre Köpfe. Jacinthes Tuch flatterte fröhlich im Wind. Er fand einen Sender im Radio, der Chansons spielte, und sie trällerten mit Michel Sardou »En chantant«.

Für die gut zehn Kilometer brauchten sie fast eine Stunde. Dann bogen sie in den Parkplatz des Polizeipräsidiums ein und stellten den Wagen ab. Am Empfang wurden sie von einer jungen Polizistin freundlich begrüßt und nach ihrem Anliegen gefragt.

»Wir möchten den Kommissar sprechen, der den Mord an George Morin bearbeitet«, erklärte Jacinthe.

»Sie meinen Philippe Lagarde?«

Die alte Dame erinnerte sich, den Namen in der Zeitung gelesen zu haben, und nickte. »Ja.«

»Worum geht es?«

»Ich habe bei der Moulin du Vast einen Ring gefunden. Vielleicht ist es wichtig.«

»Es ist gut, dass Sie gekommen sind, alles kann wichtig sein.«

Jacinthe war erleichtert, dass der Grund ihres Besuches ernst genommen wurde.

»Monsieur Lagarde ist im Moment leider nicht hier«, sagte die Polizistin. »Ich werde versuchen, ihn auf seinem Handy zu erreichen. Einen Moment bitte.« Sie griff nach dem Telefonhörer und tippte eine Nummer ein. Kurz darauf meldete sich der Kommissar. Sie erklärte ihm, worum es ging.

»Ich komme«, sagte er. »Bringen Sie die Besucher bitte in die Cafeteria und versorgen Sie sie mit Kuchen und Kaffee. Bis gleich.«

Die Polizistin wandte sich an Jacinthe und Bertrand. »Kommen Sie bitte mit, Sie können in der Cafeteria auf ihn warten.«

Mit dem Aufzug fuhren sie in den dritten Stock und betraten den modernen Glaswürfel, von dem aus die

Sicht auf den Ärmelkanal und die Reede von Cherbourg spektakulär war. Jacinthe und Bertrand waren beeindruckt. Die Polizistin führte sie an einen freien Tisch direkt neben der gläsernen Wand.

»Nehmen Sie bitte Platz. Darf ich für Sie einen Imbiss holen? Der Apfelkuchen schmeckt sehr gut, dazu einen Kaffee?«

»Gerne«, sagte Jacinthe.

Nachdem die junge Frau das Tablett auf den Tisch gestellt hatte, verabschiedete sie sich.

»Der Kommissar wird bald eintreffen. Lassen Sie es sich schmecken.«

Lagarde fuhr die Strecke von Barfleur nach Cherbourg, ohne Geschwindigkeitsbeschränkungen groß zu beachten, in rekordverdächtigen zwanzig Minuten. Nachdem er sein Auto abgestellt hatte, machte er sich auf den Weg in die Cafeteria. Das unterschiedliche Paar an dem Tisch vor dem Panoramafenster fiel ihm sofort auf. Er ging zu ihnen und stellte sich vor. Dann setzte er sich dazu.

»Danke, dass Sie gekommen sind. Die Kollegin hat mir erzählt, dass Sie einen Ring gefunden haben. Darf ich ihn sehen?«

»Selbstverständlich.« Sie holte ihn aus ihrer Handtasche, legte ihn auf den Tisch und wickelte ihn aus, ohne ihn zu berühren. »Das ist er.«

Lagarde betrachtete ihn. »Wo haben Sie ihn gefunden?«

»Hinter der Mühle im Wald.«

»Wann?«

»Heute Vormittag.«

Er griff nach einem Stift, der in der Innentasche seines Jacketts steckte, schob ihn in das Oval und hob es hoch. Er war leicht, nicht aus Metall, Gold oder Silber. Es schien sich um Holz oder ähnliches Material zu handeln. Die glatte glänzende Oberfläche war rot lackiert und marmoriert. Er war sich sicher, so einen Ring schon einmal gesehen zu haben. Aber wo? Dann entdeckte er im Innenrund eingravierte Initialen: *A. A.* Er hatte keine Ahnung, was das bedeuten könnte. Deshalb wandte er sich an die Besucher.

»Sehen Sie die Initialen? Haben Sie eine Idee, was das für Abkürzungen sind?«

Beide betrachteten sie aufmerksam.

»Ich weiß es nicht«, bedauerte Bertrand. Madame Jacinthe schüttelte ebenfalls ratlos den Kopf.

»Mir fällt dazu leider nichts ein.«

»Das macht nichts. Wir werden es herausbekommen.« Er ließ den Ring in einen Beweismittelbeutel fallen und erhob sich. »Vielen Dank für Ihre Hilfe. Kann ich Sie nach Hause fahren lassen?«

»Wir sind mit dem Auto da«, erklärte Bertrand.

»Dann wünsche ich Ihnen einen schönen Tag. Kommen Sie gut heim.«

Nach der Befragung brachte er den Ring ins Labor. Auf der Rückfahrt nach Barfleur bekam er einen

Anruf von der Polizeiwache in Torre de Moncorvo. Der Kollege teilte ihm mit, dass Sophie Mery und Maurice Gué festgenommen worden waren und nach Frankreich überführt wurden. Er freute sich über den raschen Fahndungserfolg.

Während der Fahrt zermarterte er sich den Kopf, wo er diesen roten Ring schon einmal gesehen hatte. Plötzlich fiel es ihm ein. Bei der Befragung der Béart-Schwestern hatte Lisette Béart den gleichen Schmuck getragen. Er musste unbedingt noch einmal mit ihr reden. Vor Saint-Pierre-Église bog er rechts Richtung Brillevast ab.

Christelle und Lisette Béart saßen unter einem Sonnenschirm vor ihrem Café Paradis, tranken Kaffee und unterhielten sich. Als sie ihn sahen, schienen sie sich zu freuen.

»Monsieur le Commissaire!«, rief Christelle. »Das ist eine schöne Überraschung.«

Lisette lächelte. »Bonjour, Monsieur le Commissaire. Setzen Sie sich bitte zu uns.«

»Danke schön.« Lagarde nahm Platz.

»Möchten Sie einen Kaffee und ein Stück Kuchen?«, fragte Christelle. »Wir haben Schokoladentarte mit Walnüssen.«

»Nein, vielen Dank.«

»Was führt Sie zu uns?«, wollte Lisette wissen. »Haben Sie einen Ausflug gemacht und sind dabei auf die Idee gekommen, uns zu besuchen?«

»Ich bin dienstlich hier.«

Ihre Mienen wurden ernst. »Haben Sie weitere Fragen?«, erkundigte sich Christelle.

Er wies auf den Ring, den Lisette Béart am Mittelfinger der rechten Hand trug und der ein exaktes Abbild des Schmuckstückes war, das Madame Jacinthe gefunden hatte.

»Ich möchte wissen, woher Sie diesen Ring haben?«

Verblüfft sah sie ihn an. »Ich verstehe nicht, was das mit Ihren Ermittlungen zu tun hat?«

»Das weiß ich auch noch nicht. Würden Sie bitte meine Frage beantworten?«

Sie tauschte einen verwunderten Blick mit ihrer Schwester, die ihr aufmunternd zunickte.

»Also gut. Christelle und ich haben vor vier Monaten eine Flusskreuzfahrt auf der Rhône gemacht. Ausgangspunkt war Chalon-sur-Saône, dann ging es weiter nach Lyon, Valence, Orange, Avignon, Arles bis Martigues. Die Reise dauerte sechs Tage, und im Januar ist sie sehr preiswert, weil es den meisten Urlaubern noch zu kalt ist, an Deck, meine ich.«

Christelle fiel ihrer Schwester ins Wort. Aus ihrer Stimme klang Begeisterung.

»Siebenhundert Euro pro Person, all inklusive, auch die Landgänge mit Besichtigungen, sogar von Marseille, stellen Sie sich das vor! Ein richtiges Schnäppchen war das. Und das Essen! Es war superb. Das Personal war aufmerksam und sehr höflich. Die Mitreisenden haben sich sehr kultiviert und hilfsbereit verhalten.«

Lagarde lächelte Lisette an. »Der Ring, Madame Béart?«

»Ach ja. Als wir und die Mitreisenden an Bord gingen, hat jeder von einer Stewardess ein Begrüßungsgeschenk bekommen. Die Männer eine Kapitänsmütze und die Frauen diesen Ring.«

»Sie meinen, dass es noch mehr von diesen Ringen gibt?«

»Sicherlich. Ganz viele. Wenn ich es richtig verstanden habe, werden diese entzückenden Präsente auf jeder Kreuzfahrt an alle Passagiere verteilt.« Sie sah ihre Schwester fragend an. »Das stimmt doch, Christelle? Ich möchte dem Kommissar keine falschen Informationen geben.«

»Ja, das stimmt.«

Lagarde wandte sich an sie. »Dann besitzen Sie auch so einen Ring?«

»Leider nicht mehr. Ich trug ihn während der ganzen Flusskreuzfahrt, weil ich ihn so hübsch fand. Aber als wir zu Hause ankamen, war er nicht mehr da. Ich muss ihn während der Eisenbahnfahrt verloren haben. Wirklich schade.«

»Manchmal trägt sie meinen Ring«, erzählte Lisette. »Schließlich sind wir Schwestern und teilen alles.«

»Darf ich ihn ansehen?«, fragte er.

»Selbstverständlich.« Sie zog das Schmuckstück vom

Finger und reichte es ihm. Er besah sich das innere Rund, und tatsächlich fand er auch hier die Initialen A. A. Er gab ihr den Ring zurück.

»Wissen Sie, was die Buchstaben A. A. bedeuten?«

»Das ist die Abkürzung für den Namen des Schiffes. Es heißt Aida Aurelia. Ich finde ihn sehr passend, es ist ein stolzes Schiff.«

»*Merci beaucoup*, Sie haben mir wirklich weitergeholfen.«

Die Schwestern lächelten zufrieden.

»Sehr gerne«, sagten sie wie aus einem Mund.

Die Schwestern sahen ihm nach. »Wie elegant er heute wieder gekleidet ist«, bemerkte Christelle.

»Er hat vollendete Manieren«, stellte Lisette fest.

Auf der Rückfahrt nach Barfleur rief er Nathalie an. Sie nahm seinen Anruf sofort entgegen.

»Salut, Philippe. Gibt es Neuigkeiten?«

»Sophie Mery und Maurice Gué sind in Portugal verhaftet worden, inzwischen befinden sie sich vermutlich schon auf dem Weg nach Frankreich.«

»Großartig! Mal sehen, wie sie ihre Flucht erklären.«

»Dann habe ich noch eine weitere Information. Eine Frau hat in der Nähe der Moulin du Vast einen roten Ring gefunden und ihn nach Cherbourg auf die Wache gebracht. Lisette Béart trägt den gleichen Ring. Sie hat ihn auf einem Flusskreuzfahrtschiff als Begrüßungsgeschenk bekommen, ebenso wie ihre Schwester, die ihr Schmuckstück jedoch auf der Bahnreise nach Hause verloren hat.«

»Wollen Sie damit andeuten, dass Christelle den Ring nicht im Zug, sondern bei der Mühle verloren haben könnte? Verdächtigen Sie sie, George Morin erschossen zu haben?«

»Der Ring befindet sich im Labor, vielleicht können Fingerabdrücke genommen werden, die wir mit den ihren vergleichen können. Aber, um auf Ihre Frage zurückzukommen: Nein, ich verdächtige sie nicht. Ich sehe weit und breit kein Motiv. Warum hätte sie Morin töten sollen?«

»Mir fällt auch kein Grund ein.« Sie fragte sich, worauf ihr Kollege hinauswollte.

»Es geht um die anderen Ringe, die auf dem Schiff verschenkt wurden.«

»Ich verstehe, womöglich besitzen Hunderte von Frauen so einen Ring, und eine davon hat ihr Schmuckstück bei der Mühle verloren. Wir brauchen die Passagierlisten.«

»Es könnte auch sein, dass die Person, die den Ring verloren hat, mit dem Verbrechen überhaupt nichts zu tun hat. Dennoch müssen wir die Listen überprüfen.«

»Soll ich mich darum kümmern?«

»Das wäre großartig. Ich möchte meine Notizen noch einmal in Ruhe durchsehen. Denn ich habe das Gefühl, dass wir etwas Wichtiges genau vor unserer Nase haben und es nicht sehen.«

»In Ordnung. Ich fange gleich damit an.«

»Eins noch, Nathalie.«

»Ja?«

»Das Flusskreuzfahrtschiff fährt auf der Rhône die Route Chalon-Martigues und hat den Namen Aida Aurelia.«

»Alles klar. Ich werde mich bei Ihnen melden, wenn ich etwas herausgefunden habe.«

»Danke.«

Nathalie holte sich einen Cappuccino aus dem Automaten, ging in ihr Büro zurück und begann mit der Recherche.

Rasch hatte sie herausgefunden, dass der Veranstalter Delta Croisières hieß und seinen Firmensitz in Lyon hatte. Das Unternehmen besaß fünf Kreuzfahrtschiffe, die auf unterschiedlichen Flussrouten eingesetzt wurden. Die Aida Aurelia fuhr ausschließlich auf der Rhône zweimal im Monat immer dieselbe Route Chalon-Martigues. Das Schiff hatte Platz für fünfzig Passagiere. Sie betrachtete die Fotografien der Aida Aurelia, es war ein schönes Schiff, das ziemlich neu aussah. Auf dem hinteren Deck gab es sogar einen kleinen Pool mit einer Bar.

Sie wählte die angegebene Nummer in Lyon und wurde mit der zuständigen Angestellten verbunden.

»Ich ermittle in zwei Mordfällen und brauche einige Auskünfte von Ihnen. Falls Sie Zweifel an meiner

Identität haben, können Sie gerne meine Nummer überprüfen.«

»Das werde ich tun, einen Augenblick bitte.« Für einen Moment war es still in der Leitung, dann meldete sie sich wieder. »Es ist alles in Ordnung. Welche Auskünfte brauchen Sie?«

»Es geht um das Flusskreuzfahrtschiff Aida Aurelia. Es fährt zweimal im Monat die Route Chalon-Martigues, ist das richtig?«

»Absolut, Madame le Commissaire.«

»Das ganze Jahr hindurch?«

Die Frau lachte. »Ja, auch im Winter. Im Rhône Delta herrscht meistens ein mildes Klima, es schneit selten.«

»Bei der Begrüßung werden rote Ringe an die weiblichen Passagiere verschenkt?«

»Diese kleine Aufmerksamkeit kommt bei den Frauen sehr gut an, und die Männer freuen sich über die Kapitänsmützen.«

»Mich interessieren nur die Ringe.«

»In Ordnung.«

»Werden diese Schmuckstücke auch auf den anderen Kreuzfahrten verschenkt?«

»Nein, nur auf der Aida Aurelia.«

»Ich brauche die Passagierlisten von Ihnen, sagen wir von Januar bis April dieses Jahrs. Das müssten acht Listen mit jeweils fünfzig Passagieren sein, wenn das Schiff immer ausgebucht war.«

»Jede Fahrt war ausgebucht.«

»Also waren es vierhundert Personen.«

»Genau.«

»Können Sie mir diese Listen bitte faxen?«

»Selbstverständlich.«

Die Kommissarin gab die Faxnummer durch.

»Sie haben Ihre Informationen in ein paar Minuten«, versicherte die Angestellte.

»Vielen Dank.«

Während sie wartete, sah sich Nathalie die verschiedenen Flussreisen von Delta Croisières an. Eigentlich müsste es schön sein, gemächlich auf dem Wasser zu fahren und sich verwöhnen zu lassen.

Das Rattern des Faxgerätes riss sie aus ihren Gedanken. Sie holte sich die Listen und begann konzentriert die Namen der Passagiere durchzugehen. Schon auf der Liste der ersten Rhône-Fahrt im März stieß sie auf zwei Personen, die ihr bekannt waren.

»Das gibt es doch nicht!«, sagte sie und starrte ungläubig auf die Liste.

Höchst zufrieden mit dem Ergebnis ihrer Recherche wählte sie die Nummer von Lagarde.

»Sie werden nicht glauben, wer auf einer dieser Passagierlisten steht!«

»Verraten Sie es mir?«

»Mireille Deray und Cécile Morin!«

»Das ist doch nicht zu fassen! Also kennen sie sich doch. Sie haben uns angelogen.«

»Warum lügen sie? Die beiden haben ein wasserdichtes Alibi.«

»Wenn wir das Alibi einmal beiseitelassen – wer wusste zu hundert Prozent, wo sich die Männer zum Zeitpunkt der Morde aufhalten würden?«

»Ihre Ehefrauen.«

»Exakt.«

»Aber die Alibis? Von einer glaubwürdigen Bedienung und einem Abbé?«

In Lagardes Kopf begann ein Gedanke zu reifen. »Es gibt eine Möglichkeit. Sie haben getauscht.«

»Wie meinen Sie das?«

»Cécile Morin hat Charles Deray erschossen, Mireille Deray George Morin. Eine geniale Idee.«

»Wenn es so wäre, in der Tat. Sie müssten sich auf dem Schiff näher kennengelernt haben.«

»Wenn sie sich nicht schon vorher kannten. Können Sie das überprüfen?«

»Ja, ich melde mich gleich wieder.«

Sie rief die Angestellte von Delta Croisières an.

»Bonjour Madame, hier ist noch einmal Madame le Commissaire Nathalie Beaufort. Ich habe noch eine Frage. Könnte ich mit einer Stewardess oder einem Steward sprechen, die bei der ersten Fahrt im März an Bord Dienst hatten?«

»Da sind Sie bei mir richtig. Bei Delta Croisières sind wir vielseitig, ich bin Reisefachangestellte und Stewardess. Was möchten Sie wissen?«

»Können Sie sich an zwei Damen erinnern, Mireille Deray und Cécile Morin, sie sind etwa Mitte fünfzig?«

»Man kann sich nicht an alle Passagiere gut erinnern, dafür sind es zu viele. Aber diese beiden Frauen sehe ich noch vor mir, weil sie so unkompliziert und höflich waren. Sie können sich gar nicht vorstellen, wie sich manche Passagiere dem Personal gegenüber benehmen, respektlos und unverschämt. Als wären wir ihre Fußabstreifer. Außerdem haben sie großzügig Trinkgeld gegeben. Das ist auch nicht selbstverständlich.«

»Haben sich die beiden Frauen auf dem Schiff näher kennengelernt?«

»Oh ja. Zuerst war jede für sich. Ich glaube nicht, dass sie sich kannten. Aber gleich nach dem ersten Dîner waren sie unzertrennlich. Sie steckten immer zusammen.«

»Ist Ihnen etwas aufgefallen? Haben sie sich ungewöhnlich verhalten?«

»Warten Sie, ich überlege. Ja, doch! Als sie von dem Landgang in Marseille zurückkamen, schienen sie mir irgendwie aufgeregt, nervös. Ich habe mich bei ihnen erkundigt, ob etwas vorgefallen sei. Marseille kann ein gefährliches Pflaster sein, wenn man in die falsche Gasse abbiegt. Aber sie haben gesagt, es sei alles in Ordnung.«

»Fällt Ihnen sonst noch etwas ein?«

»Nein, tut mir leid.«

»Kein Problem, danke für Ihre Auskünfte.«

Nathalie wählte erneut Lagardes Nummer.

»Sie haben sich auf dem Schiff angefreundet und ab dann alles zusammen unternommen. Nach dem Landgang in Marseille waren sie offenbar aufgeregt und nervös.« Sie überlegte. »Wenn unsere Arbeitshypothese richtig ist, haben sie dort womöglich die Waffe gekauft.«

»Das könnte sein. Der Schwarzmarkt ist eine andere Welt, da kann man schon nervös werden, wenn man das nicht gewöhnt ist. Ich schlage vor, dass wir die beiden Frauen offiziell auf das Kommissariat in Fontainebleau bestellen lassen. Wir müssen sie dringend befragen.«

»Ja, das machen wir.«

»Sagen wir um zwölf Uhr? Madame Morin hat einen langen Anfahrtsweg.«

»Einverstanden.«

»Gut, bis morgen, Nathalie.«

Als sie das Telefonat beendet hatten, bekam Lagarde eine Mail vom Labor in Cherbourg. In dem Bericht stand, dass der Ring aus Eibenholz angefertigt und lackiert worden war. Den Lack konnte man in jedem Heimwerkermarkt kaufen. Das Schmuckstück sei ein Billigprodukt aus Taiwan. Die Fingerabdrücke auf dem Ring waren verwischt und deshalb nicht brauchbar.

ZEHNTER TAG

DER VERBORGENE ORT

Um halb zwölf klopfte Lagarde an Nathalies Bürotür. »Hatten Sie eine gute Fahrt?«, erkundigte sie sich.

»Bestens.« Er sah sich um. »Sie haben ein schönes Büro, mit Blick auf den Marktplatz.«

»Ja, ich bin sehr zufrieden. Wollen wir im Besprechungszimmer auf die Frauen warten? Der Polizist am Empfang ist informiert und bringt sie zu uns.«

»Gut, gehen wir.«

Das Besprechungszimmer lag im selben Geschoss wie das Büro. Auf dem Weg dorthin zogen sie sich Kaffee aus dem Automaten. Der Raum war weiß gestrichen und durch die großen Fenster lichtdurchflutet. In der Mitte stand ein rechteckiger Tisch, um den sich Stühle gruppierten. An der Seite befand sich ein Whiteboard. Die Kommissare nahmen an der langen Seite Platz, tranken Kaffee und warteten.

»Wer übernimmt die Befragung?«, wollte Nathalie wissen.

»Wir beide«, schlug er vor. »Je mehr wir aus ihnen herausbekommen, desto besser.«

Schon klopfte es an der Tür, und ein Polizist steckte den Kopf durch den Spalt.

»Die geladenen Personen sind da, sowie ihr Anwalt.«

Madame Deray trat als Erste ein. Sie trug ein elegantes dunkelblaues Kleid, das gut zu ihren aschblonden Haaren passte. Die blauen Augen funkelten wütend. Cécile Morin hatte sich für einen schicken Hosenanzug entschieden, der ihre vollschlanke Figur umschmeichelte, die langen braunen Haare hatte sie hochgesteckt. Ihr Gesichtsausdruck war unergründlich. Als Letzter betrat ein glatzköpfiger dicker Mann mittleren Alters den Raum, der zielstrebig auf den Tisch zuging und seine prall gefüllte Lederaktentasche darauf abstellte. Sein schwarzer Anzug, das weiße Hemd und die Krawatte waren makellos. Die Lackschuhe glänzten. Auf seiner Stirn standen Schweißtropfen, die er unwirsch mit einem Taschentuch abwischte. Seine Miene wirkte angriffslustig, fast aggressiv.

»Madame le Commissaire, Monsieur le Commissaire, darf ich mich vorstellen? Ich bin Rechtsanwalt Jean-Paul Gamblin von der Anwaltssozietät Gamblin & Partner in Paris. Ich habe das Mandat von Madame Deray und Madame Morin übernommen.« Seine tiefe Stimme tönte durch den Raum.

Lagarde hatte bereits von der Kanzlei gehört. Es war eine der größten und erfolgreichsten Sozietäten in der französischen Metropole.

»Nehmen Sie doch bitte Platz«, forderte Nathalie sie auf. Die drei Besucher setzten sich ihnen gegenüber,

Gamblin in der Mitte. Es sah aus wie ein aufgeblasener Ganter.

Der Polizist kam mit einem Tablett zurück und stellte es auf dem Tisch ab. Die Kommissarin bot Kaffee und Wasser an und füllte die Tassen. Gamblin nahm sich ein Wasser, trank einen Schluck und erhob sich. Mit gerunzelter Stirn und geröteten Wangen fixierte er die Kommissare.

»Was Sie hier tun, überschreitet Ihre Kompetenzen. Sie dürfen niemanden zu einer Vernehmung vorladen, wenn Sie keine Beweise haben. Wo kommen wir denn da hin? Ich habe meinen Mandantinnen empfohlen, diesen Termin nicht wahrzunehmen. Aber sie wollten es so. Jetzt stehe ich ihnen zur Seite und werde das Gespräch abbrechen, wenn ich es für erforderlich halte.«

»Das ist keine Vernehmung, sondern eine Befragung«, entgegnete Lagarde. »Selbstverständlich sind wir dazu befugt. Wir wollen den Damen im Rahmen unserer Ermittlungen einige Fragen stellen. Außerdem besteht ein Anfangsverdacht.«

Er fuhr hoch. »Was für ein Anfangsverdacht? Meine Mandantinnen haben sich nichts zuschulden kommen lassen. Ganz im Gegenteil. Sie sind die Witwen der Opfer und befinden sich in tiefer Trauer. Was Sie machen, ist pietätlos.«

»Wir suchen den oder die Mörder der Ehemänner, Monsieur Gamblin«, erklärte Nathalie. »Ich gehe davon aus, dass dies auch im Sinne der Witwen ist und dass sie deshalb mit uns kooperieren werden.«

Madame Morin nickte ihr zu. »Selbstverständlich. Wenn wir etwas zur Aufklärung der Verbrechen beitragen können, werden wir das tun.«

»Ich sehe das genauso«, verkündete Madame Deray energisch. »Das bin ich meinem Mann schuldig.«

»Ich verstehe, dass Sie helfen wollen«, beschwichtigte der Anwalt sie.

Lagarde ergriff das Wort. »Ich danke Ihnen, Mesdames, dass Sie gekommen sind.« Er lächelte sie an, dann ging er zum Angriff über.

»Sie haben uns angelogen. Meine Kollegin und ich haben uns darauf verlassen, dass Sie mit uns zusammenarbeiten, stattdessen erzählen Sie uns die Unwahrheit und führen uns in die Irre.«

Madame Morin war empört. »Ich weiß nicht, was Sie meinen! Ich habe alle Ihre Fragen nach bestem Wissen und Gewissen beantwortet.«

»Ich auch«, bestätigte Madame Deray.

Gamblin plusterte sich auf. »Ich werde nicht zulassen, dass Sie meine Mandantinnen mit Mutmaßungen unter Druck setzten.«

»Das sind keine Mutmaßungen, Maître Gamblin.«
»Aber …«

»Lassen Sie mich bitte ausreden. Madame Deray und Madame Morin haben ausgesagt, dass sie sich zuvor noch nie begegnet waren. Sie haben beteuert, dass sie sich nicht kennen. Das stimmt nicht. Wir können beweisen, dass sie sich Anfang März auf dem Flusskreuzfahrtschiff Aida Aurelia begegnet sind.«

Er nahm die Passagierliste aus einer Mappe und legte sie auf den Tisch. Der Anwalt ergriff sie und las die gekennzeichneten Namen mit angespanntem Gesichtsausdruck. Dann legte er sie wortlos zurück.

Lagarde wandte sich an die Damen. »Das ist doch richtig, oder haben Sie sich bereits vorher gekannt?«

»Nein, wir haben uns auf dem Schiff kennengelernt«, räumte Madame Deray ein.

»Sie sind sich nicht nur begegnet, Sie haben sich angefreundet. Sie haben alle Aktivitäten und Ausflüge zusammen unternommen. Dafür gibt es mindestens eine Zeugin.«

»Was spielt das für eine Rolle?«, wandte Madame Morin ein. »Das hat doch mit den Verbrechen nichts zu tun.«

»Sie haben es verschwiegen.«

»Wir hielten es nicht für wichtig«, kam Madame Deray ihrer Freundin zu Hilfe.

»Dieser Sachverhalt ist irrelevant«, stellte Gamblin fest. Seine Stimme triefte vor Ironie. »Oder sehen Sie darin den Beweis, dass es sich bei diesen unbescholtenen Damen um Mörderinnen handelt?«

»Nein, natürlich nicht«, antwortete Nathalie.

»Uns irritiert, dass Sie beide ein bombensicheres Alibi haben. Wer würde einem Abbé und einem ganzen Kirchenchor oder einer zuverlässigen Bedienung und zahlreichen Stammgästen nicht glauben?«

Der Maître erhob sich. »Dann können wir ja gehen. Mesdames?«

»Setzen Sie sich bitte wieder hin, ich bin noch nicht fertig.«

Lagarde hatte seine Kollegin noch nie so entschlossen erlebt. Gamblin sank tatsächlich auf den Stuhl zurück. »Was haben Sie noch?«

»Wir stellen uns den Ablauf folgendermaßen vor: Die beiden Frauen verbringen viel Zeit zusammen, sie vertrauen einander immer mehr und sprechen schließlich auch über ihre zerrütteten Ehen. Sie sind unglücklich in diesen Partnerschaften. Sie werden nicht respektiert und auch nicht liebevoll behandelt. Dafür gibt es Zeugen. Sie möchten ihrem Leben eine andere Richtung geben. Und auf einmal entsteht eine Idee in ihren Köpfen. Warum die beiden schroffen rücksichtslosen Ehemänner nicht einfach eliminieren?«

Der Anwalt hieb mit der Faust auf den Tisch. Sein Gesicht wurde puterrot.

»Hören Sie sofort auf mit diesem Unsinn! Das sind reine Spekulationen. Die Phantasie geht mit Ihnen durch. Sie können das nicht beweisen.«

Sie sah ihn herausfordernd an. »Noch nicht. Aber das ist nur eine Frage der Zeit.«

Mit ruhiger Stimme fuhr sie fort. »Sie beschließen, die Opfer zu tauschen. Madame Morin erschießt Charles Deray, Madame Deray tötet George Morin. Die Schusswaffe, eine Beretta 92, haben Sie sich auf dem Schwarzmarkt in Marseille besorgt. Diese Waffe werden wir finden.«

Gamblin schüttelte fassungslos den Kopf und tupfte sich erneut die Stirn ab.

Lagarde übernahm und wandte sich direkt an die Damen. »Legen Sie ein Geständnis ab. Das kann sich strafmildernd auf das Urteil auswirken. Erleichtern Sie Ihr Gewissen. Sie werden nicht davonkommen, dafür werden meine Kollegin und ich sorgen.«

Für einen Moment herrschte Stille. Madame Morins Gesicht hatte jede Farbe verloren. Madame Derays Augen zuckten unruhig. Sie machte Anstalten, etwas zu sagen. Monsieur Gamblin legte ihr die Hand auf die Schulter.

»Kein Wort mehr.«

Dann packte er seine Unterlagen in die Tasche und stand schwerfällig auf. Er sah die Kommissare mit einem arroganten Lächeln an.

»Diese Vorgehensweise wird Konsequenzen für Sie haben. Darauf können Sie sich verlassen. Ich werde eine Dienstaufsichtsbeschwerde gegen Sie einleiten. Unterschätzen Sie meine Kontakte nicht. Sie hätten Märchenerzähler im Kindergarten werden sollen. Jetzt werden Sie Streifenpolizisten im hintersten Winkel Frankreichs.«

Seine Stimme dröhnte noch lauter.

»Mesdames, wir gehen. Die Angelegenheit ist für uns erledigt. Au revoir, Madame et Monsieur le Commissaire. Sie werden in Bälde von mir hören.«

Madame Morin und Cécile Deray erhoben sich ebenfalls von ihren Sitzen. Sie nickten den Kommissaren zu, verabschiedeten sich mit eisigen Mienen und verließen den Raum.

Die Kommissare hörten noch, wie der Rechtsanwalt die Damen zum Mittagessen einlud.

»Wir gehen in das Schlossrestaurant. Dort kann man vorzüglich speisen. Nach diesem Kaspertheater kann ich einen Cognac vertragen.«

Lagarde und Nathalie sahen sich an.

»Es hat nicht funktioniert«, stellte sie fest.

»Sie waren gut.«

»Sie auch, aber es hat nichts geholfen.«

»Abwarten, gehen wir ins Café. Uns wird schon etwas einfallen.«

Im Café Fontainebleau setzten sie sich an einen freien Tisch auf der Terrasse. Eine grünweiße Markise spendete Schatten. Freundlich lächelnd kam die Bedienung Claudie zu ihnen.

»Was darf ich Ihnen bringen?«

Sie bestellten Mokka und Wasser. Kurz darauf servierte Claudie die gewünschten Getränke.

Nathalie sah Lagarde an.

»Sie wirken so nachdenklich. Ist es wegen der Dienstaufsichtsbeschwerde? Beunruhigt Sie das?«

Ihr Kollege grinste. »Ich wollte schon immer als Streifenpolizist im hintersten Winkel Frankreichs arbeiten.«

Sie lachte. »Das sind wirklich rosige Aussichten.«

»Machen Sie sich keine Sorgen. So weit wird es nicht kommen. Er hat sich nur aufgeplustert und gedroht.«

»Ich mache mir keine Sorgen.«

»Gut. Eine der wichtigsten Regeln in der Polizeiarbeit lautet, dass man sich niemals einschüchtern lassen darf.« Er trank einen Schluck Kaffee. »Ich denke über etwas nach.«

»Worüber?«

»Madame Deray und Madame Morin sind, ohne den Damen nahetreten zu wollen, vollschlank, unsportlich und bewegen sich behäbig. Sie können nicht schießen. Das haben sie ausgesagt, und wir haben es geglaubt. Sie sind keine Mitglieder in den Schützenvereinen, das haben wir überprüft. Sie können tatsächlich nicht schießen, oder besser gesagt: Sie konnten nicht schießen.«

»Ich verstehe nicht, worauf Sie hinauswollen.«

»Sie werden es gleich verstehen. Bei der Begehung der Taten mussten sie zwingend schießen können. Sie mussten sich geschickt an die Opfer heranschleichen, und sie mussten nach der Tat fliehen können. Es war wichtig, dass sie so schnell wie möglich vom Tatort verschwinden. Wie haben sie das hinbekommen?«

Nathalie blickte ihn an. Ihre Augen glänzten vor Arbeitseifer. »Sie haben trainiert. Sie haben sich auf ihre Aufgabe vorbereitet.«

»Ja. Dafür brauchten sie einen geeigneten Ort.«

»Ein Grundstück, das abgelegen irgendwo liegt. Wo sie niemand stört und wo niemand sie zusammen sieht, der Verdacht schöpfen könnte. Beide mussten den Tathergang üben, ihn zumindest einmal fehlerlos durchziehen. Das war das Ziel.«

Nathalie dachte nach. »Ich könnte den Nachbarn von Mireille Deray anrufen und ihn nach dem Grundstück fragen. Wir haben uns nach einer Befragung kennengelernt. Er heißt Roger Lafitte.«

»Das ist eine gute Idee, womöglich landen wir einen Treffer.«

Sie suchte auf ihrem Smartphone nach den Verbindungsdaten und fand seine Festnetznummer. Daraufhin wählte sie und schaltete den Lautsprecher ein. Nach einigen Klingeltönen nahm er den Anruf entgegen.

»Roger Lafitte.«

»Hier ist Nathalie Beaufort, die Kommissarin aus Fontainebleau. Wir haben uns einmal über den Zaun unterhalten, erinnern Sie sich an mich?«

»Und ob ich mich an Sie erinnere. Wollen Sie wieder mit dem Hund anfangen? Filicia geht es gut. Ich habe sogar Leckerchen für sie auf meine Terrasse gelegt. Bin ich nicht ein fürsorglicher Nachbar?«

»Hoffentlich ohne Giftköder.«

Er schnaubte.

»Ich brauche Ihre Hilfe, Monsieur Lafitte.«

Seine Stimme wurde eine Nuance freundlicher. »Was kann ich für Sie tun, Madame le Commissaire?«

»Wissen Sie, ob die Familie Deray irgendwo ein Grundstück hat? Es liegt vermutlich abgelegen, vielleicht in einem Wald oder auf einer Wiese?«

»Warten Sie. Ich erinnere mich, dass Charles einmal etwas erwähnt hat. Er erzählte, dass er in der Nähe von Milly-la-Forêt ein großes Grundstück besitzt. Früher hat er häufig dort an seinen Büchern geschrieben, weil es so ruhig war und niemand ihn störte. Aber irgendwann hat es für ihn seinen Reiz verloren. Er dachte daran, es zu verkaufen.«

»Wo liegt dieses Grundstück genau? Können Sie mir den Weg dorthin beschreiben?«

»Das weiß ich leider nicht, Charles sagte nur, es liege nicht weit vom Campingplatz entfernt.«

»Welchen Campingplatz meinen Sie?«

»Les Trois Chênes.«

»Merci bien, Monsieur Lafitte. Sie haben mir sehr geholfen.«

Jetzt klang seine Stimme auf einmal fast weich. »Das habe ich gerne gemacht. Au revoir, Madame le Commissaire.«

»Au revoir, Monsieur Lafitte.«

Sie sahen sich an. »Das könnte es sein«, meinte Lagarde.

»Das muss es sein, ich habe so ein Gefühl.«

Sie tranken den Mokka aus und legten einen Geldschein auf den Tisch.

»Fahren wir mit meinem Auto«, entschied Lagarde.

Vor dem Campingplatz Les Trois Chênes hielten sie an und sahen sich um. Hinter dem Terrain gab es einen Weg, der sich in östlicher Richtung zwischen Äckern und Schwarzdornsträuchern hindurch schlängelte. Gegenüber einer riesigen Eiche führte ein Forstweg in den Wald.

»Welchen nehmen wir?«, überlegte Lagarde.

Nathalie bemerkte Caroline und Michel, das Studentenpärchen aus Paris, das die Leiche von Charles Deray entdeckt hatte. Sie winkte ihnen zu und öffnete das Beifahrerfenster.

»Salut, Sie sind noch hier?«

Das Paar kam lächelnd auf sie zu.

»Bonjour, Madame le Commissaire. Ja, wir haben unseren Urlaub um ein paar Tage verlängert«, erzählte Caroline, »es ist so schön hier.«

»Abgesehen von dem schrecklichen Verbrechen im Zyklop natürlich«, meinte Michel. »Haben Sie schon eine heiße Spur?«

»Wir tun unser Bestes.«

»Selbstverständlich.«

»Ist Ihnen bei Ihren Unternehmungen in der Nähe ein abgelegenes Grundstück aufgefallen?«

Er überlegte. »Ja, wir sind einige Male daran vorbei gejoggt. Es könnte sich um das Grundstück handeln, das Sie suchen. Es liegt wirklich sehr einsam.«

»Können Sie uns den Weg beschreiben?«

»Sie nehmen den Forstweg, der in den Wald führt, und folgen ihm etwa zwei Kilometer. Dann biegen Sie bei einer Eiche, auf deren Stamm ein Gesicht gemalt ist, links ab. Nach weiteren drei Kilometern erreichen Sie das Grundstück. Es ist umzäunt, und es steht ein Gebäude darauf.«

»Danke! Schönen Urlaub weiterhin.«

»Den werden wir haben«, versicherte Caroline.

Der Weg führte stetig abwärts durch eine felsige Schlucht, an deren Hänge sich Bäume erhoben. Dann wurde er eben, und sie kamen an eine Gabelung, an der Lagarde an dem beschriebenen Baum links abbog. Auf einer Schotterpiste holperten sie weiter, dann sahen sie den mannshohen Maschendrahtzaun. Dicht an dicht gepflanzte Thujen verwehrten die Sicht in den Garten.

Lagarde stellte sein Auto hinter dem Grundstück zwischen dicht wachsenden Ginsterbüschen ab. Er wollte nicht, dass man es vom Weg aus sah. Sie stiegen aus und gingen am Zaun entlang bis zum Eingangstor, das aus waagrecht genagelten Brettern bestand. Es war mit einer dicken Kette und einem Riegelschloss gesichert.

Geschickt kletterten sie über das Hindernis und sprangen auf die hoch gewachsene Wiese. Grasbüschel und Brennnesseln reichten ihnen bis zu den Knien. Das Grundstück hatte einen Umfang von mindestens zwanzig auf zwanzig Metern. In der Mitte stand ein erdgeschossiges, älteres Haus, dessen Fassade mit grauen Platten versehen war. Der Eingangsbereich war verglast und ähnelte einem Wintergarten. Vor dem Haus gab es einen überdachten Sitzplatz mit einem gemauerten Kamin. Im Schatten der hohen Fichten wirkte das kleine Gebäude düster und verlassen. Lagarde trat an einen Baum und fuhr mit der Handfläche über die Rinde.

»Hier sind Einschusslöcher«, stellte er fest.

»Sie haben auf einen Baum geschossen?«

»Das glaube ich nicht, es sind nicht viele Löcher. Ich denke, sie haben auf eine Schießscheibe oder ähnliches gezielt und sie bei den ersten Übungen verfehlt.«

Kurz deutete er nach oben. »Hier ist ein Nagel in den Stamm geschlagen, um sie aufzuhängen.«

Er lief weiter und sah suchend auf den Boden. Dann ging er in die Hocke und bog Grashalme zur Seite. »Projektile überall, mit diesen haben sie den Baum verfehlt.«

Nathalie stellte sich einige Meter von ihm entfernt auf. »Ich denke, dass sie ungefähr hier standen, als sie ihre Schießübungen machten. Vier, fünf Meter vom Ziel entfernt.« Mit dem Fuß drückte sie Unkraut weg. »Auf dem Boden liegen Hunderte Patronenhülsen.«

Sie sah ihren Kollegen triumphierend an. »Das ist

der Ort, an dem sie sich für die Morde an ihren Ehemännern vorbereitet haben. Irgendwie ist das gruselig.«

»Allerdings, sehen wir uns mal im Haus um.«

Die Tür zum Eingangsbereich war verschlossen. Lagarde zog ein Einbruchwerkzeug aus der Hosentasche und öffnete das einfache Schloss innerhalb von Sekunden. Mit der Haustür verfuhr er ebenso, und sie betraten einen großen Raum, in den aufgrund des Baumbestandes wenig Licht drang. Er war zweckmäßig eingerichtet und wies auf den ersten Blick keine Besonderheiten auf. Es war ein Salon mit einer Couchgarnitur und einer altmodischen Kommode, auf der ein Fernseher stand. Daneben lagen ein Stapel zerlesener Bücher und Zeitschriften. Die Küche bildete ein kleines Rechteck. Sie war aufgeräumt, die Arbeitsfläche bis auf eine Kaffeemaschine leer. Nathalie öffnete die Türen des Küchenschrankes. »Hier sind noch einige Vorräte. Kaffee, Filtertüten, Dosen mit Fertiggerichten, Mineralwasser und ein Glas Honig.«

Lagarde besah sich den Inhalt des Kühlschranks. Da waren Weißweinflaschen und Coladosen, sonst nichts. Von der Küche aus führten zwei Türen in weitere Räume. Im Schlafzimmer stand ein französisches Bett mit einer dunklen Tagesdecke, eine weitere Schlafmöglichkeit gab es nicht.

»Anscheinend haben sie in einem Bett geschlafen«, vermutete Nathalie. »Ihr Plan hat sie zusammengeschweißt.«

Sie erkundete den Inhalt des Schrankes und fand Jogginghosen, Laufschuhe, T-Shirts, Regenjacken und Baseballkappen. Die Kleidungsstücke waren ungewaschen und rochen nach Schweiß.

»Ich glaube, Sie werden bald zurückkommen, um die Spuren zu beseitigen.«

»Das ist anzunehmen. Irgendwann wird jemand hier eindringen, vielleicht aus Neugierde, und die Hülsen sowie die Projektile finden. Ich frage mich, weshalb sie das nicht früher getan haben?«

»Ich kann mir vorstellen, dass sie vereinbart haben, sich zunächst nicht mehr zu treffen, damit niemand sie zusammen sieht, bis Gras über die Sache gewachsen ist.«

»Ja, das könnte sein.«

Nachdem sie mit dem Schlafzimmer fertig waren, warfen sie einen Blick in das Badezimmer. Auf der Ablage vor dem Spiegel lagen einige Kosmetikartikel, in der Dusche stand eine Waschlotion.

Zurück in der Küche öffneten sie die zweite Tür, hinter der sich eine Abstellkammer befand, die nur über ein kleines vergittertes Fenster verfügte, so dass wenig Licht in den Raum gelangte. Als Nathalie die beiden dunklen Umrisse wahrnahm, die an Wandhaken zu hängen schienen, fuhr sie erschrocken zusammen. Sie suchte nach dem Lichtschalter und legte ihn um. Es waren Säcke, die offenbar mit Stroh gefüllt waren und denen mit Hilfe von Stricken eine menschliche

Figur verliehen worden war. Auf den runden Köpfen heftete jeweils eine Fotografie. Es handelte sich um die Gesichter der toten Männer, die durch zahllose Einschüsse entstellt waren. Auf die Rümpfe war mit roter Farbe ein Herz gemalt, das von Einschusslöchern durchsiebt war. Entsetzt betrachtete Nathalie das schaurige Stillleben.

»Die beiden haben ihre Männer gehasst«, stellte sie fest.

»Die Wut springt einen förmlich an«, stimmte Lagarde zu. »Schießscheiben hätten es auch getan, aber das hat ihnen nicht gereicht.«

»Offenbar haben sie ihren jahrelang unterdrückten Frustrationen freien Lauf gelassen.«

Als sie die Durchsuchung beendet hatten, verließen sie das Haus. Dabei fiel Nathalie auf, dass eine Platte der Verkleidung lose auf dem Mauerwerk saß. Sie zog an ihr und entdeckte einen quadratischen Hohlraum mit einer Öffnung. Rasch zog sie Einweghandschuhe über, tastete die Höhlung mit der Hand ab und fühlte einen festen kalten Gegenstand, den sie aus dem Versteck heraus zog. »Sehen Sie, was wir hier haben!«

Sie hielt die Beretta 92 in der Hand.

»Sehr gut, jetzt haben wir die Waffe. Mir ist die Stelle nicht aufgefallen.«

Sie setzten sich auf die Bank an der Hauswand, und Nathalie steckte die Pistole in einen Beweismittelbeutel, den sie in ihre Jackentasche schob. »Wie gehen wir weiter vor?«

»Wir verhaften sie, Beweise haben wir jetzt genug.«

Plötzlich hörten sie ein Motorengeräusch, das sich näherte. Zweifellos handelte es sich um einen Diesel. Sie hörten, wie jemand das Tor öffnete und den Wagen hinter dem Haus abstellte. Dann waren auf dem Pflasterweg, der um das Gebäude führte, Schritte zu vernehmen.

»Wir müssen jetzt endlich unsere Spuren beseitigen.« Es war die Stimme von Madame Deray.

»Ja, es ist höchste Zeit«, stimmte Madame Morin ihr zu. »Niemand ist uns gefolgt, wir sind alleine hier.«

Sie waren in ihr Gespräch vertieft und bemerkten die Kommissare auf der Bank zunächst nicht. Doch dann stieß Cécile Morin einen entsetzten Schrei aus und blieb wie angewurzelt stehen. Mireille Deray reagiert sofort, zerrte die Verkleidung weg und griff in den Hohlraum. Nathalie hielt die Beretta hoch.

»Suchen Sie das hier, Madame Deray?«

Die Frau drehte sich blitzschnell um und machte Anstalten zu flüchten.

»Bleiben Sie hier«, forderte Lagarde sie auf. »Das hat doch keinen Sinn. Setzen Sie sich bitte zu uns, Sie auch, Madame Morin. Wir wollen mit Ihnen reden.«

Die Damen taten, was er von ihnen verlangt hatte. Die Selbstsicherheit und die Siegesgewissheit von heute Morgen waren verflogen. Sie hatten begriffen, dass es vorbei war.

»Wo haben Sie die Beretta her?«, fragte er.

»Wir haben sie auf dem Schwarzmarkt von Marseille gekauft«, antwortete Madame Deray niedergeschlagen.

»Woher wussten Sie, wie Sie damit umgehen müssen?«

»Der Händler war sehr hilfsbereit und hat es uns genau erklärt. Es war gar nicht so schwer.«

»Hatten Sie keine Befürchtungen, dass jemand die Schüsse hört und nachsieht, was auf dem Grundstück los ist?«

»Wir haben einen Schalldämpfer benutzt. Er muss hier irgendwo liegen.«

»Wie lange haben Sie hier trainiert?«

Madame Morin strich eine Haarsträhne aus der Stirn. »Acht Tage. Wir haben jeden Tag dreimal Schießübungen gemacht. Am Morgen und am Abend waren wir joggen. Es war ein hartes Training. Wir wurden immer besser.«

»Haben Ihre Ehemänner nicht bemerkt, dass Sie acht Tage weg waren?«, wollte Nathalie wissen.

»Mein Mann war auf einer Lesereise«, erklärte Madame Deray.

»George war zehn Tage in der Nordbretagne unterwegs, um Leuchttürme zu fotografieren«, sagte Cécile Morin.

Nathalie wandte sich an Mireille Deray. »Warum haben Sie den roten Ring mitgenommen?«

»Ich hatte ihn als Glücksbringer in der Hosentasche. Irgendwo in der Nähe der Mühle muss ich ihn verloren haben. Jeden Tag hatte ich schreckliche Angst, dass ihn jemand finden würde. Ich war noch einmal nachts in der Mühle, um den Ring zu suchen. Aber da war jemand, und ich bin davongelaufen.«

»Wir würden gern Ihre Motive verstehen.« Sie sah Madame Deray an.

Die Frau nickte. »Ich will versuchen, es Ihnen zu erklären. Ich habe damals, als ich meinen Mann kennenlernte, Medizin studiert. Ihm zuliebe habe ich das Studium aufgegeben und als Krankenschwester gearbeitet, um unseren Lebensunterhalt zu verdienen. Charles hat sich der Schriftstellerei gewidmet und lange kaum ein Einkommen erzielt. Ich habe meine Karriere als Ärztin aufgegeben, und er hat mich immer nur ausgenutzt. Mein Kinderwunsch hat sich nie erfüllt, jetzt weiß ich von Ihnen, dass er sich sterilisieren hat lassen.« In ihren Augen lag Verzweiflung. »Von Anfang an hatte er wechselnde Affären. Die Frauen wurden immer jünger. Er hat gar nicht versucht, die Seitensprünge vor mir zu verheimlichen. Es war ihm egal, dass ich darunter litt. Er war kalt zu mir und barsch. Ich konnte ihn einfach nicht mehr ertragen. Als ich Cécile auf dem Flusskreuzfahrtschiff kennenlernte, und wir uns gegenseitig unser Herz ausschütteten, wurde mir schlagartig klar, dass er weg musste, wenn ich noch ein paar schöne Jahre im Leben haben wollte. So sind wir auf den Plan gekommen.«

Sie legte ihre Hand auf die von Cécile. »Erzähl du.«

»George wollte sich scheiden lassen und mich aus dem Haus jagen, weil er von mir genug hatte. Er plante dort mit seiner neuen Freundin zu leben. Er meinte, mit mir könne man keinen Spaß haben, ich habe nur den Kirchenchor und die Gottesdienste im Kopf. Seine Geliebte ist arbeitslos und hat vier Kinder von drei Männern. Jetzt ist sie erneut schwanger von George. Das hat mich wahnsinnig verletzt. Er war mir gegenüber völlig gleichgültig. Ich habe ihn abgrundtief gehasst. Von der Idee, sie beide zu töten, war ich fasziniert. Diese Lösung schien mir ideal. Niemand würde darauf kommen, dass wir die Männer getauscht haben.« Resigniert faltete sie die Hände und legte sie auf den Mund. Dann sagte sie: »Es tut mir nicht leid.«

Mireille Deray ergriff das Wort. »Cécile und ich sind von unseren Ehemännern mit derselben Beleidigung konfrontiert worden: ›Ich reife, und du alterst an meiner Seite.‹ Das tut weh.«

»Danke für Ihre Darstellungen«, erklärte Lagarde. »Sie sind vorläufig festgenommen.«

Nathalie rief auf der Wache in Fontainebleau an und bestellte ein Polizeifahrzeug, um die Täterinnen abholen zu lassen. Als es kam, wurden sie von zwei Polizisten abgeführt und stiegen wortlos ein.

Lagarde und Nathalie folgten dem Wagen bis zum Kommissariat von Fontainebleau. Dort stiegen sie aus und standen sich gegenüber. Nathalie lächelte ihn an. »Sie fahren zurück?«

»Ja, ich mache mich auf den Weg. Ich möchte mich bei Ihnen für die gute und erfolgreiche Zusammenarbeit bedanken.«

»Ich bedanke mich auch. Es war ein verzwickter Fall, und wir haben ihn gelöst.«

Sie gaben sich die Hand. »Au revoir, Nathalie. Machen Sie es gut.«

»Sie auch, Philippe. Au revoir.«

Als er aus dem Hof fuhr, strich sie sich Ponyfransen aus der Stirn und sah ihm nach. Was für eine aufregende Ermittlung!

AM NÄCHSTEN ABEND

BARFLEUR

Lagarde schlüpfte in eine Jeans und ein Hemd und machte sich auf den Weg nach Barfleur. Direkt an der Mole fand er einen Parkplatz und stellte den Renault Express ab. Die untergehende Sonne warf goldene Lichtreflexe auf das Wasser. Eine Schar Seemöwen flog kreischend auf das offene Meer zu. Der laue Wind roch nach Fisch und Tang. Er überquerte die Promenade und ging zu seiner Stammkneipe Au vent des Îles. Auf der Terrasse unter einer Platane saß Ludovic und winkte ihm zu. Er hatte sich gestern bei ihm gemeldet und seine Rückkehr angekündigt. Dabei hatten sie sich für heute im Bistro verabredet. Die Männer begrüßten sich herzlich, und Lagarde setzte sich zu seinem Freund.

»Es ist schön, dass du wieder da bist«, sagte er.

»Das finde ich auch.«

Der Wirt Gaston kam zu Ihnen an den Tisch. »Salut, mes amis. Was darf ich euch bringen?«

Sie bestellten Bier und Pastis. Während sie auf die Getränke warteten, beobachteten sie ein Segelboot, das im Hafen ankerte. Gaston kam zurück und servierte die Bestellung. »Zum Wohl.«

Sie gaben Eiswasser in den Pastis und stießen an.

»Auf eure großartige Ermittlung«, sagte Ludovic. »Was für ein Fall, und ich habe alles verpasst. Wie seid ihr auf die beiden Frauen gekommen?«

Lagarde erzählte die ganze Geschichte. Sein Freund hörte fasziniert zu, bis er fertig war.

»Die Idee, die Opfer zu tauschen, finde ich meisterlich. Da muss man erst drauf kommen«, staunte er nicht ohne Anerkennung.

»Ja, wenn wir das Grundstück im Wald nicht gefunden hätten, hätten wir sie nicht überführen können.«

»Hattest du von Anfang an eine Ahnung, dass sie die Täterinnen waren?«

»Nicht von Anfang an. Zunächst hatte ich einen Jäger im Verdacht.« Er fasste zusammen, was in Cheverny geschehen war. »Erst danach sind die Ehefrauen in unseren Fokus gerückt.« Er trank einen Schluck von seinem Bier. »Jetzt erzähl du. Was ist mit Suzanne und dir?«

Ludovic lächelte ihn an. »Dein Ratschlag hat geholfen. Ohne meine Schwiegereltern und die Zwillinge hatten wir die Möglichkeit, in Ruhe miteinander zu reden. Wir haben uns versöhnt und starten neu durch.«

»Was ist mit dem dritten Kind, das du dir wünschst?«

»Wir warten noch ein bisschen.«

»Suzette hat sich durchgesetzt?«

»Ja, wie immer. Aber das ist in Ordnung.«

EINEN TAG SPÄTER

Lagarde saß auf seiner Terrasse und tippte auf dem Laptop den Polizeibericht für Ludovic, als er auf dem gepflasterten Weg, der um das Haus führte, Schritte hörte. Es waren leichte Schritte, und er wusste sofort, dass Amélie ihn besuchte. Schon kam sie um die Ecke und strahlte ihn an.

»Bonjour, Philippe! Maman hat mich hergefahren.«

»Bonjour, Pipinette. Ich freue mich sehr, dass du mich besuchst.«

Sie sah auf seinen Laptop und das Notizbuch. »Störe ich dich?«

»Aber nein, du störst mich nie.«

»Ich habe eine Überraschung für dich.«

»Da bin ich aber gespannt.«

Sie öffnete die Riemen ihrer pinkfarbenen Schultasche und holte ein Papier hervor. Dann hüpfte sie zu ihm und legte es vor ihm auf den Tisch.

»Wir haben die Matheprobe heute herausbekommen«, verkündete sie triumphierend. Er sah sie sich an. Oben auf der rechten Seite prangte eine rote, eingekreiste 18, daneben stand »très bien«. »Was sagst du?«

»Das ist großartig, Amélie. Ich habe immer gewusst, dass du es kannst. Meinen herzlichen Glückwunsch.«

»Danke, Philippe. Jetzt habe ich keine Angst mehr vor Mathe.«

»Sehr gut. Was machen wir zur Feier des Tages?«

Sie kräuselte die Nase und dachte nach.

»Ich weiß! Wir sehen uns die Cité de la Mer an, das Meerwasseraquarium von Cherbourg.«

»Das ist eine super Idee.«

»Danach essen wir einen Rieseneisbecher.«

»Den größten überhaupt.«

Maria Dries
Der Fluch von Blaye
Bordeaux-Krimi
357 Seiten. Broschur
ISBN 978-3-7466-3695-5
Auch als E-Book lieferbar

Ça va, Madame le Commissaire?

Jedes Jahr im August reist Pierre mit zwei Freunden nach Blaye, wo am Ufer der Gironde ein Theaterfestival stattfindet. Doch schon kurz nach der Ankunft kommt er unter mysteriösen Umständen ums Leben. War es tatsächlich ein Unfall? Madame le Commissaire Pauline Castelot soll die Ermittlungen übernehmen und findet rasch heraus: Jemand hat Pierre getötet. Pauline ahnt schon bald, dass sie in der Vergangenheit der drei Freunde nach Spuren suchen muss. Was zieht die Männer auch nach so vielen Jahren noch nach Blaye? Pauline bleibt nicht viel Zeit, denn auch sie gerät ins Visier eines Attentäters ...

Ein Kriminalroman voller Spannung und echt französischem Flair

Regelmäßige Informationen erhalten Sie über unseren Newsletter.
Jetzt anmelden unter: www.aufbau-verlage.de/newsletter

 aufbau taschenbuch

Maria Dries
Der Kommissar und der Teufel von Port Blanc
Philippe Lagarde ermittelt
Kriminalroman
298 Seiten. Broschur
ISBN 978-3-7466-3700-6
Auch als E-Book lieferbar

Bei Sanierungsarbeiten in einer alten Abtei entdecken die Arbeiter hinter einer Mauer vier Frauenskelette. Bei einer der Leichen wird ein Medaillon gefunden – darin ein Foto von Caroline Vernier, deren Enkelin vor zwei Jahren spurlos verschwunden ist. Nachdem ein Privatdetektiv, der den Fall bearbeitet, sich das Leben nimmt, soll Philippe Lagarde die Ermittlungen leiten. Ihm wird der Polizist Jacques Bayrou zur Seite gestellt. Doch der zeigt ein ungewöhnliches Interesse an dem Fall, und bald ist Lagarde nicht mehr sicher, ob er ihm trauen kann.

Regelmäßige Informationen erhalten Sie über unseren Newsletter.
Jetzt anmelden unter: www.aufbau-verlage.de/newsletter

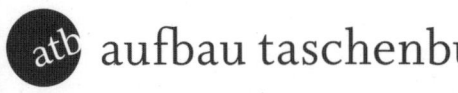